LA GRÂCE DE L'ÉCLAT DE RIRE

Annabelle Combes

La grâce de l'éclat de rire

roman

salvator

Yves Briend Éditeur
103, rue Notre-Dame-des-Champs F-75006 Paris
contact@editions-salvator.com
www.editions-salvator.com

Maquette intérieure : Atlant'Communication
Couverture : Le Petit Atelier

ISBN : 978-2-7067-1630-0

À mes filles.
À Myriam.

« La lumière de la terre était trop pure pour ne pas avoir un sens qui échappât de quelque manière à la mort ! »

Philippe Jaccottet

1

Éclat de mise en route

C'EST arrivé un mardi matin. Rien ne m'avait préparée à ce qui allait suivre. J'avais plutôt bien dormi. Pour une fois. Des songes doux, couleur du temps, un peu de bleu foncé. Le ciel était gris au-dehors, zébré de nuages au crayon de papier HB, celui qui trace les contours.

J'ai ouvert la porte du placard. Sur la troisième étagère, au milieu du fatras, je les ai vus. Bleu, rouge, jaune, vert, en pile. Un noir, un violet, un rose qui dépassait : les coloris que l'on utilise avec parcimonie. Tous là. Les protège-cahiers. Je ne les avais pas recomptés. Depuis le temps. Je les ai empoignés. Le noir m'a échappé des doigts. Le noir m'échappe toujours des doigts. Ce n'est pas ma couleur. Pas ma faute, non plus. Je n'ai jamais réussi à l'apprivoiser. Enfant, déjà, je vidais systématiquement dans la poubelle le rond de peinture noire de ma boîte de couleurs neuve que ma mère m'achetait chaque année pour la rentrée des classes. Il n'y a pas de noir dans ma vie. Juste pour le café, ou le pain. Pas de noir, donc pas de gris. Mais du bleu en quantité. Je suis une âme du bleu, celui du ciel, une âme de l'air, de la transparence, une âme Chagall.

J'ai cherché un grand sac pour les y enfourner, les protège-cahiers de Lise. Tous. Le premier qui m'est tombé sous la main dans l'entrée était en papier kraft. Des lettres brunes en anglaise, en majuscules, *La Corbeille du Petit Louis*. Est-ce Lise qui l'avait rapporté ? Quand ? Au fond, je ne voulais pas savoir. Je ne voulais plus savoir. Je fixais l'entrée, le mur, détachée. Une entrée ?

Un papier peint poussif aux rayures délavées et une montagne de sacs repliés sur le porte-parapluie. Mon entrée.

J'ai ouvert le sac. Un bruit de papier qui se déplie, puis un chuchotement qui se meurt, froissé. Il était trop vaste. Peu m'importait. La moisson de protège-cahiers a atteint le fond en moins de deux. Plus d'arc-en-ciel derrière la porte du placard ; juste la trace colorée du plastique qui mourait dans le sac en papier. La musique s'est arrêtée. J'ai déposé le sac devant la porte. J'ai enfilé une veste légère, la taupe, je crois, j'ai fait glisser la fermeture, encoché le bouton en laiton du bas dans le fermoir en cuir, attrapé mon trousseau de clés et je suis sortie.

Le ciel m'attendait et dans ma poche, j'avais un crayon bleu. Alors, je l'ai troué, le ciel. Dans le gris, des lasures de bleu turquoise, de l'indigo, du cobalt délayé. Je cherchais ma gomme pour atténuer le trait mais elle était restée sur mon bureau. J'ai laissé tomber.

J'ai abandonné les protège-cahiers au jardin du Luxembourg, les uns derrière les autres, un bleu, deux rouges, le noir, un petit jaune et le grand violet à damiers. Deux verts, une paire inséparable, et le rose, seul et silencieux. Cela dessinait un nouvel arc-en-ciel sur la pelouse. Un enfant, un petit bonhomme, trois ans, peut-être quatre, me suivait. Il observait chacun de mes gestes, plonger dans le grand sac, attraper la couleur par ses deux pans, replier les rabats, fermer les yeux et déposer la tache en plastique sur l'herbe bien grasse.

Était-on en avril ?
L'enfant m'affirma que oui.

Lorsque j'eus fini, je pris l'allée qui menait au bassin. Il était toujours octogonal, immuable devant le Sénat. Un coup d'œil en arrière pour suivre la poussière du soleil qui repoussait les nuages. Le bambin avait tout ramassé. Il courait offrir à sa mère un bouquet de protège-cahiers. Et les voiliers dansaient au milieu du silence, poussés par la brise des bâtons. Je me suis assise. Je crois que j'ai souri.

2

Éclat de torsade, de velours doux

Le lendemain, les lumières du Lutétia flottaient encore dans l'aurore. Un ciel de craie rincé à l'orange. La nuit avait été courte. Richard était passé prendre des nouvelles. Fils de bribes que je ne me souvenais plus d'avoir tissés. Il fallait que je marche.

Paris est énigmatique dans la lumière de l'aube comme un vieux roman dix-neuvième, papier crème, lignes brunes, héroïnes pressées, ténébreuses, mendiants solaires, une réminiscence. J'avais cherché mon pull bleu ciel dans l'armoire, celui si doux, torsade au centre, qui attrape le cœur et l'enrobe. J'ai marché. Longtemps. Jusqu'au musée Maillol.

Le café à l'angle de la rue de Grenelle s'éveillait à peine. Un homme déchargeait sa camionnette pour combler le Félix Potin qui devait encore avoir changé de propriétaire. Je n'avais jamais retenu le nom des nouvelles enseignes. Seuls les murs jaune pâle de la supérette survivaient depuis l'enfance de la capitale. Le livreur était grand, habile, rapide ; des mains larges, qui, suite au mouvement du cutter, écrasaient le carton. Je flânais sur le trottoir d'en face. Il m'a souri. J'ai traversé, puis attrapé sur le roll métallique un des aplats de carton tout en haut de la pile. Avec le marqueur noir dans ma poche, j'ai commencé à dessiner, à métamorphoser l'épaisseur brune. Des fauves, la jungle, un singe en équilibre entre deux lianes qui picorait une banane. Il regardait, le livreur. Regard d'enfant. Turbulent, qui ne veut pas savoir écrire les mots en o, a-u, e-a-u.

Puis, j'ai poursuivi mon chemin, le carton sous le bras. Sous le bras gauche. La main droite attrapait les paillettes de vent, celles qui, invisibles, s'engouffrent entre le majeur et l'annulaire. Je suis rentrée à la maison par le dédale rectiligne des rues qui s'éveillaient une à une. Les chats sont invisibles dans les rues de Paris ; ils ne miaulent que sur les toits. Cela sentait la mousson, ce rideau de pluie qui s'abat violemment et transperce la fragilité, l'écrase, la met en boue, avec son odeur de mer, un peu aigre, à peine salée.

L'appartement était silencieux. Comme si je l'avais déserté depuis une éternité. J'ai rouvert le carton-jungle aplati. Avec du scotch, j'en ai fait un carton-jungle debout. Dans l'armoire de bois blanchi, tous les pulls dormaient encore. Je ne les ai pas réveillés. Un par un, ils sont allés finir leur nuit dans le carton-jungle. Ils partaient en voyage. Sur le dessus du carton, le marqueur courait : une étiquette pour Valparaiso, une vignette du Caire, un tatouage de Nairobi et puis, une poste restante. En direct de Shanghai. Porte-t-on des pulls à Shanghai ? La question m'a effleurée comme un voile de velours doux sur la peau, puis elle est morte avec les autres questions. Toutes celles que j'avais déjà tuées en refusant d'y répondre.

Le colis s'est installé à 9 heures pétantes sur le couvercle jaune de la benne de recyclage dans le local des poubelles. La concierge allait râler. Le monde serait plus beau. Tout ce qu'elle crachait à l'extérieur l'apaisait. Après, elle avait un teint de jeune fille ou celui de la femme enceinte qui accouche dans quarante-huit heures. Un teint soulagé. J'aimais la pousser au-delà des limites du soulagement. Nous étions quittes. Je savais que je sauvais une âme. Étagère numéro trois vide.

Il ne restait plus qu'une trace bleu ciel. Je l'avais ôtée pour tout vider, ma torsade bleue, celle qui enrobe le cœur. À cette minute précise, mon cœur n'avait plus besoin d'être enrobé. Il palpitait de liberté, vide de toute pression. Comme jamais depuis une éternité.

3

Éclat d'impression mémorielle

Le jeudi fut tranquille. Il n'y avait plus l'ombre d'une envie pressée. La ville s'est offerte et je l'ai mangée. De son plaid de primevères, de feuilles naissantes, je me suis couverte. J'ai mangé le vert d'eau de la Seine, luminescent, et le bruissement de l'onde à la pointe de l'île, là où le saule pleureur plonge dans les remous. J'ai mangé les quais, leur bitume, la vue sur le fleuve, les ponts, l'ailleurs. Mon regard soudain n'était plus emprisonné par le dessin de l'Histoire et de ses monuments, la verticale des immeubles, l'arrondi des voitures, l'horizontale de nos vies. J'y ai sondé le détachement des âmes qui errent sans savoir où s'orienter. Des âmes sœurs. J'ai mangé les boîtes vertes des bouquinistes, coffres de pirates emplis de trésors en train de s'effacer, ces vieux papiers qui m'apportaient le chant du monde ; du beau, de l'indélicat, parfois de la médiocrité. Le chant de la mémoire que l'on balance par-dessus bord, dans la Seine. Ce sont les mouettes qui l'attrapent comme les miettes de pain que je leur lance et qu'elles happent en vol. La Seine, je l'ai avalée.

Une poussière jaune, un trait blanc et du bleu. Un collage. De Matisse.

La toile 24, posée sur le chevalet, celle qui me hantait, celle que je n'avais pas achevée, s'était enfin assoupie. C'était il y a des années. Je pouvais la regarder en face ; elle ne m'intimidait plus. Après cette balade, j'avais trouvé l'orange roi et la fêlure béante, me semblait-il, s'était estompée.

4

Éclat d'aube et de jeux

LE vendredi, ce fut autre chose.

Dans la nuit, vers 5 heures, les oiseaux dansaient dans notre chambre et leurs sifflements me tenaient éveillée dans la pénombre. Un sifflement, surtout. Un trille long qui se terminait par une note aiguë habillée de soie. Puis, le souffle du silence. Miraculeux et court. Cette note, la dernière, me semblait être une pause au bord de la création du monde. Fascinante. Elle entraînait toute la ribambelle à répondre, à piailler, à s'ébrouer hors du nid. Impatiente, je l'attendais. J'attendais qu'elle réapparaisse dans le concert. J'attendais le silence de cette note.

Les aubes sont toutes les mêmes. Elles nous convient à nous tenir debout. D'abord par la musique silencieuse du monde qui s'éveille. Il faut faire un effort pour saisir cet absolu de l'aube, ce rayon vert. Cela me plaisait d'écouter les vocalises, les silences, les pointillés, les traits qui courberaient mon pinceau, plus tard. Les trilles ont tous une couleur différente. C'est un dégradé subtil. Seules les âmes nues peuvent les reconnaître, celles qui ne se sont pas encore lassées de la symphonie que joue le monde et sur laquelle personne ne peut avoir prise. Juste allongée à tutoyer les étoiles, le lit me paraissait immense, habité depuis une éternité. J'avais besoin de le vider.

À 6 heures, je suis descendue au Monoprix en bas de ma rue. Je savais bien qu'à cette heure-ci, il finissait sa nuit, le

Monoprix, mais pas les livreurs, qui, eux, commençaient la leur, de journée. Avec un ciel au mauve et des traces de pluie sur l'aube. Le mouillé me réveillait.

Le trente-tonnes était garé comme à l'accoutumée devant l'entrée des fournisseurs, une lourde porte en métal noir doublée d'un rideau gris en caoutchouc qu'un sbire en jean et T-shirt blanc remontait et descendait sans cesse à l'aide de son boîtier électrique, suivant ainsi le mouvement des palettes pleines qui entraient dans la réserve et ressortaient vides, quelques minutes plus tard, cartons à plat. Les oiseaux de la nuit m'avaient accompagnée, traces d'ailes qui frôlaient le trottoir. Un écho de bout du monde dans le jour naissant, ininterrompu. Mais les livreurs, eux, ne les entendaient pas.

J'avais ce que je désirais à pleines mains. Des caisses de carton, en veux-tu, en voilà. Juste me baisser et ramasser. J'ai fait six allers-retours.

À présent, l'appartement ressemblait à un camp retranché de la Croix-Rouge, mais je n'avais personne à soigner. À part moi.

J'abandonnais cette idée et me concentrais sur mon antre secret. Il devenait celui d'un cartonnier un peu fou qui aurait adulé le désordre. J'aimais cela, cette ville de cartons qui me faisait perdre tous mes repères. Je n'avais en fait plus rien à perdre. Tout se mettait en place, tranquillement sans que je l'ai fomenté. Je pris une tasse de café bien noir, sucré ; l'amertume, j'en avais suffisamment avalé. Je triais les cartons, les disposais un à un. De l'entrée jusqu'aux chambres, les murs du couloir étaient recouverts d'une épaisse forêt d'arbres-cartons, horizontaux, verticaux, carrés et rectangles, une imbrication de lignes graphiques, un camaïeu de marrons, un faisceau d'automne tricoté à la main.

Demain, je renouvellerai l'opération.

Le premier que je me décidais enfin à empoigner, à caresser, était de taille moyenne, un hêtre, d'un marron clair de pin ciré. Il sentait l'encre d'imprimerie et tranchait les doigts aux entournures. Je m'attaquais à lui avec délectation. Les marqueurs de couleur dessinèrent bientôt, sur une de ses faces, une pile de boîtes plus ou moins épaisses avec leurs noms et leurs pictogrammes, et j'inscrivis en rouge, sur le haut de la pile, la mention « Jeux de société ». Je m'appliquais. Je reproduisais. Des caractères d'imprimerie, du Garamond, en 16, du cousu main. Je souriais.

L'escabeau fut mon allié. J'étais allée le dénicher au fin fond de la cave 18 dans laquelle je n'avais pas remis les pieds depuis des années. Le domaine de Valère. Tout était en ordre. Une cave propre sans un gramme de poussière, aux murs chaulés de peinture blanche, chaque année en septembre, routine de rentrée. Un plafonnier industriel éclairait les lieux qui auraient pu servir de chambre d'étudiant, s'ils n'avaient été aussi combles. Les marionnettes du passé avaient bien tenté de m'étouffer. Mais, je m'en étais bien sortie ; monsieur l'escabeau s'était laissé trouver de bonne grâce, sans faire d'histoires, et les ombres s'étaient rendormies avec le click grinçant du bouton électrique et le tic-tac tintinnabulant de la clé tournant dans la serrure. La cave de Valère avait une serrure chantante. D'ailleurs, avec Valère, tous les objets chantaient. Dans le couloir du sous-sol, il faisait froid et humide. En remontant, j'aperçus une toile d'araignée. Elle pendait du plafond jusqu'à s'enrouler sur la gaine des eaux usées. Même sous terre, la vie m'interpellait. Je serai un jour cette gaine des eaux usées et j'espérais qu'une araignée viendrait me faire la conversation dans le bunker des ténèbres, couchée sur mon satin blanc pour l'éternité.

L'escabeau se dressait devant moi. Je n'avais plus qu'à l'escalader. Dernier étage du placard de l'entrée. Toujours le papier peint poussif. Celui-là n'avait plus que quelques heures à vivre. Et moi ? Les boîtes étaient là, immobiles ; elles me contemplaient. Des heures de concentration, de fous rires, emmagasinées sous leurs noms étranges explosèrent dans ce goulot noir, tandis que je m'empressais de faire disparaître les piles de plateaux, de pions, de billets, de cartes, dans leur nouvelle unité de stockage. *Scrabble* : Valère ; *Master Mind* : Antoine et Valère ; *Cluedo* : Lise et Anne, Henri parfois ; *Trivial Pursuit* : Fanny et Grégoire et tous, assis autour de la table le dimanche soir et la pissaladière, les petits farcis et la bonbonne en paille de vin rosé de la bastide de Fontvieille. Rideau. Des boîtes, des noms, qui pour moi n'avaient plus de sens et je riais. Un dernier morceau de scotch. Il était déjà 10 heures.

J'ai déposé les jeux que la société m'avait fait jouer, dans leur grand carton coloré, devant la porte de la maison paroissiale à 10 h 17. Les compromis, les concessions, la bienveillance dont on surabonde, toujours mise à nue, toujours susceptible de suspicion. J'avais eu un peu de mal à boucler le carton. Il débordait. Normal. Parfois, il faut savoir s'asseoir pour tasser. Il y aurait bien une dame patronnesse pour les récupérer mes graines de fou rire, mes semblants de victoire, mes équipes déchues, mes coupes manquantes, pour tendre les cartes à jouer à des enfants avides de conquérir de haute lutte, ne serait-ce que pour un instant, le titre de champion.

En fait de dame patronnesse, c'est un miséreux qui m'attendait. Il m'aida à déposer ma charge et me demanda s'il n'y avait rien à manger là-dedans, désignant la caisse au sol, de sa main sale et griffée de croûtes. Je lui répondis que la seule chose à manger dans cette caisse, c'était le titre de perdant. « Celui-là, je l'ai déjà. » Je lui proposais de venir casser une croûte avec moi au Starbucks. Il me fit un signe de la tête. Cela devait dire oui et il m'emboîta le pas.

La serveuse avait la fausse convivialité qui suintait par tous les pores de la peau : sourire forcé des jours sans, et pince-nez pour les chiens que l'on repousse parce qu'ils puent. Pas de doute, elle ne me servirait plus jamais, mais les oiseaux, eux, chantaient toujours en moi.

Elle me demanda mon prénom pour l'inscrire sur le gobelet. Sa collègue allait préparer ma boisson. J'entendis mon clochard gueuler : « Scrabble, je m'appelle Scrabble. » Alors, je lui emboîtais le pas et me mis à affirmer tout de go : « Trivial Pursuit, je m'appelle Trivial Pursuit. » Cela sentait la liberté. L'identité volée de l'enfance façon Club des Cinq et les histoires que l'on se raconte entre cousins sur la plage. Elle a haussé les épaules avec son make-up mal ajusté et sa couette en ruban sur le sommet du crâne et elle a maugréé : « C'est d'un trivial ! » Un point partout ; la diablesse n'était peut-être pas aussi bête qu'elle en avait l'air ; un master en psychologie et un doctorat de sociologie plus tard, elle survivait avec les lattés du Starbucks. Je lui proposais de se joindre à nous. Il n'y avait personne dans la salle, à part deux vieilles dames qui se repoudraient le bout du nez avec leurs souvenirs. « Vous croyez que j'ai que ça à faire de jouer avec vous, madame ? » Sa collègue beugla à son tour : « Trivial Pursuit et Scrabble, c'est prêt ! » Les deux vieilles, étonnées, levèrent la tête. Elles étaient partantes pour un loto mais on n'était pas à Saint Andrieu-sur-Allier, ici. La couette perchée haussa les épaules à nouveau. Mon clochard éclata de rire, un rire grave et toussotant. Devant son cappuccino à la noisette et sa tranche de gâteau à la carotte, qu'il émiettait dans sa cuillère avant de la plonger dans la mousse onctueuse, il me parla du Scrabble. Pendant des heures. De longues minutes. Qui, pour lui, valaient des heures. Parler, il ne savait plus. Alors, ça se bousculait. Il adorait ce jeu. La pluie tombait. Je l'écoutais. Je n'avais plus les mêmes personnes à écouter. Tout était nouveau pour moi aussi. On m'avait tout pris ou peut-être était-ce moi qui acceptais enfin de tout donner. Je lui dis que je ne pouvais plus jouer avec lui, mon jeu se trouvait dans le carton devant la porte de l'église. Dans une autre vie, il avait été technicien de santé. Il me restait juste un jeu d'échecs. S'il voulait passer à l'appartement pour s'y essayer.

D'accord, mais pas chez vous, Trivial Pursuit. Les échecs, c'est au Luxembourg que ça se joue. Au jardin.

J'avais compris. Rendez-vous fut pris pour le mercredi suivant à 10 heures ; comme si d'ici là, il avait tant de choses à faire qu'il n'aurait aucune minute à m'accorder. Je me séparai de Scrabble qui reprit sa place de gardien de porte paroissiale et m'enfonçai dans le métro.

Une caisse par jour, c'était une bonne moyenne. À ce rythme, il me faudrait une éternité pour tout faire passer par-dessus bord. Comme un avant-goût de ce qui m'attendrait par la suite.

Je repensais à la Seine, à sa lenteur, à son évanescence liquéfiée, évaporée. Les boîtes vertes des bouquinistes ne m'avaient pas quittée.

5

Éclat de silence habité

SAMEDI, seule.
Première fois.
Depuis si longtemps.
C'est émouvant un samedi seule.

Ça appelle la jeunesse. Ça la pêche à la ligne. Au bout de l'hameçon, il y a le cœur à cœur silencieux qui s'installe et toutes les frontières que l'on repousse. Soi à soi. Ce temps miraculeux, lointain, ce temps d'avant l'avant où l'on était juste soi, sans être mère, épouse, compagne. Sans être investie. La tentative, la tentation d'ouverture pour ne pas étouffer. S'étouffer. Mais bizarrement, mon âme fredonnait. Un opéra de quatre sous. Les quelques trilles de mes compagnons à ailes qui m'avaient une fois de plus réveillée. Mon âme était heureuse de me dire qu'elle était elle et pas une autre, heureuse de se redécouvrir, je crois. Il fallait que j'affronte la chambre d'Anne et Lise.

Très tôt, je m'étais glissée dans la cuisine pieds nus. Le carrelage était froid, lisse, et j'aimais cette sensation de fraîcheur qui me faisait frissonner lorsque le thé brûlant touchait mes lèvres. Un éros avec son parfum de fleurs bleues. Un thé d'après-midi que je m'étais empressée d'adopter pour la première gorgée du matin. J'avais le printemps en bouche à chaque saison.

La cuisine était silencieuse. Elle l'avait été bien des fois auparavant. Mais ce n'était plus le même silence. Le silence de ce samedi matin était un silence nu, déshabillé, désincarné. Il n'était pas fabriqué de l'arrêt de la parole de deux êtres qui viennent de converser. Il était tissé des premières bribes du monde, pas de cris de douleur, de peur. Juste le silence de l'émerveillement après la naissance de la création première, lorsque Dieu avait posé sa scie, ses gouges, son plioir et ses crayons de couleurs. C'était bon d'être lovée dans l'aube du monde, bercée par le vide, de ne pas avoir d'oreilles, de ne plus capter que les vibrations silencieuses des êtres qui allaient s'éveiller. La fin de la nuit annonçait encore une nouvelle création. J'en faisais partie. J'étais vivante. Je devais m'en souvenir. « Il y a toujours du neuf à explorer. » Cette maxime de mon professeur de dessin aux Beaux-Arts flottait en boucle dans le silence. Avais-je été élève aux Beaux-Arts ? Quand ? Tout s'était effacé. Tout s'efface. Notre mémoire ne survit pas. Elle ne fait qu'explorer ce qu'elle ne peut emmagasiner.

Je cherchais ma boîte de couleurs, mes tubes. La pièce, mon atelier, était pleine de poussière. J'y allais à tâtons, dans le noir. Les volets fermés depuis une éternité. Depuis toujours, disait le cœur à cœur. Les lieux m'accueillaient, me guidaient. Ils portaient mes mains dans l'ombre, mes pieds nus sur le parquet, ma mémoire des contours. Les lieux m'étaient familiers. Comme une vieille couverture en laine, un alpaga usé qui réchauffe et qui gratte. Ma boîte m'attendait. L'ouvrir, c'était renouer avec le fil du temps. Il était trop tôt. Il faisait trop beau. Par la fenêtre. Derrière les volets.

Je me suis retrouvée dans la rue. À nouveau. Mes pas m'avaient conduite. Ils exploraient le quartier de l'Odéon. Je retrouvais des galbes familiers, des angles de rue maintes fois dessinés, des pavés lessivés par l'aube, rue de Buci. Un café ouvrait ses portes. Je n'avais pas envie d'y pénétrer. Je voulais me laisser fondre dans la fraîcheur du ciel laiteux, marbré de cloques pourpres. Suivre les traces sanguines. Celles qui déchiraient le gris de ma vie, celles qui se déplaçaient avec nonchalance, poussées par le vent qui s'était mis à respirer.

Un jeune homme venait juste de finir d'installer les tables, sur le trottoir. Sourire franc, un Apollon en queue-de-pie à tablier blanc immaculé. Il allait se marier. Il m'apporta un petit déjeuner à l'anglaise avec des œufs brouillés au bacon qui fondaient dans la crème et le poivre. Sensation réconfortante du liquide et du solide, de ce qui nous compose et que je goûte plus que tout. Le mélange. La curiosité. Ne pas se laisser enfermer. Les murs de l'hôpital se dressèrent devant mes yeux. Un instant. Très court. Vision fulgurante qui parfois venait encore me hanter. J'avais appris à rejeter, tordre, émincer, écraser. Sauter à pieds joints. Me construire dans l'urgence, me défendre. Tout cela était terminé. Derrière moi, remis, offert.

Mon serveur était beau, tout simplement. Plein de vie. Les mains posées sur les hanches. Il discutait avec son pote d'en face, « Aux Fruits et Légumes de Buci », qui installait les premiers melons. J'avais envie de les mordre tous ces melons, d'en briser l'écorce à peine mûre, de déchirer leurs courbes céladon pour faire naître la chair orange, ferme, juteuse, mais j'attendrais juin, le sud, Fontvieille. Je les mordis avec mes couleurs. Sur un coin de nappe en papier. Ma trousse n'était jamais loin. La plus petite, celle des feutres, celle que je traînais partout, qui ne servait plus que de loin en loin. J'avais demandé au jeune homme une feuille et il m'avait rapporté un rectangle blanc plié en deux, une nappe matelassée, fibules de bois ivoire qui faisaient crisser les feutres, les déroutaient. Il regardait mon dessin naître.

Coup d'œil sincère.

Je lui tendis l'esquisse. Je l'avais dessiné lui aussi.

Et, patron, venez voir, je suis une star.

Éclats de rire. Il en faut si peu.

Je me levai, délassai mes jambes, m'enfonçai rue de l'Ancienne Comédie.

Je n'étais pas seule.

C'était un samedi entre moi, Paris, et Audrey Hepburn. Le Champo jouait *Vacances romaines* à 10 h 30. Je m'y précipitai.

6

Éclat d'antre, de tourniquets qui dansent

Midi. La fine silhouette d'Audrey Hepburn me poursuit. Son air ingénu, la grâce de son corps de ballerine, sa taille de guêpe dans sa jupe corolle à mi-mollets, la blancheur de sa chemise aux manches négligemment remontées au-dessus du coude, la pointe du foulard noué dans son cou, l'étincelle de ses yeux, la légèreté de son sourire. L'évidence des choses belles à jamais. Liberté. Fraîcheur. Une bouffée d'oxygène mythique.

Est-ce qu'Audrey Hepburn peut quelque chose pour moi ? Est-ce qu'elle m'aide à fuir ?

J'ai soudain envie d'esquisser. Une envie violente, électrique. Ce que j'ai réprimé depuis de longues années m'attaque. À la gorge. Suis-je de taille pour laisser tout cela remonter à la surface ? Quelques croquis peuvent-ils me sauver ? J'entends la voix de Valère ; en *moderato*, celle de Lise. Bientôt, je vais la perdre, comme j'ai déjà perdu celle d'Anne. Il ne me reste plus que le trait cristal de sa pupille lorsqu'elle venait se réchauffer contre moi et les deux notes de son rire avant qu'il ne se propage, doux, contagieux, posé dans l'effronterie.

Je déambule sans notion de l'heure et j'ai faim. J'ai si peu mangé depuis des mois. J'avise une boutique d'articles pour le dessin, non loin de la Sorbonne. Je vais faire provision de crayons. Vitrine poussiéreuse, peinture jaune craquelée, patine défraîchie, vitres sales, cela me rassure, on aime la poussière dans cet endroit, celle qui colle aux années, aux photos anciennes, et je me sens encore incapable de dépoussiérer mon album intérieur.

Je pousse la porte. Une cloche tintinnabule pour annoncer mon entrée dans la caverne d'Ali Baba. Cela sent le Paris artisanal, odeur âcre, mélange d'effluves de crin, de térébenthine, de colle, de gomme arabique. Meubles de métier aux multiples casiers de bois verni, présentoirs en acrylique pour les rollers, les pointes fines, présentoirs en peuplier pour les autres stylos, ceux encorsetés de marqueterie, de métal, de paillettes, de cuir, de plumes. Casiers noirs, imposants, pour les pinceaux, les tubes, les craies, les pastels. Je n'aime pas le noir mais il a toujours fait danser la couleur. Les tourniquets de cartes postales en fer rouillé peinent à esquisser leur mouvement circulaire. Ils grincent. Douloureusement. Un son qui soulève à peine la poussière. Les cartons à dessins se disputent l'espace : les classiques, marbrures noires et vertes, derrière ; devant, les modernes, à-plats monochromes qui claquent en framboise, vert anis, bleu roi. L'envie de les barbouiller au feutre me démange : une sirène, des poissons exotiques, du jaune, cru, celui qui dégouline de l'œuf, du violine, deux traits de bistre plongé dans l'abricot ; ou bien, des carreaux à la Mondrian, du graphique, celui qui contraint le regard, l'hypnotise, l'empêche de se perdre. L'amoncellement de blocs de papiers, de cahiers, de carnets, de spirales, de carreaux, de lignes, brouille les pistes.

Je cherche des feuilles vierges.

La page nue.

Celle que l'on débute, celle où tout peut s'écrire, se colorer, où rien n'est encore né, fixé, figé. Aucune souffrance.

Je feuillette. Je caresse les papiers, la couche fine et sensuelle de leur grain. Mes yeux. Ils me piquent. Cela les occupe. Et puis, s'ils sont rouges, ce sera d'avoir trop scruté dans la pénombre. Je me sens dépossédée de moi-même. Peut-être parce que je ne sais plus où poser les yeux. Pas de balises dans le bazar ; pas plus dans la tempête qui agite mon âme. J'ai oublié jusqu'à la raison qui m'a amenée à pousser la porte.

Un vieil homme – mais peut-il en être autrement ? – lève le nez de son livre de comptes. Il a dû l'acheter avant la guerre, ce livre ; étroites pages vert pâle, fines lignes rouges couvertes d'une écriture brune, à la plume, enserrées dans une couverture de cuir noir élimée qui, elle, l'a faite, la guerre. L'ordinateur n'a pas encore pollué cet espace. Les mains sont frêles. On voit les veines, le sang qui palpite encore et circule entre les taches brunes. Elles ne tremblent pas. Elles alignent les boucles majestueuses des huit et des neuf et les ovales parfaits des zéros. Mais, derrière les huit et les neuf, les zéros ne sont pas légion. Le sourire malicieux illumine les lèvres et les yeux en même temps. Au moment où il a relevé la tête, son visage s'est allumé comme l'ampoule d'un plafonnier qui, soudain, éclaire jusqu'au plus petit recoin d'une pièce. La pleine lumière, alors que l'homme est plongé dans l'ombre. Je songe qu'on pourrait s'envoler là, ensemble, deux bulles de savon poussées par la brise dans les déchirures sanguines.

Et pour vous, jeune fille, ce sera ?

J'ai envie de le prendre dans les bras. Il a dû s'en apercevoir.

J'ai ce qu'il vous faut. J'ai toujours ce qu'il faut !

La voix a un léger accent chantant, celui des amoureux de la France, un mélange de Raimu pour le terroir, les pierres de naissance, celles des fermes ou des cathédrales, de Jouvet pour l'autorité sans discuter, d'Arletty pour la gouaille. Je rajoute une pointe de Trenet pour le souvenir, la naphtaline. Je n'ai rien dit. Il s'enfonce dans l'arrière-boutique, revient avec un minuscule plateau, antiquité des années soixante où s'étalent la marque Pastis sur un fond jaune poussin et deux verres remplis d'une boisson rose.

Ce n'est pas de l'alcool, rassurez-vous ! Juste un petit verre de grenadine à la vanille, faite maison. Vous m'en direz des nouvelles !

Il n'y a personne dans la boutique. Il était sur le point de fermer. Je bois. Non, je sirote, j'ai cinq ans. Les confitures de groseilles de ma grand-mère, le clafoutis aux cerises de Fanny, un peu du parfum des bouquets de gousses de vanille que Jacques nous avait rapportés de Madagascar. Les larmes se sont frayé un chemin toutes seules. Je ne les ai pas appelées, je ne leur ai rien demandé. Mais, je me laisse faire. Il paraît que ça soulage. Je n'ai pas pleuré depuis le 13 janvier dernier, il y a quatre mois. Non, c'est faux. Je n'ai pas pleuré depuis une éternité.

J'ai reposé mon verre sur le comptoir couvert de papiers. Il n'y a pas de machine à carte bleue, pas de tablette, pas de téléphone portable. La seule concession à la modernité, un sans-fil.

Andrée!

Il n'appelle pas. Il ordonne.

Ferme. C'est l'heure. Je vais déjeuner. Une beauté m'invite.

Andrée passe une tête depuis la réserve. C'est une femme ronde, aussi âgée que lui. Cheveux courts, couronne cendrée. Je sors. Dans l'entrebâillement de la porte qui se referme, j'aperçois sa blouse en tergal bleu. Bleu nuit, avec un liseré blanc le long des boutons.

7

Éclat de vitalité

MON vieil homme trace d'un petit pas de tango, tantôt à droite, tantôt à gauche, soudain au centre, une ligne bien nette. Je tente de danser moi aussi. Le vent soulève les pans de sa veste de chasse brune. Lui, fait danser les poubelles. Un couvercle cogne. Un sac de plastique s'envole, il joue avec les nerfs des pigeons qui se disputent un reste de pain au chocolat qu'un bambin a fait tomber sur la chaussée. C'est un temps de giboulées où le soleil refuse de se lever. Un temps entre deux, où la pluie n'est pas assez épaisse pour mouiller les arbres, juste un doux rappel qui sème des gouttes éparses sur les cheveux, les épaules. Des gouttes qui sèchent tout de suite. Le vent est trop fort. La pluie n'aura jamais le dernier mot.

Il me sourit, me saisit la main. Je me laisse faire. Il me précise qu'il est enchanté de déjeuner avec une princesse. J'apprendrai plus tard qu'il est comme ça, que des princesses à sauver, il en a plein les poches de sa gibecière et qu'avec les pirates, il sait toujours y faire aussi. Je me laisse conduire. Je connais bien le quartier et pourtant, je ne sais plus trop où nous sommes. Il plaisante, il est heureux. Rue Lagrange, il me dit qu'il m'emmène à la campagne, que j'ai besoin de me retaper, que je suis blanche comme un navet et qu'il ne faut pas oublier que dans un navet, y a du violet. C'est donc ce violet qu'il veut peindre sur mon visage.

Je ne vous ai même pas acheté un crayon !

Laissons cela tranquille. Si je vous avais vendu quoi que ce soit y a un quart d'heure, vous auriez dessiné des pendus ! La mort vous courait après.

Pas sûr qu'il ait tort !

Il pousse la porte d'un vieux bistro, nappes blanches prises d'assaut, chaises aux jambes d'aluminium qui raclent le carrelage, odeur de blanquette. Du mitonné, de la chose vécue. De l'immuable. On entend la patronne dans la cuisine qui houspille le cuistot. C'est que le resto est plein. Elle émerge de l'arrière-salle.

Isidore ! Comment ça va t'y depuis hier ?

Ma fois, ma Mélanie, pas plus mal, pas moins bien !

À la bonne heure !

Un homme robuste derrière le comptoir, son mari, front transpirant, épaules serrées dans le carreau-mouchoir, sert le coup de rouge à des employés de la RATP, mécaniciens au dépôt du XVe, qui sont venus donner un coup de main à leurs potes de la station Saint-Michel. Sanglés dans leurs pantalons vert bouteille et leurs T-shirts noirs frappés du logo de la centrale, ça parle mécanique, congés payés. Ils refont le monde à coups de jambon-beurre et de beaujolais bien frappé. Le petit noir ne va pas tarder à suivre.

Leur monde à eux, ce n'est pas, RATP, rentre avec tes pieds, mais RATP, râle avec tes poings, chuchote Isidore. Lui, le grand, le fort en gueule, c'est Gilbert. De toutes les manifs. Isidore adresse un signe de tête au groupe.

En effet, il y en a un plus grand que les autres, carrure de déménageur, qui tape du poing sur le comptoir dès qu'il réussit à faire rire ses collègues. Il répond à Isidore d'un signe de la main. Il beugle : Isidore, t'as vu l'heure ? T'as enfin réussi à éteindre tes couleurs ? Visiblement, il est content de lui.

Isidore hausse les épaules.

Pas un mauvais bougre. Juste embrigadé. Sa mère aurait dû lui dire que 2 et 2, ça fera jamais 5 !

Les autres, c'est sur les cuisses qu'ils se tapent. Les vannes pleuvent. Ça cause politique – tous des vendus – ou show-biz.

Parfois, ça parle des deux, souligne Isidore, et là, ça claque encore plus fort, les cuisses. Un concert. Pas loin du gospel.

Je vais vous isoler, annonce Mélanie. Dans l'arrière-salle. Sur le devant, je n'ai plus qu'une table qui va se libérer et le docteur attend déjà depuis un petit moment.

Elle indique un homme d'une cinquantaine d'années, pantalon de serge grise, veste de velours grise, col roulé noir, qui lit *Le Monde* au comptoir. Isidore le salue, lui aussi. Un signe de tête. Le toubib répond, un clin d'œil, puis replonge dans les gros titres.

Le docteur Maubert, je me suis toujours demandé si ses patients, il les soignait ou s'il les enterrait. Ça fait vingt ans que je le côtoie, vingt ans qu'il est en deuil.

Je frissonne. Je n'ai toujours pas le goût du noir. Mais l'homme a l'air détendu, élégant dans le personnage de notable qu'il s'est fabriqué.

T'inquiète, ma Mélanie. Ça sera parfait. Tu nous mets deux plats du jour, une terrine pour moi en entrée, une assiette de crudités pour ma princesse. Elle a besoin de se refaire les vitamines. Et puis pour le dessert, tu nous trouves du soleil pleine gorge.

Mélanie nous installe à une table de quatre dans l'arrière-salle. Vous serez plus à votre aise. Elle passe sa main sur la nappe pour en ôter les plis, dispose les verres, les couverts, les serviettes en tissu à carreaux bleu et blanc. C'est la marque de la maison. Ici, on ne mange pas avec du papier, on mange du vrai ! Pas besoin de faire de la pub au bio, on n'a jamais rien connu d'autre. De toute façon, les engrais, ça coûte une blinde, alors vaut mieux utiliser le fumier ! Mélanie sait ce qui est bon, c'est tout ! Elle s'en retourne en cuisine en criant « une terrine, une crudité, deux blanquettes, deux gariguettes, une demie de bordeaux », puis soudain fait volte-face, attrape sur le comptoir un petit bouquet de renoncules violacées et de narcisses blanches serties dans du buis, et s'en vient planter le bouquet sur notre table.

Pour sûr, Isidore, ta princesse, il lui faut des fleurs !

Et ma Mélanie, toi, tu sais toujours y faire avec les princesses. Tu es une reine !

Je me sens mieux. Ma nuque n'est plus douloureuse. Je caresse le coton de la nappe, ses fines nervures qui dessinent des feuilles tressées en couronne, entre les lignes des carreaux bleu marine. Un tissage solide, qui ne s'use pas si facilement. Une fabrique basque, peut-être de Saint-Jean-de-Luz. Le nom me frappe. Il appelle l'océan, le rythme des vagues qui se fracassent contre la roche, ce va-et-vient qui bouscule, qui hurle, mugit, gronde, s'étouffe, puis renaît. Sans cesse. La vie tumultueuse. La vie sans filet qui vous douche copieusement, vous noie parfois. Il faut que je reprenne ma respiration. Je suis en apnée sous des tonnes de flotte azur avec au loin un rayon de lumière qui s'agite dans l'onde engloutissante. Je m'enfonce. L'azur vire au verdâtre. Un coup de pied pour remonter. J'ôte ma veste. Isidore m'attend. Le regard bienveillant me fait face, deux yeux plissés dans un ovale fripé. Rayonnant. Silencieux. La chaleur humaine pénètre dans mon pouls, dans mes veines. Il y a encore de la vie quelque part. Elle n'est pas blanche, cendreuse comme les murs des hôpitaux, gris pâle comme les couloirs des morgues.

8

Éclat de va, de vient

ISIDORE, c'est vraiment votre prénom ?
Vrai de vrai, ma princesse, celui que m'a donné ma mère et que portaient feu mon père et mon grand-père et tous mes ancêtres avant eux.

Ce n'est pas très commun !

Eh non ! C'est pour cela que je vous invite à déjeuner. Je vous soupçonne d'avoir une terrible envie de croquer l'histoire de la dynastie des Isidore, marchands de couleurs de père en fils dans la rue des Écoles !

Il a appuyé sur la liaison entre *des* et *Isidore* pour faire entendre le son *zizi*. Je le lui fais remarquer. Les épaules voûtées se relèvent. Il se tord de rire comme un gamin.

Quand j'étais un garnement, mon surnom, c'était Zizi. Tous mes potes m'appelaient ainsi. Ça marque à vie ! Et mon maître n'avait rien trouvé de mieux que d'en rajouter en me nommant Zizi dort. Vous comprenez, *Zizi* plus loin *dort* du verbe dormir !

Je souris. Isidore me plaît ; je n'ai pas envie de me demander ce que je fais là, je n'ai pas envie de me demander si je suis dans la vraie vie. Je suis dans la vraie vie. Plongée dedans. La vie d'avant n'existe plus. À cet instant précis. Elle doit cesser de me harceler. Je dois cesser de me laisser harceler.

Il faut dire qu'en classe, j'en foutais pas une rame comme on dit !

L'histoire des Zizi dort va se terminer ? Qu'il faille l'écrire si vite…

Cela se pourrait bien. Pas l'ombre d'un héritier en vue ! J'ai eu deux filles, qui n'ont elles-mêmes eu que des filles. Mon frère a eu un fils dans ses enfants, mais mon neveu ne s'est pas marié. Son truc à lui, ce n'est pas la couleur et de toute façon, il ne s'appelle pas Isidore. C'est un honneur réservé aux aînés.

Mélanie se faufile entre les tables avec ses assiettes. Les crudités me rappellent mes protège-cahiers, couleurs franches, du vert, de l'orange, du violet. Je désigne à Isidore la betterave. Je lui rappelle sa promesse de me colorer les joues. Il acquiesce, fait mine d'étaler sur celles-ci un pinceau qu'il a trempé dans les rondelles aubergine. Alors, j'en attrape deux avec les doigts et je fais mine de me les coller sur les pommettes, puis je les engloutis en une seconde, la bouche pleine de sirop violine. Mes doigts sont tachés. Fuchsia, les index et les pouces. Je les lèche. C'est divin, frais, saveur sucrée relevée par la vinaigrette à la menthe. Une pointe de ciboule s'attarde en bouche.

Mélanie va être heureuse, vous faites honneur à son potager !

J'ai l'impression de ne pas avoir croqué une carotte depuis des mois.

Vous n'avez pas croqué de carotte depuis des mois, je vous le confirme ! Sinon vous auriez le teint rose ! Et puis ça, c'est pas de la carotte, c'est de la carotte de Mélanie… C'est de la carotte cultivée ; elle a fait ses classes, elle connaît tout le répertoire des chansons qu'elle fredonne, Mélanie, au-dessus du sillon, du Trenet, du Brassens, du Souchon, de la Bruni avec son Raphaël et son Raymond ! Celle qui a besoin des R pour roucouler, vous savez ! Et puis ça, c'est du concombre bichonné, aux vers d'Aragon et de Rimbaud ! Comme elle dit, ça le rend plus croquant. C'est ça qui va vous les faire roses les joues, ma belle ! Pas les pilules, pas les crèmes, encore moins les babioles qu'on vend aux femmes pour se peinturlurer et qui les défigurent. La couleur, c'est sur le papier qu'elle est au mieux ! Ou… au-dehors, là où elle est née !

Je suis si blanche que ça ?

Je songe que je ne me suis plus regardée dans la glace. J'ai oublié jusqu'à ce geste.

Papier mâché, laitue bouillie, farine de grumeaux. Y en a pour tous les goûts, du blanc au vert pisseux, mais du rose, pas une lichette. Je vais demander à Mélanie de vous emmener trousser ses poireaux dans son jardin d'éden. Vous devez bien connaître quelques poèmes de Maurice Carême. Ça vous requinquera.

Maurice Carême, pas sûr, c'est loin. Et puis, l'éden..., là aussi, je ne suis pas bien sûre d'avoir envie d'y mettre les pieds en ce moment.

C'est que vous n'y êtes jamais allée !

Sans doute. Mais... quelqu'un m'y a précédée, il n'y a pas si longtemps.

Ah ! Mais vous, vous parlez du grand éden. Moi, c'est du petit dont je vous parle. La balade au grand éden, c'est souvent une balade qu'on finit par faire seul. Mais pour avoir envie d'y mettre les pieds un jour, au grand éden, comme vous dites, mieux vaut commencer par celle au petit, et accompagné.

Isidore me parle de la vie, de la mort, comme s'il s'agissait d'un chemin de randonnée, un G.R. balisé.

Qu'est-ce que c'est le petit éden ?

Eh ben, c'est ça, le petit éden, une balade dans le potager de Mélanie ! Un bon repas entre potes, un pique-nique au bord de l'eau, le vent à trente nœuds et le goût du sel qui poisse le cheveu. Tous ces tits édens qui vont finir par nous mener au grand. Toutes ces mains qu'on a serrées. Tous ces tits tourments qu'on a tenté de soulager, tous ces instants où on a laissé le temps filer parce que sinon, on en aurait crevé de trop en porter. Je crois à l'abandon, ma princesse. Je crois que l'on ne porte rien, qu'on y est pour rien, que les bourrasques, si on les affronte couchés, elles nous écrasent ! Et on se relève pas parce que tout ce qui se décroche au-dessus, on se le prend sur la tronche et on se laisse ensevelir. Je crois que si on les affronte debout, elles nous rendent plus résistants.

Et si on n'arrive pas à tenir debout ?

On n'est jamais tout seul debout. Il y a des corps, des arbres, des poteaux pour s'accrocher. Les verticales, c'est pas ce qui manque ! Pour le dire autrement, le bonheur, il est comme la marée, faut savoir le choper quand on est au plus bas. Quand ça remonte et que la vie nous bouscule, on n'a pas le temps. Alors, on se laisse engloutir et on se noie !

Il assène, Isidore. Sa voix me remue, quelques notes d'une contrebasse. Il tient l'archet, je suis la caisse. Chaque son s'imprime en moi. La tonalité doit être la bonne… Tant de gens ont tenté de me dire quoi faire, de me soulager. Et c'est cette contrebasse-là, qui semble enfin déchirer le poids qui étouffe mes poumons.

C'est votre homme qui vous a fait faux bond ?

Isidore n'a pas dit votre époux. C'est étrange, cette façon de désigner l'homme qui partageait ma vie, comme s'il m'avait appartenu.

Oui, l'homme de ma vie.

Je lui réponds, mais ce n'est pas ma voix. Il y a des mots qui se détachent de mes lèvres et pourtant ce n'est pas moi qui parle. Je répète pour me persuader, je détache chaque syllabe : « Mon époux, je l'ai accompagné jusqu'au grand éden. » Je souffle : « Il y avait mes deux filles aussi. » A-t-il entendu ? Ce mot ne s'est pas encore imprimé en moi : la mort. Il rôde. Je ne peux le prononcer. Avec Isidore, j'ai l'impression de ne rien avoir perdu. Au contraire, d'être en train de gagner quelque chose.

Valère ne m'appartenait pas. J'ai tenté de l'expliquer à Fanny et Grégoire. Ils n'ont pas bien compris. Grégoire, le frère de Valère, m'a dit que le déni, c'était normal au début. Ce n'est pas du déni. C'est juste que je n'ai pas envie d'en parler. Non, que je n'ai pas la force. C'est l'envie qui n'est pas là. Pas envie de ressasser, de me souvenir. J'ai mal. Pas du départ, de l'abandon, de la fuite. Ils n'y sont pour rien. J'ai mal de la suite. En fait, je ne sais pas comment prendre la nouvelle page, je ne sais pas si je dois la lire de haut en bas, de gauche à droite. Je pencherais plutôt pour une lecture vagabonde. Commencer par le milieu de la page, ou par la fin, ou ne pas commencer du tout. Pour moi, Valère est toujours vivant, dans un autre espace-temps, mais il est quelque part. Il est, c'est tout. Pour les filles, c'est encore autre chose : je n'ai pas eu le temps d'affronter.

Isidore a respecté mon silence. Je me réinsère dans la circulation des mots. Il engouffre en un instant sa terrine de foies de volaille et la salade au balsamique qui l'accompagne. Le couteau à viande tranche le pain. Mélanie lui a donné la miche. Elle sait qu'il n'aime rien d'autre que de trancher son pain lui-même, puis de le tartiner. Je le regarde faire. Les yeux me brûlent. Encore. Il me donne une bouchée comme aux enfants. Je savoure, les noisettes, le calva.

Il répète : Ah, votre époux ! Bien sûr ! Vous êtes trop frêle pour vivre seule ! Vous l'étiez avant qu'il ne vous quitte, ça ne va pas changer.

Et c'est pourtant ce qu'il va falloir que je fasse, vivre seule !

Mélanie vient débarrasser. Dans son dos, son mari nous apporte la suite. Il a fini d'essuyer ses verres derrière le comptoir et de servir la RATP. Elle s'est éclipsée en silence, la RATP, attrapant au vol le bus 89 pour aller pointer au dépôt de la rue Charles-Lecocq.

Pourquoi est-ce que c'est vous qui l'avez accompagné et pas l'inverse ?

La question d'Isidore me choque. Je n'arrive pas à comprendre.

L'inverse ?

Oui, l'inverse ! Lui qui vous ait accompagnée jusqu'au seuil de votre nouvelle vie. Ou vous la morte, lui le vivant ! Pourquoi est-ce que votre histoire s'est écrite ainsi ?

Je ne me suis pas posé la question en ces termes. J'aurais souhaité ne pas avoir à me la poser.

Comme nous tous. Il y a toujours un moment où la question doit être posée. C'est notre seule manière de grandir.

Vous croyez en Dieu, Isidore ?

Ça, c'est sans doute une question à se poser. Est-ce que Dieu croit en moi, en vous ? Oui, sans aucun doute. Mais est-ce le bon moment pour se la poser, celle-là. Qu'on y croie ou pas, Dieu est toujours là. C'est la seule chose dont je suis sûr.

Isidore inverse-t-il toujours le sens des questions ?

Comment l'avez-vous accompagné votre bonhomme ?

La sauce de la blanquette, onctueuse, parchemin, parsemée de gros champignons de Paris à peine épluchés, taillés en quartiers au couteau imprègne la tranche de pain qu'Isidore m'a tendue. Je dévore. Le riz est ferme, les carottes, menues, encore un peu acides. Ce sont les premières de la saison. Mélanie vient voir si tout va bien, me ressert en bordeaux. Je n'ai plus froid. Je n'ai plus de mal à parler, à lâcher la tristesse, le dégoût, la peur, à déverrouiller.

9

Éclat de confidence, de caresse et de sens

PEUT-être que c'est moi la vivante parce que j'aimais caresser ses mains. C'est comme ça que je l'ai accompagné, en lui caressant les mains.

Je regarde Isidore, ses yeux bien bleus, son nez busqué, la petite cicatrice qui trace un léger sillon rosé au-dessus de l'arcade sourcilière droite.

Il était dans le coma les trois derniers mois. Parler, je ne pouvais pas. Je ne lui aurais pas menti sur Anne, sur Lise. C'est juste que je ne pouvais pas. Alors, je lui caressais longuement les mains, le visage... son visage tuméfié, abîmé, méconnaissable, les poignets. Je prenais son poignet, je sentais le pouls battre si faible, je remontais jusqu'au coude. Je suis restée des heures à le caresser, les bras, enfin... ce qu'il en restait... sa cheville, les pommettes, son dos quand l'infirmière le mettait en position assise pour le laver. Et puis, le creux de l'aine, juste là au-dessus, là où le choc lui a arraché la jambe droite.

Je marque un temps. Il faut que je m'habitue. Je n'ai plus de pansement sous les yeux.

Chaque jour. J'avais son souffle entre mes doigts. C'était abyssal. Un rien qui tient en vie. Et puis, il y a eu ce jour où je ne suis pas venue. J'étais épuisée. Je me suis endormie. J'ai dormi l'après-midi entier. J'avais éteint mon portable. La première fois en trois mois... Je voulais juste reprendre des forces... Quand je suis arrivée à 19 heures à La Salpêtrière, c'était fini.

Isidore a lâché ses couverts. Il tend ses mains vers moi. Elles ne tremblent pas. Comme tout à l'heure, dans sa boutique, lorsqu'il écrivait sur son livre de comptes des rangées de chiffres, que je voyais le sang battre, se frayer un chemin, les deux plus grosses veines en épis, le bout des doigts ronds, secs, rabotés, les ongles coupés courts.

Caressez mes mains.

Isidore ordonne de sa voix douce, tempérée. J'ai dû rougir. Je l'ai senti, une brûlure sur les joues jusqu'aux confins des maxillaires. Mais ce pouvait être le vin. Il répète.

Caressez mes mains.

Il me regarde, ajoute tout de go :

Le vieux qui aime se faire caresser la bite, c'est un peu cliché non ?

Il est comme ça Isidore, imprévisible. Ça ne dort pas. Jamais. Ça sort.

Ses mains sont toujours tendues devant moi. Je les empoigne, je les retourne, je veux voir la paume. Elle est blanchâtre, creusée de sillons, trois lignes de vie martelées dans une argile souple. Le contact de nos deux peaux m'étonne. Malgré le vin, nos mains sont fraîches. Je suis un vieil homme, chuchote Isidore, qui sait parfaitement que ses mains ne reçoivent plus la chaleur de son corps et qu'elles seront bientôt glacées. J'ai caressé la paume puis chaque doigt, un par un. Je suis remonté jusqu'au poignet avec des mouvements circulaires. Les miennes de mains se détendaient, devenaient des gants de soie, un voile vaporeux. Il glissait comme sur une onde sèche. Puis j'ai approché ses deux mains de mes lèvres, les ai pressées l'une contre l'autre et les ai embrassées, un effleurement juste à l'extrémité du majeur, avant de les reposer de part et d'autre de son assiette. Je crois que j'ai fermé les yeux.

Isidore s'est remis à manger. Il a saucé son assiette, a appelé Mélanie pour une part de cantal. Il voulait finir son pain.

La voilà votre réponse.

Ma réponse ?

Moi aussi, j'ai terminé ma blanquette. Je n'en reviens pas. Mélanie a dû penser que la commande de cantal valait pour moi aussi. Elle a déposé devant moi une assiette avec un morceau jaune beurre, friable, une croûte grise. Cela sent le foin, l'herbe coupé, la violette séchée. J'ai fini la bouteille de vin.

Le grand ordonnancier là-haut – Isidore indique avec son index le plafond –, c'est ça qu'il veut. Que vous caressiez ! Qu'est-ce que vous savez caresser d'autre ? Qu'est-ce que vous aimez caresser d'autre ?

J'ai encore rougi, mais là, j'en suis sûre, c'était le vin. J'étais un peu grise. Avec les somnifères que le docteur Bourgoin me balance depuis les événements, je ne dois pas bien tenir une route aussi arrosée.

Je ne sais pas moi.

Vous ne savez pas ! Elle ne sait pas !

Isidore lève les yeux au ciel.

Encore une fois, vous pouvez me répondre les bites ! Ça ne va pas me traumatiser. Moi, ce n'est pas mon truc. Il paraît que c'est le truc des vieux, qu'ils ne pensent qu'à ça. Moi pas ! Je suis un vieux jeune.

Un zizi dort ?

Peut pas mieux dire.

Il y a de la matière dans ses yeux, un mélange, de l'impertinence, de la sagesse. Un appel à respirer calmement la vie. Ma porte intérieure s'entrouvre.

Avant j'aimais caresser les couleurs, mais c'était il y a longtemps. Encore avant, j'étais enfant. J'aimais caresser le tronc des bouleaux dans la forêt, tout près de chez mon grand-père. On a tous une histoire charnelle dans l'enfance. Moi, c'étaient les bouleaux parce que lorsque l'écorce se détache, elle laisse des traces sinueuses sur le tronc et, sous les morceaux d'écorce, il y a le duvet de la terre. Mais je ne caressais que la partie blanche qui s'était détachée. Si l'écorce était noire, je n'y touchais pas.

Je n'aime pas le noir. Après, j'ai appris à caresser avec mes pieds, l'herbe grasse mouillée, le sable, les galets doux de la Baie des Anges, les petits cailloux pointus des plages du Cap-Ferrat, les algues visqueuses du Cotentin. Et puis, il y a eu les Beaux-Arts. Et tout mon corps… Le contact avec les toiles. Le lin. Le chanvre. Le carton. Les papiers qui crissent sous le fusain. Le papier vergé des lavis, les fines lignes des vergeures sous les doigts, le tracé des pontuseaux qui forment la trame… L'épaisseur de la couleur lorsqu'elle sèche et qu'elle craquèle. Et… les cheveux de mes enfants, ceux de mes filles, des boucles de soie qu'on hésite à couper.

Isidore ne pose plus de questions. Son regard bleu ne me quitte pas. Mélanie est venue déposer à chacun, une charlotte aux fraises et un café. Je ne m'en suis pas rendu compte. Son visage me rappelle le roi dans le film de Jacques Demy, *Peau d'Âne*. Il se confond avec Jean Marais et sa cape aux ailes saphir et argent, la couronne en moins. J'ai besoin de dire que je ne caresserai plus mes filles, qu'elles ne sont plus que des corps démembrés, déchiquetés, écrasés sous un amas de tôles, dans un tunnel noir, quelque part sur une ligne du métro londonien. J'ai fermé les yeux. C'est Isidore qui m'a pris les mains et les caresse.

Vos filles ne sont pas dans une carcasse de tôles, ma princesse. Non. Elles sont dans un jardin. Dans ce jardin que vous allez leur dessiner. Et c'est pourquoi vous avez poussé la porte de chez moi ce matin. Je ne vends jamais de pinceau au premier client venu. Jamais. Je dois savoir à quoi mes pinceaux, mes tubes, vont servir… À dessiner des fleurs ou des visages, des libellules, des étoiles, la nuit ou le vent, les enchantements ou les envies.

Vous dites ça pour que je tienne debout ?

Pour que vous vous abandonniez. Il n'y a rien d'autre à faire.

Si je m'abandonne, je tombe. En ce moment, j'ai éperdument peur du vide.

Je serai là pour vous relever. Je suis une verticale.

Pourquoi feriez-vous cela ?

Vous caressez, je relève. C'est ainsi. Y a rien de plus à chercher. Chacun son rôle, chacun sa mission, chacun son talent. Cherchez pas à compliquer. Caressez.

Les gariguettes explosent dans ma bouche, acidulées.

10

Éclat d'errance et de vent

Il y a trois douleurs en moi. Celle d'avoir perdu Anne et Lise. Celle d'avoir perdu Valère. Celle de m'être perdue avec eux. Je ne peux pas les retrouver, je dois aller me rechercher. Je ne sais pas où j'erre, je ne sais ce que je dois reconstruire, comment le mettre au jour.

Je dois caresser.

Ce mot me plaît, il est doux, d'une douceur infinie après des semaines de ténèbres, mes années de plomb. Je me noie dans ce mot. Je regarde mes mains, mes doigts, mes paumes. Je marche dans la rue. Le vent ne cesse pas de me chahuter. Je le laisse prendre possession de l'espace ouvert entre mes doigts. J'ai des gants de vent. Des gants duveteux. Mes mains sont un souffle. Je passe mon annulaire sur ma joue droite lentement, je sens le plumetis des grains de beauté, le duvet léger comme de la poudre, je suis le contour de mes lèvres, celle supérieure à gauche, sa courbe est plus haute qu'à droite. Je l'avais oublié. Mon visage est le même. Mon corps est le même. Il est resté tel qu'avant. C'est mon point de départ, cette stabilité dans la tempête. Mon corps est un phare, mes yeux sa lumière. Je vais devoir apprendre à regarder plus loin, plus haut. À mes pieds, la mer se fracasse et engloutit. Je ne veux pas sombrer. Je ne veux plus être couchée sous des tonnes de flotte azur. Je ne le peux pas. Je me suis assise dans le square non loin du musée de Cluny. Je dois reprendre le métro. La pluie a gagné. Cesser d'avancer comme une somnambule. Elle me rince, drue, me délaye, des trombes. Je la laisse me nettoyer.

J'ai dit au revoir à Isidore, je lui ai dit que je repasserai. Il m'a répondu qu'il le savait. Sur mon portable, un SMS d'Antoine. Il sera à Paris le week-end prochain.

11

Éclat d'horloge, de musique et de fil

Le dimanche est un jour béni. Un dimanche seule, c'est autre chose. À cause des images familiales que cela véhicule. Et ma boîte à images, ma caméra intérieure en était pleine de ces bobines, instants comblés, retrouvailles. Elle était pleine à ras bord du goût de prendre le temps de vivre. Non, elle débordait.

Et puis le temps s'arrête un jour. Cela peut être une nuit. À l'heure à laquelle il l'a décidé. Il entre dans une autre dimension, et les images virent au sépia. Les horloges tournent, mais vous, vous ne tournez plus avec elles. Il y a un avant et il y a un après. On ne vous avait pas prévenus.

Je devais courir pour rattraper le fil du temps. Je n'ai jamais su courir. Je décidai de prendre mon temps pour réapprivoiser le temps. Il n'était pas seulement question de mettre en place de nouvelles habitudes, des cérémoniaux neufs. Je sentais que tout mon être devait réinvestir ce nouvel espace : l'avenir. Avec d'autres aiguilles.

Il y avait les mots que je n'entendrais plus, les voix, les rires, les cris, certes. Mais il y avait surtout les bruits : la lame du parquet qui grinçait dès que Valère accrochait sa veste ; celle, brisée, fragile, juste en dessous du portemanteau, celle, qui, avec lui, n'avait jamais voulu se taire ; le clapement du sac de cours de Lise lorsqu'elle le balançait sur la chaise en rotin, le tintement de son trousseau de clés, plin-kling-ding faisait le minuscule grelot sur le cou de l'écureuil en peluche qui avait pour mission de veiller sur ses clés lorsqu'il atteignait le rebord de la boîte, klong-klong, elle avait raté son coup, lin-lin-lin-lin, le cliquetis de ses breloques, lin-lin-lin-lin, toujours trop lourdes pour son lobe et ses poignets, klang-klang, elle venait de les ôter. Anne, ce sont ses silences que je guettais et le chuintement, fouff, celui de son casque audio qu'elle enlevait prestement. Elle savait qu'à la maison, on n'écoutait jamais la musique pour soi, seul. On la partageait... La musique, leur avais-je dit, ne se satisfait pas d'être enfermée dans des écouteurs. Elle doit s'envoler. La musique, c'est de l'air du temps coloré, et l'air, c'est toujours libre. On ne l'enferme pas. Oui, je leur avais dit cela et bien d'autres choses encore, des mots qui s'étaient endormis, ne seraient pas transmis.

Réapprivoiser le temps, n'était-ce pas apprendre à écouter la musique de mes propres bruits, celles de mes propres silences. Isidore m'avait dit de caresser. Est-ce qu'on peut caresser le temps ?

Cette musique, la mienne, j'appris à l'aimer tout de suite. Instinctivement. Dès lors que je venais de découvrir son existence. Avant, elle n'était pas. J'étais plongée dans la musique des autres. Le silence de mes morts, de leurs mots, de leurs bruits venait de me révéler ma propre musique. Rien n'était effrayant. J'allais vers d'autres sons.

Le dimanche, il y a le son des cloches. Elles carillonnaient au loin depuis quelques minutes. À toute volée. Le ciel était à l'orage, terne, distant. Il boudait. J'entrais dans mon nouveau monde de silences par le son des cloches. C'était surprenant. Majestueux. Je me laissais entièrement soulever par leur timbre. Tout autour, des gens étaient heureux, ils allaient déjeuner ensemble, se parler, faire grincer leurs chaises, la porte du four, faire tinter leurs verres, se taper sur l'épaule, oublier de se dire je t'aime, se sourire, se disputer et leurs voix porteraient dans le vent leurs bruits, leurs mots.

J'ouvris la porte du réfrigérateur. Même lui vibrait. Il avait des choses à me dire. Peut-être ? J'ouvris la fenêtre de la cuisine, elle coinçait toujours, un long gémissement, je me penchai au-dehors. Les trois feuilles de basilic que je venais de presser entre mes doigts s'envolèrent dans une bourrasque. Je les avais achetées la veille au vendeur de melons, rue de Buci. C'était mon cadeau aux cloches, la plainte parfumée de mes feuilles. Je tendis l'oreille. Je n'entendis pas le son de leur chute. Elles avaient traversé la cour et volaient déjà vers l'Espagne. Une mama les récupérerait d'ici une heure ou deux, pour parfumer sa sauce.

12

Éclat de place nette

Depuis les protège-cahiers, j'avais fait du chemin. J'avais osé déposer quelque chose au sol et l'abandonner. Ce quelque chose m'avait relevée. Les départs intempestifs ont quelque chose d'inachevé. On doit tout laisser derrière soi et on a toujours l'impression d'avoir oublié l'essentiel. Je bénissais ma Lise qui collectionnait les protège-cahiers. Elle me les avait laissés. Grâce à elle, j'étais prête à vider. Drôles de collections, les collections de Lise : les galets cassés, les capsules de bouteilles de limonade, les écureuils en peluche, les timbres du Canada, surtout du Québec anglophone.

Ce dimanche, c'est avec le papier peint de l'entrée que je suis entrée dans ma nouvelle musique. Vider mes pulls n'était que prémices. J'ai fait disparaître dans le salon tout ce qui encombrait l'entrée. J'ai tiré, porté, haleté, ragé. Espace net. Moi et l'escabeau de Valère, ses marches en bois, ses taches d'usure. J'ai cherché mes propres taches d'usure, avant d'attaquer. Il y en avait déjà deux sur la main droite, une invisible sous mon petit orteil gauche – je l'avais cassé deux fois –, et une énorme, une Sonia Delaunay, courbe, de toutes les couleurs, au niveau du ventricule droit. Elle empiétait sur le ventricule gauche. Mais elle était si belle, je ne voulais pas la gommer. Il y avait le bleu de Valère, tous les bleus de Valère, ses opaques et ses opalescents, ceux qui s'accordaient, s'harmonisaient avec mon bleu Chagall, les oranges bigarades d'Anne, leur incandescence, les verts automne de Lise, eux ne faisaient que pétiller, la terre de Sienne d'Antoine, brute, virant sur l'ocre, le jaune volcan d'Henri mêlé à la lave fauve.

J'ai bu un thé, grignoté mon basilic effeuillé sur deux tomates noires. Je me suis lancée. J'ai commencé à déchirer. Il est venu comme de rien, le papier à rayures, par morceaux, en lambeaux, qui s'écrasaient au sol dans une poussière fine bleutée. Je ne veux plus de rayures. Parfois, il résistait ; alors, je le faisais crisser, gémir, hurler avec la tranche du couteau à viande. J'avais oublié d'acheter le matériel adéquat parce que je ne pouvais plus planifier mes journées. Je m'abandonnais. Je caressais le mur dépouillé, ses lézardes, ses croûtes. Des deux mains. Avec ma joue aussi. Je l'entendais respirer. Valère était encielé depuis deux semaines, les filles depuis quatre mois, et je nageais dans une mer de cartons, de plâtre. En déchirant ce papier, mes propres tiroirs se vidaient. Mon propre passé, je le foutais par-dessus bord. Par-dessus ma Seine. Je devais me dépouiller en premier avant d'ouvrir la porte des placards des morts. Rien ne me coûtait, je n'avais jamais été attachée à la terre. Fanny m'a appelée, elle a proposé son aide, j'ai décliné. J'ai accepté de retrouver Jacques demain dans le quartier de l'Opéra. Mon couteau à viande a rendu l'âme.

13

Éclat d'ange, d'oiseaux mouillés

Le reflet d'Anne s'est installé dans la baie vitrée du bus. Le 39. Il m'a conduite jusqu'au Louvre.

J'ai traversé la place dans son manteau de plomb. Il y a des lignes partout : celles obliques de la pyramide, celles horizontales des files de touristes qui, disciplinés, présentent leur vie au contrôle, celles verticales des arches sous lesquelles s'engouffre le bruit des moteurs. Ces lignes-là sont pour moi. Mes yeux s'y accrochent. Je ne vois plus les arrondis. Je ne vois que les courbes de son visage. Je n'ai pas envie de me noyer dans le gris. On est lundi, tout est gris comme un lundi. Le ciel ne veut toujours pas enfiler son bleu de travail, le vent est en grève. Les oiseaux aussi.

J'ai failli ne pas me réveiller. Il est déjà si tard. J'ai dormi du sommeil du juste jusqu'à 9 heures. Mon corps s'est mis debout dans un brouillard de douleurs. Ma torsade bleue l'a assoupli. Je vais être en retard, je marche avec parcimonie. Le visage d'Anne ne me quitte pas. Parfois, il est là. C'est tout. Parce qu'elle est morte sur le coup ? Non. Elle veut tout simplement me le répéter : « J'ai eu le temps avant les autres d'accrocher mes ailes d'ange. Elles étaient forcément orange, de cette teinte du soleil à son coucher, lorsqu'il s'allonge sur le blanc de la Sainte-Victoire et enlace la pierre chaude des Baux. »

Un petit ange orange repose dans le blanc de la pierre. Quelque part en Provence. Maintenant.

Il faudra que je la dessine, la pierre, et puis le soleil. Et les ailes. Juste deux traces claires à droite, deux traces claires à gauche. Dans un orange de forge.

Rue de Rivoli, ça coince toujours. Sous les arcades. Je me souviens de la place Colette ; des bribes de leurs exclamations d'enfants remontent. La station de métro du Palais-Royal les amusait avec son décor d'arbre de Noël. Un moineau vient s'abriter sous la voûte. Il a décidé de reprendre le travail. Je n'ai pas entendu l'averse s'enclencher. Forte. Brutale. Une oraison de klaxons. Le bus ne parvient pas à s'engager dans le carrefour. Je le contourne, me faufile entre son arrière et les phares d'une grosse berline noire dans laquelle une femme blonde s'agite, raccord avec le cuir de ses fauteuils. Lunettes noires, portable noir collé à l'oreille, trait de khôl noir à la naissance de la paupière, ligne longue, épaisse, démesurée qui lui fait un œil de chatte égyptienne, bracelet de montre en or jaune pavé de diamants. Elle me houspille. Je lui tire la langue et j'aime cela, le mouillé sur le bout de ma langue. Je bois les gouttes. Je dégouline. Ma veste taupe est une serpillière qui vient de récurer le ciel sur les bandes blanches du passage piéton. L'averse s'en est allée comme elle est venue.

Je me retourne. Mon moineau est resté accroché à la courbe de la pierre, devant le magasin de souvenirs. Il est en train de choisir une tour Eiffel en plastique pour ses cinq ans de mariage. Est-ce que les moineaux sont fidèles ?

Valère et moi l'étions. Et c'était lumineux, envoûtant. Une piste de décollage éclairée de chaque côté dans la nuit sombre. Une lumière pour lui, une lumière pour moi, une pour lui, une pour moi. Au centre, cette route éclairée par nos deux volontés. Une montée vers le ciel. Un voyage. Toujours nouveau. Une rencontre. Toujours plus belle. Et puis, l'atterrissage en douceur après les turbulences partagées. Nous étions tous les deux des inconditionnels. Du bleu.

J'ai remonté l'avenue de l'Opéra sans m'en apercevoir. J'ai croisé le petit frère de mon moineau. Trempé. Il n'a pas encore trouvé de compagne. Je lui ai dit de ne pas s'inquiéter.

Jacques m'attendait devant une librairie britannique pavoisée aux couleurs de la reine-mère. Un bonbon anglais sirupeux avec sa débauche de *pink flashy* et de *turtle green*. Des associations tordues qui bousculaient le gris luisant du trottoir, et celui, très pâle, du ciel. Il avait fait provision de romans en version originale pour Aurélie, sa dernière, dingue d'Anthony Trollope. Je lui ai dit, je ne sais pas pourquoi, que j'avais peu de temps.

Tu as tout le temps maintenant.

Que vais-je faire du temps des autres ?

14

Éclat de maillage, de fils entremêlés

Jacques n'était pas à proprement parler un ami. Pour moi, s'entend. Mais pour Valère, c'était un frère d'armes, un veilleur de longue date. Son associé. Avec Richard.

Ils s'étaient rencontrés tous les trois sur les bancs des Arts Déco. Ils avaient chacun travaillé pour des agences de design à la sortie de Camondo, s'étaient perdus de vue, retrouvés, croisés sur des chantiers transversaux. Avant de sauter le pas, il y a dix ans, sur une initiative de Richard. Ils avaient ouvert leur propre agence.

Richard les avait réunis, comme trois maillons indispensables : Valère au design d'espace et de mobilier, Jacques à la lumière, Richard aux matériaux. Ils avaient senti dès le départ cette osmose entre eux, ce fluide invisible qui les reliait et par lequel ils anticipaient en permanence la pensée de l'autre. Il n'y avait pas de heurt, jamais ; juste une sensibilité à la beauté du quotidien qui s'éprouvait dans le même besoin de sobriété, dans la même recherche de l'épure. Je les appelais mes lépuriens. Cela les faisait sourire.

Bien que je reste étrangère à leur monde, toujours à l'orée de leurs travaux, j'aimais les entendre discuter, voir leurs échanges naître dans cette épure, qui les caractérisait. Ils partaient d'un mot et tout était dit, tout était créé. C'était magique. Je crois que je n'étais pas la seule à ne pas oser les chatouiller. Même leurs clients, au départ un peu déroutés, finissaient par se faire à cette sorte de communication secrète, où chaque mot était à sa place. Un mot, un seul et la confiance était là. Mes lépuriens étaient reposants.

Le succès avait été immédiat. Ils n'étaient pas grisés. Ils s'amusaient comme des gamins ; à comprendre, à inventer, à courir le monde ; se jouaient des styles, des époques, des cadres, des clichés ; mixaient, matchaient, créaient. À foison. Sans interruption. À l'unisson. Toujours à rebours.

Il y avait les petits contrats, les particuliers, toujours prioritaires, et les plus gros. Sur les gros, Magali, l'attachée de presse, la visionnaire de la communication, intervenait, tentant de se couler tant bien que mal, à coups de textos, de mails, et de persévérance, dans le triangle parfait.

Leur dernière bouteille de bourgogne rosé, ils l'avaient bue pour fêter la signature de l'Excelsior de Londres : redessiner entièrement les espaces d'accueil, le restaurant, relooker les trente-deux chambres. Carte blanche. La consécration.

Ils ne sablaient jamais le champagne. Richard était originaire de Beaune. Il écumait depuis son enfance les vignobles, le chaloupé de leurs crus, la variété des climats. Il avait un faible pour quelques hectares perdus entre deux coteaux qui produisaient ce vin artisanal. L'agence l'avait adopté. Lorsqu'on appelait Laurent le vigneron, Laurent le magnifique, pour sa réserve spéciale, c'est que l'agence venait d'engranger du soleil. Alors, on buvait du bourgogne rosé.

Le manager de Londres avait été séduit. L'aboutissement de mois de dessins, de planches, de maquettes, de propositions, d'allers-retours, de tractations, de nuits blanches en couleurs. Trois agences internationales avaient été contactées. La *french touch* l'avait emporté. C'était la raison de la présence de Valère en janvier dernier à Londres : verrouiller les derniers accords, gérer les ajustements, réunir les artisans, donner les directives, démarrer la mise en chantier.

Jacques n'avait pas pris le même métro que Valère.

Tout simplement.

15

Éclat de sable blond

JACQUES avance à grandes enjambées, toujours; en posant à peine les pieds au sol. Il vole, immense et frêle. Il n'a jamais les mains dans les poches, ses bras sont trop longs. Le même. Il est le même, à quelques pas, décalé, presque posé devant moi, un rempart qui flotte, auquel je m'accroche. Je le retrouve avec ses silences habités, hallucinants. Son inclination de la tête lorsqu'il écoute. Son grand corps, un cyprès qui touche les nuages et le contraint à se pencher. Ses pointes d'enthousiasme qui affleurent à peine. Étonnant qu'il puisse mettre en lumière la vie des autres. Sur la sienne de vie, il ne pose jamais de projecteur. Avec lui, la délicatesse est toujours de mise, sa réserve, naturelle, il entre chez vous sur la pointe des pieds. Ce matin, je pense en le suivant à une poignée de sable chaud, blond, doux entre mes doigts, un blond qui se serait grisé, de cette teinte de l'ombre dans un sous-bois.

Devant lui, je n'ai pas de rôle à jouer. Je peux être moi, celle qui se cherche, celle qui va émerger.

Je sais que la disparition de Valère est une lourde perte pour l'agence. Je n'ai pas revu Jacques depuis l'enterrement. Il est bronzé. Je le lui fais remarquer. Il vient de rentrer de Campanie, Naples, le Vésuve, la baie. Quelques jours avec Alicia, son épouse. Il s'est coulé dans la torpeur italienne, dans les pétarades des vespas, dans l'ombre des pierres usées, dans la lumière étincelante qui fait miroiter le cobalt de la mer. Il les murmure, ses enthousiasmes. Il a tenté de reprendre des forces. Nous marchons. Il m'a pris la main. Je lui ai donné sans arrière-pensée. Son contact me réchauffe. Je suis transie. Le chantier de Londres ne peut être laissé en stand-by. Et puis, il y a celui de Bari. Le manager anglais vient d'indiquer sa volonté de confier à l'agence un trois-étoiles avec golf, vue sur l'Adriatique, dans la capitale des Pouilles.

Sur la place de l'Opéra, il s'arrête. Des jeunes gens discutent, assis sur les marches, d'autres cherchent leur chemin, le nez plongé dans leur plan. Ça grouille de touristes, des mots étranges tourbillonnent entre deux exclamations, des sonorités d'ailleurs. Les pigeons, eux, ne font jamais grève. Ils sont gras et laids, dans leur queue-de-pie cendrée, froissée. Sauf un qui a colorié ses ailes en marron et blanc. Il y a longtemps que Jacques n'a pas observé la majesté de l'édifice, la volée de marches, les porches, la double colonnade, les frontons. Il me le dit. Il fouille du regard. Puis soudain, me prend dans les bras.

Il me serre, m'abrite. Ses bras sont un monde clos, une étreinte qui sent encore le pin maritime écrasé de chaleur, malgré le mouillé de la veste. Jacques est une terre sèche, une terre de cactus, de désert, celle de la netteté, de la précision, de la direction. Valère était une terre grasse, humide, abondante, une terre à fruits. Richard, un humus boisé, ombreux, une odeur de pluie, de feuilles mortes qui pourrissent. Du brun, du bleu, du vert. Les bras de Jacques me protègent, je frotte ma joue contre son torse, leurs terres à tous les trois me transfusent de la sève. Moi, je sens la colle, le plâtre. Je ne me suis pas douchée. Le contact du corps de Jacques, de sa peau à travers le coton de sa chemise, me rebranche. Je sors d'un long sommeil, d'une longue agonie. J'ai mis mes bras autour de ses reins, sous la veste. J'ai envie de vivre. De l'écouter. Le chant du monde. Ce que Jacques a à me dire. Le cauchemar est fini. Pour un instant.

Je relève la tête. Il pleure silencieusement.

Alors, je l'entraîne rue Vignon, dans un troquet tout près de la Madeleine ; un bistro à l'ancienne, intime, pour le jeu des confidences. Il a posé son bras droit autour de mes épaules. Je me sens utile. Je traîne une carcasse d'un mètre quatre-vingt-quinze qui se laisse faire comme un tout-petit.

16

Éclat de bois de rose

IL a commandé une salade lyonnaise, moi, un croque-monsieur. Il arrive brûlant, recouvert d'un gruyère doré, dont les bulles finissent de crever. Le serveur me précise que le pain est fait maison, que ce n'est pas du gruyère, mais du comté, du vieux, du « 36 mois », parce que le chef en cuisine est franc-comtois et qu'il frotte son pain à la morille. Et que c'est ce qu'il faut pour un temps d'automne en plein printemps.

Jacques a laissé sécher ses larmes comme un enfant. Les hommes n'ont jamais de mouchoir. Ils pleurent dans la retenue. Valère ne pleurait pas souvent. Les larmes de Jacques tracent un sillon le long de sa joue ; il brille lorsque je me penche vers son visage. Une goutte perle encore. Bout de course sur l'ossature du menton. Elle va s'écraser. Abreuver le carrelage, son damier de losanges noir charbon-bleu acier.

Bizarrement sa voix grave ne porte pas. J'aime cette discrétion. Il s'est lancé. Il explique. Richard veut que je reprenne la place de Valère à l'agence. Ils sont d'accord tous les deux. Un vrai poste. Pas pour une transition. Ils ne veulent pas chercher de remplaçant. C'est moi ou personne d'autre. J'esquisse un semblant de rire, me ravise, et les traite de fous. Je ne connais rien à leur métier. L'ont-ils oublié ?

Jacques sait parfaitement que j'ai dessiné certaines planches de Valère pour l'Excelsior, et pour de nombreux projets lorsqu'il était à la course. Certes. Mais c'étaient les idées de Valère. Je le lui redis : mon univers, c'est celui des couleurs, pas des formes.

Basta, il ne croit pas une minute que je n'ai pas les compétences. Il sait que j'ai beaucoup sacrifié pour élever les enfants, que Valère voulait une famille nombreuse, qu'il était admiratif de ce que je faisais à l'arrière pendant que lui se réalisait. Je lui dis que je n'ai pas d'amertume. J'ai fait mes choix, il ne sait pas tout. La toile 24, soudain, se dresse devant mes yeux. Je lui rappelle que je viens des Beaux-Arts. Il dit qu'il s'en fout, que Richard et lui sont persuadés que j'ai du talent, que je suis celle qui peut le mieux poursuivre, pérenniser l'œuvre de Valère. Il s'interrompt, il semble fatigué. Moi, c'est le contraire. Pour la première fois depuis janvier, j'ai des ailes. Non parce qu'on m'a demandé de me tenir debout malgré moi, non. J'ai des ailes parce que je suis conviée à choisir. Je vais réfléchir. Je le répète, avec ces décès, les tracas administratifs sont légion. Et puis, il y a les cours de dessin que je donne à Daumesnil. Il me faut du temps. Je suis une ruine. Il ne veut rien brusquer. Il me tend la clé USB de sauvegarde des travaux de Valère.

J'ai la même à la maison. Elle est posée sur son bureau dans une coupelle de bois de rose qu'il avait dénichée au Maroc, lisse comme un galet qui aurait roulé des siècles dans la vague.

17

Éclat de contraste

DEHORS, le ciel s'est cendré. Le Vésuve nous a rattrapés. Quelques filaments plus clairs tentent de laisser filtrer le soleil mais n'y parviennent pas. Seule l'ombre de ses rayons joue sur la pierre des façades avec celles des garde-corps. Sinuosités noires sur le gris perle. Croquis au fusain sur papier vélin ardoise mat, verticales appuyées à l'encre de Chine.

Je me suis engouffrée dans la Pinacothèque. Jacques a hésité puis m'a emboîté le pas. Il ne sait plus musarder. C'est la première chose que la mort de Valère m'a contrainte à apprendre. Musarder ou mourir. Alors, je musarde.

Nous musardons ensemble devant les toiles de Derain. La flamboyance de ses débuts. Les couleurs crues et la lumière du midi, sans concession, qui vous oblige à être prodigieux. Il n'y a pas de demi-mesure dans cette lumière, pas de compromis. Elle éclaire jusqu'aux zones d'ombre, parce qu'elle les noircit par contraste. Il faut être à la hauteur, entrer de toute sa taille dans les jaunes, les oranges, les bruns, les verts et les bleus, se couler dedans, chavirer, sombrer, et les laisser déflagrer au fur et à mesure.

18

Éclat de sonnette, de chuchotis, de chaloupé

La sonnette de la porte me brusque, elle tente de me sortir du déluge qui s'est abattu sur moi en cette fin d'après-midi, et que j'ai été incapable de contenir. Lorsque soudain, tout est trop lourd, que le silence me terrifie, que les souvenirs me rattrapent, que je me débats pour les évacuer. Le torrent m'inonde entièrement. Je ne peux rien faire contre. Juste me laisser tremper. Assise par terre, le dos appuyé contre le mur, depuis de longues minutes, j'ai perdu toute notion de l'existence, de la vie même, de son cours, de son sens. Je suis devenue le torrent. Je suis devenue mes larmes.

Les visages, eux, s'évacuent tout seuls, ils s'empressent de devenir des ombres. Puis, de s'effacer. Comme le soleil qui boit l'aquarelle. Si vite, qu'on n'en distingue bientôt plus les contours. Mais les mots, les dialogues, les impressions, les perceptions, demeurent. Quels que soient mes efforts pour contraindre mon esprit à se fixer sur le présent, je suis assaillie, déchirée. Démembrée, moi aussi. Le passé se joue de moi, il me veut tout entière à lui. Est-ce parce qu'avant, dans cette autre vie, je ne lui accordais aucune place ?

La sonnette se fait insistante, juste deux coups, courts mais vifs. Je peine à me remettre debout. Je m'approche, je n'ai pas eu le temps d'attraper un mouchoir, mes yeux dégoulinent d'eau claire. Je ne les ai jamais maquillés.

La poussette est aussi large que l'encadrement de ma porte, deux minuscules chaussures à bride en cuir bleu marine en dépassent. À contre-jour, un collant avec des cœurs blancs, une jupette en laine prune, un gilet matelassé gris et une frimousse, paupières closes. L'enfant, sous l'ombre de la capote, vole avec les anges. Je me frotte la joue avec le revers de ma chemise pleine de poussière. Je viens à peine de terminer de gratter le mur gauche de l'entrée ; j'ai mouillé chaque tache, chaque creux, avec mes doigts sales, mes cheveux éparpillés et ma rivière de pacotille.

Je vous dérange ?

La voix est lasse, mais tranquille. La petite dort enfin. Je ne sais si c'est mon visage ravagé qui les impressionne, mais deux autres enfants, des garçons, se tiennent cois de part et d'autre de l'engin.

Vous avez dû vous tromper d'étage.

Non, c'est bien vous que je viens visiter. Je suis la mère d'Ombeline, Alexandre et Gustave. Je peux entrer ?

Je m'efface. Je ne sais plus qui est cette personne. Je n'ai pas envie de le savoir. La vie ne me demande pas mon avis. Elle met sur ma route de nouvelles têtes, de nouvelles histoires. Elle me demande de les apprivoiser.

Vous voulez un thé ?

C'est elle qui me l'a demandé, comme si elle était chez elle.

Je parviens à peine à articuler : Un thé, ce sera parfait.

La jeune femme ôte son imperméable, le dépose sur une pile de cartons, aide son plus jeune fils à enlever ses manches. Elle a déjà installé la poussette de la petite dans le coin le plus dégagé du salon, en a relevé la capote, a déboutonné le manteau de sa fille, vérifié qu'elle n'a pas trop chaud, entrouvert la fenêtre. Elle me rejoint dans la cuisine. On va le prendre ici, on sera au calme. Elle attrape une feuille de sopalin, me la tend, me demande de m'asseoir. Elle sait faire du thé. Le plus grand de ses fils, Alexandre, extirpe tant bien que mal du panier situé entre les roues une boîte de gâteaux. C'est pour vous. On les a achetés chez le pâtissier. Il est déjà reparti surveiller Gustave. Celui-ci se construit une cabane, au milieu du couloir, une cabane à chiens de traîneau et à esquimaux. Avec mes cartons. Alexandre le guide en chuchotant. Les chiens doivent avoir de la place. Plus que les esquimaux. Ils peuvent se serrer les uns contre les autres, eux, pour avoir chaud. Pas les chiens, qui sont toujours obligés de dormir sur la neige gelée de la banquise. Bientôt, on les entend rire.

La bouilloire siffle. Mon interlocutrice dépose des éclairs sur une assiette, sort deux mugs en porcelaine du placard. Celui d'Anne avec ses arbres vert tilleul, celui de Lise avec ses tiges des champs, parme et paille. Je les ai peints il y a des années. Elle a choisi ceux-là sans le savoir. Machinalement. Elle aurait tout aussi bien pu se saisir de celui d'Antoine avec ses abeilles et ses scarabées aux parures luisantes, de l'or, du gris, de l'azur, ou celui d'Henri avec ses coccinelles et ses gendarmes, du rouge, du noir sur le vert. C'était l'enfance, ils avaient choisi leur motif, ils ne se chamaillaient plus, chacun le sien. La femme devant moi ne se doute pas, ne sait pas tout cela, ne connaît rien de moi, de ce qui a été, de ce qui n'est plus. Ce sont des mugs, rien d'autre. Des objets sans histoire. Je me mouche bruyamment. Elle me sourit, me tend la poubelle. Puis, sa main.

Moi, c'est Violette. Lise était notre baby-sitter.

Je me souviens à présent. Dans la cuisine lorsque Lise évoquait la petite tribu d'indiens qu'elle avait à protéger trois fois par semaine, après l'école. Ses rires et ses soupirs.

Ils n'ont pas été faciles aujourd'hui, mes petits Siouxxx, le passé composé avec l'auxiliaire avoir, la maison du « t », tulipe, tortue, tutu, et une dent qui perce. Mais je m'en suis tirée. Deux scalps et un totem pour ma petite squaw.

Comme d'habitude ?

Comme d'habitude ! Turlututu, chapeau pointu. Je file travailler.

Vous avez trouvé… pour la remplacer ?

C'est tout ce que qui m'est venu à l'esprit, les seuls mots que j'ai réussi à produire en leur donnant un sens. Mes larmes se sont interrompues. Un miracle. Le thé est fort, un mélange, des écorces d'oranges, des épices, un thé d'hiver qui m'imprègne à petites gorgées. C'est Violette qui l'a apporté. Elle me laissera la boîte. On a toujours besoin d'un bon thé lorsque la vie se fait plus obscure. Elle a déniché un torchon propre au-dessus des pots de confiture, l'a mouillé avec de l'eau chaude. Je me débarbouille. La chaleur du thé, celle du torchon, me délasse. Elle fouille dans son sac, trouve un peigne, sort un élastique avec des petites cerises rouges en plastique. C'est tout ce qu'elle a. Mais, je ne suis pas obligée de me faire des couettes. Nous rions. C'est bon, c'est simple. Je m'attache les cheveux, un demi-chignon. Elle me propose un éclair. Je me jette sur la croûte au chocolat avant de lécher la crème à l'intérieur du chou. Comme lorsque j'étais enfant.

Elle prend son temps pour me répondre.

On ne remplace pas Lise. Pour mon fils Alexandre, c'est impossible… Mais oui, nous avons trouvé. Un étudiant à Dauphine. Il est carré, attentionné. Il n'aura jamais la poésie, l'imagination de votre fille. Mais il convient pour Ombeline et Gustave.

Je me demande si nous parlons de la même personne. Lise, ma Lise, si déterminée, si franche, si intrépide, si carrée justement ! Poète ?

Alexandre en entendant le prénom de ma fille se rapproche. Ou peut-être est-ce l'envie d'un éclair qui le tenaille. Il me demande s'il peut se servir. Je l'y autorise. Il veut s'asseoir avec nous. Je n'y vois pas d'inconvénient. Il veut le déguster comme moi. Je n'y vois pas d'inconvénient non plus, si sa mère est d'accord. Elle l'est. Il jubile. Il dit que nous ne devons pas chuchoter, que les morts n'aiment pas cela qu'on chuchote, parce que c'est comme si on continuait à les enterrer, qu'une fois qu'ils ont été enterrés, c'est bon, on peut crier à nouveau, chanter, danser, et que les morts, il en est sûr, ils font tout le temps la fête au paradis.

Violette s'excuse. Je lui dis de n'en rien faire. L'aplomb d'Alexandre, sa candeur, me percute. Je lui demande s'il sait danser. Il me répond qu'il sait très bien, plus que très bien, même. Parce que Lise lui a montré la danse des Sioux. Mais il faut de la musique, et si on en met, on va réveiller Ombeline et sa mère sera fâchée. Je lui dis qu'on peut fermer la porte de la cuisine et mettre en route le lecteur CD qui s'y trouve. Violette acquiesce. Elle s'est levée. J'enclenche *Corcovado*. La voix d'Éliane Elias est grave, envoûtante ; les notes se faufilent entre les placards, réveillent les vieux murs délavés, les planelles en faïence, leur abricot, corail, safran, qui, dans la douce lumière d'avril, se reflète sur la vitre de la porte-fenêtre. Alexandre me prend dans les bras, me fait tourner, puis attrape les mains de sa mère et les fait se balancer, il dit que d'habitude, c'est Lise qui le portait, mais que lui, il est encore trop petit pour porter les filles, il nous fait danser toutes les deux, tournoie entre nous, attrape nos bras, se glisse dessous. La mélodie s'estompe. Il se rassoit. Il a faim. Il chuchote qu'il ne veut pas l'oublier sa Lise, que chaque fois qu'il danse, il ne peut pas l'oublier. Il murmure que je dois danser moi aussi.

Il dévore son éclair. Il s'en colle sur les joues du chocolat, parce que Lise aurait dit qu'il était un chien à deux truffes. C'est sûr. Il me demande si je suis d'accord avec sa version des faits. J'aurais été plus classique. Les moustaches d'un chat me semblent plus appropriées à ce qu'il a dessiné sur ses joues. Violette penche pour un ours mal léché. Ce soir, elle est la reine du sopalin. Donc, rien n'est grave.

Alexandre se tait un moment. On entend Gustave qui réveille ses chiens. Ils ont assez dormi dans leur cabane. Il va les attacher au traîneau. Les esquimaux doivent aller acheter du poisson maintenant, pour le dîner de ce soir. Ils ont pêché toute la journée au-dessus d'un trou creusé dans la croûte glacée. Ils n'ont rien attrapé, à part un gros rhume. Alors, ils vont aussi acheter du sirop pour la toux dans l'igloo du pharmacien. Violette se lève pour voir si tout va bien dans le salon. Le petit ange a un souffle régulier, paisible. Un petit bruit de cœur qui plane dans le moelleux des nuages. Sans effort, abandonné.

Alexandre en profite. Voilà. Il faut que je l'écoute, c'est important. Parce qu'il y a la collection de capsules, et celle de galets aussi. Il voudrait les voir. Il me demande si je sais où elles sont. Je lui réponds que nous allons chercher dans la chambre de mes filles. Il est heureux.

Avec Alexandre, la mort n'existe pas. Lise est toujours là, dans ce monde invisible qu'ils se sont construit ensemble, sortie d'école après sortie d'école.

Violette s'efface. Elle ne veut pas nous accompagner. Elle a toujours respecté les secrets entre Lise et Alexandre, leur terrain d'aventures, leurs embardées imaginaires.

19

Éclat de galets et de capsules

ALEXANDRE trottine comme un pantin entre les arbres de ma forêt. Un Pinocchio innocent qui me précède dans le couloir. Il sait d'instinct quelle porte ouvrir. Lise l'a-t-elle déjà fait venir ici ?

Grâce à lui, je parviens à entrer, à pousser les volets, à me réapproprier les lieux. Le soir tombe, les ombres descendent, elles adoucissent les angles ; la pièce ne me semble plus si grande ; le peuplier de la cour, bercé par la brise, bruisse. Les traits de ses feuilles s'installent sur le mur, minuscules virgules grises sur le rose poudré. Je laisse la fenêtre entrouverte. Tout est silencieux. Deux âmes volent encore un peu dans leur repaire secret. Invisibles, elles se glissent entre les bureaux, fouillent dans les tiroirs, se reposent sur leurs lits. Elles doivent nous observer.

Des moutons de poussière se sont installés sur le parquet. Les petites choses de la vie courante habitent le lieu, lui donnent sa fonctionnalité, me rassurent : le grincement des lattes, les deux lits défaits, un livre d'exercices de français ouvert à la page 34, le stylo-plume d'Anne sans son capuchon – elle ne savait jamais où elle le posait –, une pile de T-shirts au bout de chaque lit que je venais sans doute de repasser, une blouse en coton à fleurs, pendue sur son cintre, accrochée sur la porte de l'armoire entrebâillée, deux paires de converses posées dans un coin, chacune d'une couleur différente. Anne et Lise ne vont pas rentrer même si leurs affaires disent le contraire. Je ne suis plus déstabilisée. Je devais juste pousser la porte.

Alexandre, après Isidore, est ma nouvelle verticale, pas très haute mais si puissante.

Il explore, le petit.

Dès que la lumière douce du soir a éclairé leurs bureaux l'un en face de l'autre, il a su immédiatement où il devait chercher. Cet enfant en sait plus long sur ma fille que moi. Il les a vus sur le bureau, les galets. Dans le tiroir de droite, il sait qu'il y a le sac de capsules. Il les sort et me les montre, triomphant. Il me demande si je veux faire une partie. Il se doute que je ne connais pas les règles. Lise les avaient inventées et lui, il les réécrivait parfois, lorsqu'elle était d'accord pour le laisser gagner.

Sa maman l'appelle. Il est tard. Elle doit rentrer. Je déniche une boîte de chaussures vide dans le bas du placard, y dépose les galets cassés, le sac de capsules, lui offre le tout. Ses yeux scintillent. Une petite larme s'est invitée au bord des cils. Violette a passé une tête.

Alexandre me fait remarquer qu'elles sont de toutes les couleurs, les capsules de Louise, que chez lui, il en a beaucoup, mais seulement des marrons et des vertes – ce que boit son papa –, mais que d'eux deux, c'est Lise qui en avait le plus. Il me serre dans les bras. Tu viendras ? Je lui promets de venir jouer avec lui au jeu des piles de capsules de bouteilles de limonade que l'on dégomme avec des galets. Mais peut-être, mes règles à moi seront-elles inversées, je m'imagine en train de dégommer des piles de galets avec des capsules de limonades. C'est possible ça ? Tout est possible.

La porte s'est refermée. J'ai défait les draps, plié les couettes, rangé les oreillers dans des sacs en plastique, récupéré les vêtements sales. La lessive tourne, la rotation du tambour a remis mes pendules à l'heure. Je tourne avec la terre. Je ne saurai jamais où Lise a récupéré toutes ses capsules de soda. J'ai demandé à Alexandre s'il savait pour le Québec anglophone.

Il m'a répondu qu'il ne connaissait pas ce mot. J'aime que ma fille ait une part de mystère que je ne peux déchiffrer. Qui me parlera d'Anne ?

20

Éclat de bleu marine

C'EST déjà mercredi. J'ai un rendez-vous. Un rendez-vous avec un jeune premier. Mon SDF, mon Scrabble. Je n'ai pas eu loin à fouiller pour retrouver le jeu d'échecs de Valère, tout usé avec son plateau repliable en bois qui finit par couiner lorsqu'on le déplie.

Ce matin, j'ai enfilé la veste bleu marine d'Anne. Je suis menue. Non, j'ai maigri. Elle pendait là, esseulée sur le portemanteau. Elle devait m'attendre. Elle sent son parfum, un parfum de jeune fille, simple et frais, mandarine, poivre, violette, « Juste un baiser » de Fragonard. Nous l'avions choisi ensemble dans une boutique à Avignon. Au fond de la poche, deux petits coquillages polis par l'océan, doux comme de la soie.

Je ne pense pas à la longueur de la journée, à sa voix que je n'entendrai pas ce soir. Je pense à tout ce qu'elle me donne là, dans l'instant, par cet effluve si ténu. Son rire presque silencieux, son air décidé un peu frondeur, son émerveillement permanent, sa soif de chercher, de trouver, de le taire, de se dire ainsi. Toujours. Sa soif. Celle de vivre. J'ai quinze ans, comme elle. Intense. Je suis heureuse de l'avoir enfantée.

Je claque la porte. Le Luxembourg, j'y vais à pied. Depuis des jours, Paris m'ouvre ses bras et me berce.

21

Éclat de *Feuilles d'herbes*

Je me suis arrêtée rue de Vaugirard, devant l'entrée qui jouxte le musée du Luxembourg. Je ne peux pénétrer dans le jardin. Pas encore.

Je me glisse le long des grilles. Il n'est pas 10 heures, j'ai du temps, celui des autres. Les autres, comme Scrabble, vont-ils posséder un peu du mien, de ce temps, de cette liberté nouvellement acquise qui me sidère parfois ? Qu'est-ce que je fais là ? Question obsédante.

Je devrais être en cours avec mes élèves, être en train de m'exprimer sur les liants, les pigments, les perspectives, sur ce que l'on devine derrière l'ébauche qui court sur le support. Je devrais être en train de scruter, d'encourager, de croire. Et je suis là, anéantie, bousculée, sans repères, à tâtons ; tantôt effondrée, tantôt libérée.

Impossible d'avancer, de choisir une voie, une bouée, une attache. Je cherche des verticales. Sur ce trottoir, il n'y en a aucune. Je suis devant une plage de pierres blanches, inhabitées, que je foule, le long de barreaux noirs qui m'étouffent. De ces verticales-là, je n'en veux pas. Je regarde au travers, dans cette aube fraîche et lactée. Certains arbres du parc, majestueux, sont encore dépouillés, troncs grêles et bruns ; d'autres n'ont pas attendu qu'il fasse un peu moins froid pour enfiler leur parure d'été. Ils se dressent, fiers, poussent vers les cimes des embryons de feuilles chétifs, certains roulottés. Des feuilles d'herbe. Me reviennent en mémoire ces vers de Whitman :

Soleil fanfaron tes tiédeurs m'indiffèrent – bonjour, à plus tard!
Tu n'éclaires qu'en surface: moi, surfaces comme abîmes je les transperce!

Dis-moi Terre! On dirait que tu attends quelque chose de mes mains,
Dis-moi, vieille toque, qu'escomptes-tu?

Vous, femmes et hommes, j'aimerais tellement vous dire mon amour et c'est impossible!
Tellement vous dire cette chose en moi et en vous, et c'est impossible!
Tellement vous faire sentir cette fièvre en moi, ce battement de mes nuits et de mes jours!

Sachez-le, je ne dispense ni leçons ni charité médiocre,
Quand je donne c'est moi-même que je donne, sans hésiter.

Ces vers se sont ancrés dans ma mémoire et viennent de poindre. Par je ne sais quel miracle. Intacts. Toujours enfouis en moi depuis tant d'années, mes années de lin, de lumière. Appris, récités, entretenus, par amour. Pour mon premier amour.

Philadelphie, c'était il y a longtemps, j'étais jeune. Il était américain, exotique, Glenn. Une rencontre fugitive, une trace indélébile: ses coups de cœur pour des textes étranges, des noms de famille que je ne connaissais pas, que j'entrevoyais à travers ses déclamations, ses poèmes, ses extases, et les feuilles rousses des grands ormes se découpant sur le scintillement des gratte-ciel.

Je dépose à chaque pas un peu de moi-même. Sur ce trottoir si large. Seule. Je me dépouille. De ce que je sais, de ce que je ne sais plus. J'avance dans le noir. Sur du blanc. Sur cet échiquier que je vais tendre à Scrabble. Avancer pour gagner. Gagner pour avancer. Où est la vérité ? Je laisse derrière moi chaque entrée ouverte sur le parc, chaque allée de sable bien tracée, les joggeurs qui s'y essoufflent, leurs casques argent vissés sur les oreilles qui leur font de gros yeux de mouche, leur vase clos, leurs eaux fétides. Des mouches qui tournent en rond sur un périmètre cloisonné. Peu à peu, je me vide. Au rythme de mes pas. Je redeviens une terre vierge. Vais-je sauter le pas ? Je ne suis pas un pion dont on se sert, que l'on malmène, je suis un cavalier qui peut batailler avec l'infini, un fou qui danse sur le fil du temps, un roi qui exerce son libre arbitre malgré ses faiblesses momentanées.

Une reine.
Qui peut retourner la situation,
chercher l'avantage.

Rue Auguste-Comte, les poiriers sont en fleurs, leur manteau immaculé laisse filer quelques pétales, dans la brise humide. Je n'ai croisé personne. Pas l'ombre d'un quidam à qui j'aurais pu crier ma rage, mon désarroi.

Libre d'avancer, libre de reculer.
Sur cette chaussée vide, inhabitée.
Dans cette prison.
S'abandonner, lâcher prise.

Derrière les barreaux, de l'autre côté, dans le parc, la vie s'éveille, la beauté naît, l'inconnu crée du nouveau à chaque fragment de seconde. L'inconnu, cela peut faire si mal. Vais-je me laisser recréer ? Ai-je le choix ?

Scrabble m'a dit 10 heures. Se souvient-il seulement de moi ? Deux pétales blancs viennent de se poser sur le marine de la manche d'Anne.

Rue Honorat, je me suis décidée, je me suis faufilée par l'entrée principale, la grille majestueuse. Pour eux, ces deux petits pétales que je viens d'apercevoir sur une manche de veste. Parce qu'ils m'ont rappelé les deux miens, qui voguent dans le coton des nuages. Tout là-haut. En observant cette blancheur, presque imperceptible sur le sombre, j'ai su enfin que je ne devais plus avoir peur.

J'ai fait un pacte.
Tout ce qui va advenir sera beau.
Je n'ai déjà que trop payé.

22

Éclat de misère et de cœur

Il se tient devant la verrière du jardin d'hiver, au soleil, là où les jardiniers commencent à sortir les caisses à orangers. Il les regarde travailler, je le détaille depuis un moment. Il est prêt à leur donner un coup de main, les examine avec attention comme s'il voulait partager chacun de leurs gestes, apprendre, faire partie de cette équipe en costume vert qui s'active et s'invective.

Scrabble me paraît plus grand que la semaine dernière, plus beau aussi, peut-être à cause de la lumière chaude dans laquelle il est plongé. Son corps dessine une ombre noire sur les briques ocre du mur, entre deux soubassements de sculptures blondes. Un corps si maigre, avec des mains démesurées, des épaules anguleuses, des jambes de criquet. Il s'est lavé, rasé, a passé une tenue propre. Rien à voir avec le pauvre hère que j'ai invité au Starbucks. Qui pourrait croire qu'il mendie ?

Il m'aperçoit, ose s'approcher, me tendre la main. Il n'a pas oublié. Ses doigts sont propres, les ongles taillés net ; les engelures n'ont pas encore toutes cicatrisé.

Trivial Pursuit, vous voilà !

Comme vous voyez ! Vous ne vous êtes pas installé là où sont vos collègues-joueurs ?

Des grappes d'hommes ont investi à quelques pas les tables en bois où ils ont posé leurs plateaux, leurs pions ; des vieux, des jeunes, des habitués, des novices, deux femmes, quelques spectateurs. Sous la treille entre deux bancs.

Ce ne sont pas mes collègues. Je ne viens jamais jouer ici. Il y a trop de Russes. Ils sont très forts. Ils prennent des paris. Ils s'y entendent pour vous plumer. Mais, il y a des vieux qui croient encore qu'ils vont battre Kasparov.

Je crains alors de vous faire perdre votre temps. Je ne sais pas jouer.

Je ne perds jamais mon temps. Pour moi, le temps, c'est gratuit. Il me suffit de me baisser pour en ramasser à la pelle. Et pour le dépenser sans compter. Je m'en doutais que vous ne saviez pas. Vous voulez apprendre ?

Je crains de ne pas être douée. Je serais plutôt du genre artiste. La logique, ce n'est pas trop mon truc.

Le jeu, il est à qui ?

À mon mari.

Il joue avec qui ?

Il ne joue plus, il n'est plus.

Divorcée ?

Non. Veuve. Mais il jouait avec mes fils.

Des enfants, alors ?

Oui.

Vos fils, ils ne vous ont pas appris ?

Pas eu le temps. C'est récent.

Qu'est-ce qu'est récent ?

Le départ de mon mari.

Brusque ?

On peut dire ça comme ça. Imprévu.

Il se tait puis reprend :

Alors qu'est-ce qu'on fait. On essaye ? C'est que j'ai fait la toilette.

Où ?

Où j'ai fait ma toilette ? Eh bien… chez la dame de la maison paroissiale. Enfin presque ! Je suis retourné faire la garde devant votre carton parce que dans la jungle de la rue, si quelqu'un trouve quelque chose, c'est rare qu'il le partage… Et comme vous m'aviez partagé votre café, je voulais que votre carton soit partagé. Je le lui ai donné… Elle était très contente que je lui porte dans la réserve comme elle a dit parce qu'elle avait mal au dos.

Scrabble marque une nouvelle pause, cherche ses mots ; entendre sa propre voix le surprend toujours autant. J'avais remarqué cela lors de notre première rencontre. Je l'invite à poursuivre. J'aime ses hésitations. De plus en plus.

Et après, elle a dit : Mon petit gars, ce n'est pas possible ce que vous puez. Je n'étais pas bien fier.

Vous me faites du bien Scrabble.

Ah, bon ?

Oui.

Alors, elle m'a donné l'adresse d'un endroit où je pouvais… me débarbouiller après qu'on a choisi des vêtements et des chaussures – il me montre ses baskets blanches et noires avec l'index, que je puisse contempler la chose, comme si elle était extraordinaire – … et aussi tout ce qu'il faut… pour être un homme normal, un bout de savon, un rasoir, une brosse à dents. Enfin, ces trucs indispensables qui nous sortent du néolithique. Elle m'a même proposé un pyjama, mais là, je lui ai dit que ça ne pourrait guère me servir, vu que je ne veux pas aller dans leurs cages pour SDF. Moi… l'Armée du Salut, j'y vois le mot armée, pas le mot salut.

Il s'interrompt à nouveau, respire profondément, comme s'il revenait à la vie. Lui aussi se rebranche, lui aussi semble renaître d'une longue agonie. À présent, il parvient à moduler sa voix ; un filet à peine perceptible s'écoule.

J'ai bien aimé qu'elle m'appelle mon petit gars. J'aime bien l'idée d'être le petit gars de quelqu'un.

Ses yeux pétillent. Mais c'est une vibration si prompte qu'il faut pouvoir la saisir. Son sourire léger flotte entre les crevasses de ses lèvres. Il tousse soudain, ses deux mains devant la bouche, comme s'il voulait retenir les mots qui disent qu'il est encore un homme.

Trivial Pursuit, même si j'avais dû faire le tour du monde, j'aurais été là ce matin, à 10 heures pétantes, au Luxembourg… Pour vous remercier.

Sa voix est redevenue rauque.

Ce n'est pas moi qu'il faut remercier. Je n'y suis pour rien. C'est elle. Je ne fréquente pas la maison paroissiale. C'est juste que je vide en ce moment, je trie, je range. J'ai des choses à donner.

On en entasse, pas vrai ?

Pas tant que ça, en ce qui me concerne, mais là, les circonstances…

Oui, les circonstances.

Il se tait à nouveau. Je ne sais que dire.

Vous ne voulez vraiment pas essayer. Ce jeu, ça peut aider.

À quoi ?

À prendre les bonnes décisions.

Quelles décisions ?

Ben, par exemple, ce qu'il faut jeter, ce qu'il faut donner, ce qu'il faut oublier.

Ne me suis-je pas dit que l'inconnu, cela pouvait faire mal ? Là, l'inconnu semble vouloir m'apprendre à construire un nouvel avenir. Joueuse d'échecs, c'est tentant, ça en impose sur un CV. « Comment maîtriser les échecs ? », tout un programme. Dans ma vie, je n'ai jamais su.

Allons-y.

Vrai ? Alors on s'éloigne ! Sinon dans cinq minutes, on va avoir le Jankélévitch sur le dos avec ses rabatteurs. Je sais un endroit où on sera bien. C'est le coin des Libanais. Eux, ce sont des érudits, et quand ils viennent lire, on entend une mouche voler. Même leurs gosses se taisent. Des croyants depuis la nuit des temps, ces gens-là. Le silence, ils l'ont dans la peau. Pas comme…

Scrabble stoppe net sa phrase. Je commence à peine à m'habituer à son regard qui régulièrement s'évade, à sa conversation qui fait des sorties de route, à ses éclairs de lucidité qui s'allument soudain comme deux phares dans un brouillard opaque.

Oui, pas comme les sultans.

Les sultans ?

Il reprend d'une voix plus douce, à l'orée du murmure.

Oui, les Arabes. Les sultans, c'est comme ça que je les appelle… À cause de leur fierté. Eux, ça n'a rien à voir. Eux, ils parlent toute la journée. D'une voix forte. De peur de se retrouver seuls devant Allah. Ils meublent leurs discours avec des grands gestes, des sonorités gutturales, des sonorités de défis, pour montrer qu'ils sont des caïds. Ils tiennent tête à Dieu ! Même quand ils prient, ils s'agitent ! Ils en ont tellement peur de leur Dieu ! Tellement peur qu'Il leur tranche la tête qu'ils la bougent en continu pour que la lame les évite.

Je souris. Scrabble emprunte de drôles de raccourcis. Tant pour se mouvoir – il traverse toutes les pelouses, sans se préoccuper le moins du monde des écriteaux qui indiquent que l'herbe est encore en repos hivernal, je le suis sur la pointe des pieds – que pour livrer le fruit de ses pensées. Il tranche dans le vif, net, pas à discuter. Il vit dans la rue, y a sectorisé les hommes, leurs origines, leurs manières de faire, de dire, de croire. Il a eu le temps de les observer, sans doute. Moi, pas. Pas suffisamment.

Sultan, turban, ces sonorités chatoyantes se télescopent en moi : moire, clinquant, encens, bronze, cuivre, poudre de saphir, d'améthyste, de calcédoine. L'homme qui a décimé ma famille était un sultan. A-t-il secoué la tête en invoquant Dieu au moment où il a appuyé sur son engin de mort ? A-t-il fixé le regard clair d'Anne, l'ovale parfait de son visage, la blancheur de sa carnation, le rose fragile à peine saillant de ses pommettes, le blond vénitien de ses boucles ? A-t-il songé à la beauté de sa propre mère, de sa sœur, à la beauté des femmes, de chacune des femmes de ce monde, avant d'estomper d'un coup de gomme écarlate ce crayonné à la Watteau ?

Trivial, ça va ? Vous êtes si pâle. Faut pas prendre mal tout ce que je dis. Je cause…

Mais Dieu, vous… vous n'en avez pas peur ?

Dieu ? C'est bien la seule personne que je ne crains pas ! Regardez-moi ! Je suis de la fibre de dernier. Depuis que suis planté sur cette planète et que je tâche d'y pousser. Parce que lui, là-haut, il l'a promis. Lui !

Scrabble lève les yeux vers le ciel, boit le rayon qui vient d'inonder la pelouse, clôt ses paupières sous la lumière. Il s'est arrêté là, au centre de la zone interdite. Tout comme moi, depuis des siècles. Une statue, les bras levés.

Et soudain, comme s'il avait monté le son d'une radio déglinguée, il se met à caverner de sa voix rugueuse, celle qui m'a tant surprise au Starbucks.

Regardez Trivial, ma résidence secondaire !

Il brasse l'air avec ses mains, au bout de ses pattes de criquet, extatique. Il répète, fort : Ma résidence secondaire, la mienne, la vôtre, la miséricorde, le paradis bleu, celui où les derniers seront premiers, tous les derniers. Puis, il reprend son chemin, comme si de rien n'était.

Plus rien ne devrait me surprendre.

Dans miséricorde, il y a misère et corde. Dans les minutes qui viennent, je vais m'enrouler sur une corde d'amour et me laisser hisser. Pour oublier ma misère. Juste me tenir debout.

Dans miséricorde, il y a misère et cœur.

Cœur qui bat malgré la misère.

23

Éclat de verticales

Bientôt, derrière un bosquet, une pelouse semi-circulaire accueille sur son pourtour une tribu d'individus, regroupés par essaim de cinq ou six, plongés dans leurs ouvrages. Ils semblent tous se connaître et échangent à mots doux le fruit de leurs lectures. Des mots de miel sur des visages fins, bronzés, aux chevelures de jais, costumes de très bonne facture en toile beige, pochettes en soie à la boutonnière, chaussures en cuir à lacets, impeccablement cirées. Il n'y a pas d'enfants. Sont-ils vraiment libanais ? On dirait un conciliabule de chercheurs en sciences sociales.

Qu'est-ce que je disais ! Sont là tous les mercredis, au même endroit, à refaire le monde. Les écouter, c'est magique, Trivial ! Surtout lorsqu'ils bataillent sur l'art et Dieu.

Voilà un sujet qui pourrait bien m'intéresser. Je reviendrai. Dans ma nouvelle vie, je vais bientôt pique-niquer avec des Libanais de Saïda, Beyrouth ou Tripoli et déguster un mezzé en direct de Qartaba avec des maamouls aux dattes et aux raisins. Ce nom vient de surgir dans la conversation chuchotée de ces hommes. Un bout du monde, Qartaba, un nom de désert.

Je le dis à Scrabble.

Le désert, c'est dans les yeux de tous les paumés que je croise que je le lis. Tous ceux qui ont la peau sombre le portent dans leur regard, celui des pierres brûlantes, des étendues sans âme qui vive, du silence qui mugit, de la chaleur qui écrase. Je n'ai rien à voir avec eux. Moi, ce que j'ai dans les yeux, c'est la

France ! Les champs de blé de la Beauce, la neige des Alpes. Parfois, ils ne peuvent pas le comprendre, alors on a du mal à s'entendre. La pauvreté, ça ne rapproche pas, Trivial... Ça éloigne et ça tue !

Vous êtes de la Beauce ou des Alpes ?

Je suis né dans la Beauce... mais j'ai grandi dans les Alpes.

Il a posé une chaise basse entre deux chaises hautes. Nous nous installons. Je déplie le plateau. Il sort avec d'infinies précautions les pions de leur boîte, les fous, les tours, le roi et la reine, les place. Une perspective de bataille rangée. La guerre des cavaliers en marqueterie de bois de rose. Qui sera le félon ?

Scrabble se lance. Il aime l'embuscade : c'est son terrain de jeu, de prédilection, de jubilation.

Je peine... mais galérer avec lui est facile, même déroutant. Il est si clair dans ses explications, si impressionnant de concentration !

Lorsque je parviens parfois à écrire avec mes pions une part de l'histoire, je me sens neuve avec une pointe d'impunité, de détachement. Peut-être Valère m'envoie-t-il enfin, du haut de ses bleus, un fluide spécial de compréhension. Par revanche. Pour toutes les fois où j'ai buté, où il n'a pas réussi à tirer quelque chose de moi avec ce foutu roi et ses sbires, toujours planqués à l'arrière.

Je tâtonne, je m'amuse, je me libère, je me combats moi-même. Scrabble me corrige, se délecte, me verticalise. Bien sûr qu'il va me battre à plates coutures !

Tout de même vous êtes finaude, vous ne comprenez pas si mal.

Il n'est plus le même.

Il est un homme debout.

Un homme debout avec son grabat.

J'ai voulu lui donner mon jeu. Il a refusé. Je ne peux pas faire cela à mes fils. Le jeu d'échecs de leur père, c'est une partie de sa mémoire, de son existence propre ; elle ne se donne pas, elle ne se vend pas, elle se préserve. Le jeu d'échecs n'est pas un jeu comme les autres. Il contient tout de la lutte de l'homme vis-à-vis de lui-même.

24

Éclat de face cachée

J'AI laissé Scrabble au pied du Lucernaire, après une copieuse salade. Le bœuf bourguignon, il ne l'aurait pas digéré de toute façon. Quant aux sushis, il les trouve aussi étriqués que le peuple qui les a inventés.

« Les poissons volants », c'est ainsi que Scrabble nomme les Japonais. Par opposition aux « Requins » que sont les Ricains, les Américains si vous préférez, avec leur grande gueule ouverte et leurs dents bien effilées, bien pointues, qui veulent dévorer toute la planète. « Les poissons volants », c'est à cause de la petite taille des Japonais, de leurs yeux bridés, de leurs cerfs-volants, de leur silence et de leur manière de toujours s'incliner devant leur interlocuteur, les mains jointes. Minimalistes, les Japonais, minimalistes, leurs sushis. Riquiqui. De la nourriture pour gens qui mangent au ras des pâquerettes. Des petites bouchées, bien finies, bien jolies, bien polies, sans saveur, sans odeur, juste un peu de couleur, pour faire tache sur la moquette. En a-t-il seulement déjà goûté, des sushis ?

Son idée me plaît, les taches de couleurs à même le sol, la terre. Mon esprit vagabonde, s'accroche à un dessin en pointillé indigo et absinthe qui tourne sur lui-même ; sur un parquet de chêne terracotta. Je peine encore à me familiariser avec ses jugements à l'emporte-pièce, mais ils me plaisent eux aussi, lancés dans l'air du temps, sans fondement. Pure boutade ? Pas sûr ! Scrabble cherche des repères, comme nous tous ; ses repères à lui ouvrent sur autre chose, une face cachée, poétique, parfois tranchante, sauvage, abrupte. Comme la pauvreté.

La prochaine fois, il l'a promis, c'est lui qui m'invitera. Je lui ai répondu que je n'en attendais pas moins de lui. Il a souri.

Il avait de la chance votre mari !

Je ne sais pas. Il n'est plus là pour me le dire.

Nous nous retrouverons devant la maison paroissiale.

Peut-être.

Il va les aider un peu, de temps en temps. La dame au morceau de savon, aux baskets de champion, il l'aime parce qu'elle est menue et toute tranquille. Elle a des yeux verts avec une pointe de doré et des petites ridules tout autour, parce que ses yeux sourient tout le temps. Ils sont un peu usés, elle n'y voit plus très clair. Elle peut avoir besoin de lui, pour les caisses à porter. Elle lui manque déjà. Elle lui rappelle sa grand-mère. Dans la neige immaculée des Alpes.

25

Éclat d'équerre

PAS le courage de rentrer. J'ai le second mur de l'entrée à dépecer, le mur opposé, celui à droite de la porte – là où j'ai installé des photos de notre vie de famille dans des cadres en bois noir –, le mur qui ne va pas se laisser faire, qui ne lâchera pas ses rayures aussi facilement. Normal, je ne peux plus le prendre par surprise ! Il a vu son frère jumeau souffrir, en face de lui, pendant des jours et, depuis ce matin, il ne contemple plus que des lézardes poncées. Il ne veut pas se séparer des photos heureuses, du bonheur sur papier, en petit ou en grand format, en couleurs ou en noir et blanc.

Moi, si.

Je dois faire place nette, reboucher les trous, remettre mes murs d'équerre. Construire autre chose.

Une suite. Tout de suite.

Je dois racheter un couteau à viande, du papier de verre, de la pâte à bois. Une décolleuse serait plus adéquate sans doute, mais insuffisante pour que je m'épuise, et j'ai parfois une irrépressible envie de m'épuiser. Me tuer. À la tâche.

Puis, je devrais pénétrer à nouveau dans la chambre d'Anne et Lise, ouvrir l'ordinateur de Valère, rappeler Henri à Melbourne, préparer la chambre d'Antoine – la seule où je peux me tenir debout sans sentir le sol se dérober sous mes pieds –, répondre au dixième message de l'avocat des parties civiles qui me tanne ; cet homme ne me laissera jamais en repos.

Je suis à part dans cette histoire. Une de celle qui a le plus perdu. Trois cadavres, c'est un nombre important pour la cause, pour l'opinion, pour l'exemple. Je m'en fous de mes droits, de la reconnaissance des autres pour faire mon deuil. Mon deuil coulera toujours jusqu'à la fin du monde. Ces sources-là ne se tarissent jamais. J'ai choisi d'emblée de ne pas la faire enfler, la source de mon deuil ; son débit est suffisamment abondant. Un jour, il s'amenuisera. De lui-même.

Dès l'ultime seconde où j'ai appris que ma vie n'aurait plus jamais la même densité, que quelque chose de moi-même, de mes propres entrailles, venait de m'être arraché, j'ai su.

La haine n'aura pas le dessus.

Jamais.

26

Éclat d'opaline

CETTE sonnerie de téléphone insistante ; je n'arrive pas à décrocher, je suis plongée dans une étude très sérieuse de Pierre Rosenberg[1], passionnante, sur l'enseignement de l'Art à l'école, ou plutôt, sur son non-enseignement. Je me sens concernée, en terre connue. Je peux me positionner. Je bois son texte, son exaspération, ses vérités, ses révoltes. La sonnerie longue, si longue. Ils rappelleront. Le temps s'étire, interminable. Je lâche enfin ces lignes savoureuses auxquelles j'adhère pleinement.

Ils ont rappelé.

Le soleil dans la cuisine, par la verrière, inonde le parquet de l'entrée. Très bas, rasant. C'est un soleil d'hiver, blanc, argenté comme la lune, qui jette des reflets pâles sur les rayures délavées du papier peint. Je m'approche de l'appareil, songe – bêtement ? – que je ne peux plus les voir en peinture, ces rayures, qu'il est temps de donner un coup de neuf à l'appartement.

La voix inconnue m'asphyxie d'emblée. Elle ne prend pas de gants, atone, habituée à maîtriser ses mots, son émotion, dans l'exercice de ses fonctions. Elle n'a pas la partie facile, la voix qui vient du Quai d'Orsay, la voix du malheur. Les mots qu'elle prononce bégayent leur sens dans un crâne vide :

---

1. Pierre Rosenberg est un historien de l'art, conservateur, académicien. Il a été président-directeur du musée du Louvre de 1994 à 2001.

attentat, Londres, métro, blessé, mort. L'ai-je entendu ou me l'a-t-on caché ? Il n'y a plus rien à ménager.

Le silence.

Il gicle dans mes oreilles, les bouche. Le cri s'étrangle dans ma gorge. Douloureux. La déflagration dans ma poitrine, le froid qui enrobe peu à peu tous mes membres au milieu de la tache chaude du soleil.

Vous allez bien ? Vous êtes seule ? Vous ne pouvez pas rester seule. Nous allons faire le nécessaire, restez en ligne, donnez-nous le portable de quelqu'un qui peut venir vous soutenir. Henri est en Australie, Antoine à Brest. Ça va, je vais m'en sortir, ne vous inquiétez pas. Ma propre voix que je ne reconnais pas, calme, posée, à peine essoufflée.

L'apesanteur qui suit.
La tache de soleil sur le parquet que je fixe.
Sans larmes.

Londres, le Victoria and Albert Museum, ils y sont allés la veille, admirer des bijoux, des colifichets, des stèles du Moyen Âge, des portiques d'abbayes ; l'enthousiasme de mes filles dans les rues commerçantes de Soho. Anne m'avait trouvé un porte-feuille chez Little Green, avec une petite poche pour les tickets de métro, en tissu plastifié rouge cerise, exactement ce que je cherchais depuis longtemps.

Le chaos.

Londres où je vais devoir me rendre.
Là, dans la minute.

Il fait beau dehors, bleu ; un bel opaline, uni, sans dégradé, sans écharpe nuageuse, brut, intense, posé en majesté sur le monde. Le toit bleu de Paris mange la limaille des ardoises, des tôles, le zinc des gouttières, le brique des tuiles, les perpendiculaires des cheminées, et me défie, insolent. J'ouvre la fenêtre. Je veux sentir le vent glacé. Il mord mes joues, mon cou, fige mes cheveux dans une gangue humide ; de longues minutes à respirer le bleu.

Je monte au ciel moi aussi.
Sans ailes.
Je vole l'opaline.
L'opaline du ciel m'appartient tout entière.
Elle est à moi, rien qu'à moi.

L'absence de forces physiques me broie. J'ai bu le ciel, je suis devenue évanescente. Elle est ma planche de salut. Je ne me révolte pas. Juste une certitude, une évidence pointe à petites touches de loin en loin dans la nuée bleue ; une phrase qui tourne en boucle dans l'apesanteur ; je ne sais d'où elle vient, pourquoi elle se greffe, aussi immédiate, sur mes lambeaux déchiquetés ; elle me bouleverse plus que l'arrachement que l'on vient de m'annoncer. Cette phrase.

L'étau se desserre. Peu à peu.
Je ne mettrai jamais de noir dans mon bleu Chagall. Il ne pourrait pas supporter l'anthracite fade de la haine, le verdâtre moisi de la vengeance.
Pardonner cet acte de folie, de pure folie, de destruction. Là, dans l'instant. Ne pas charger en plus mes épaules. Ne pas porter la part de mort de mon bourreau. Lui laisser. La sienne de source est tarie depuis si longtemps.

« Seigneur, pardonne-leur, ils ne savent pas ce qu'ils ont fait. »
Je viens de rencontrer un Dieu que je ne connaissais pas.

27

Éclat d'acier

Le BHV va m'offrir tous les couteaux à viande de la terre. C'est l'affiche publicitaire sur le quai du métro qui me le signale. Ce sont les sept jours promotionnels, des jours exceptionnels, ceux où tout peut arriver, où il faut se dépêcher d'en profiter. Qui sait de quoi demain sera fait ? Je connais ce refrain-là. Je l'ai déjà entendu quelque part. Le bonheur en boîte, en comprimé, en catalogue, sous sachet cellophane. Moi, je cherche du bonheur en chair, en rires, en exclamations, en coups de gueule. Pas en coup de vent. Je risque d'être déçue. Mais je vais le tenter quand même, le coup.

Je dois me faire conseiller. Je cherche un grand couteau, à lame large, si possible au tranchant bien affûté. Un vendeur fait l'occupé devant son ordinateur. Ce n'est pas grave. J'ai tout mon temps. Petit, rondouillard, il a une vraie tête de boucher ; ou de chasseur, à cause de la moustache ; parler coutellerie ne devrait donc pas lui poser de problème. De son gilet sans manches marron, plein de poches, dépassent un portable, un mètre pliable, deux Bic, de la ficelle. Bon signe, l'homme est peut-être aussi un brin bricoleur. Le logo BHV se détache sur sa poitrine, brodé en beige. Je le contemple : c'est ça ou le début de sa calvitie. Il relève enfin le nez. J'ai été patiente, très patiente. Oui, vraiment, je change. Je crois. La solitude, sans doute.

Oui, m'dame ?

J'ai besoin d'un grand couteau à viande.

Pour découper quels types de viandes ?

La publicité n'a pas menti. Ici, on cherche à satisfaire le client.

Du papier peint.

Il me jauge par-dessus ses lunettes. Deux carrés noirs lui barrent le visage. On dirait un dessin d'enfant, lorsqu'ils commencent à peine à savoir tracer des figures géométriques. Deux gros carrés dans un énorme rond.

Du papier peint ? Au sous-sol m'dame, au rayon bricolage.

Il a déjà replongé dans son cadencier.

Non, un couteau à viande.

Je marque une pause.

Pour décoller du papier peint. À rayures. C'est un papier très résistant, collé depuis de nombreuses années, au moins vingt ans. Il y a pas mal de lézardes en plus derrière.

L'homme lâche sa liasse. Il maugrée.

Vous savez que ça existe les décolleuses ou pas ?

Oui, je sais. Mais je veux le faire avec un couteau à viande.

Il lève les yeux au ciel. La moustache suit.

Des fadas, j'en croise tous les jours mais là ! Écoutez, ma petite dame, vous feriez mieux de traverser la rue. En montant sur Beaubourg, y a une pharmacie. Ils vont vous donner quelque chose, un remontant, je ne sais pas, moi, peut-être même des antidépresseurs ! Si vous êtes suicidaire, il faut aller chez le médecin !

Il reprend la lecture de ses chiffres. Sous la liasse, le journal *Chasse et pêche*. Bien vu.

Je ne suis pas suicidaire, bien que j'aurais toutes les raisons de l'être. Je veux juste décoller du papier peint avec un couteau à viande, parce que je viens de casser le mien. Donc, je voulais être conseillée sur une marque résistante, de bonne qualité. Cela fait longtemps que je n'ai pas acheté ce genre d'article.

Il soupire, me regarde droit dans les yeux.

Pour sûr, un couteau à viande, pour décoller du papier peint, ça court pas les rues ! La meilleure qualité, c'est Zwitex mais payer ce prix-là pour le bousiller, c'est à vous de voir. Le rayon à gauche. Tout au bout. La marque est présentée dans une vitrine à part. Une fois que vous aurez fait votre choix, vous me ramènerez la référence. Parce que ces couteaux-là, on les laisse pas traîner au tout-venant. Ils tranchent vraiment, vous comprenez ? De l'acier trempé, indéformable, une prise en main remarquable. Les manches, ils sont tous en titane, le dernier cri, la matière des trimarans. Soudain, il a l'air d'hésiter. Quoique, la prise en main, le long d'un mur…, je ne sais pas. C'est vous qui voyez. De la qualité suisse. Rien à dire de plus.

L'homme a retrouvé toute sa verve de vendeur, mais il ne se lèvera pas. Il m'a réellement prise pour une fada.

Je contourne les ménagères en inox, m'engage dans l'allée de la coutellerie de cuisine, et m'arrête. Je ne peux plus étouffer mon rire. Un rire léger qui monte en pétillant. Un rire mouillé de larmes menues et rondes. Toute seule dans ce rayon, je ris comme jamais. Je voulais de la chair, des rires, des exclamations. J'en ai. Je me déleste devant toutes ces lames dont l'acier poli étincèle. Impression de crever des ballons avec leurs pointes. Des milliers de ballons.

J'écris une histoire neuve, je recommence à titiller les gens, les ego, à fouiller maladroitement les âmes pour en faire affleurer le meilleur : leur incongruité.

C'était notre jeu préféré avec Anne : demander d'un air innocent des choses extravagantes, observer les réactions. Je crois qu'elle les notait. Sur un petit carnet. Elle voulait en faire des scènes de romans ou de pièces. Comme si la vie, pour elle, avait été un grand théâtre. C'est elle qui avait raison : le quiproquo, c'est le sel de l'existence, l'étincelle malicieuse qui la pimente.

J'ai fait une folie.
Je me suis offert *la* référence.
Le Zwitex X260.
La rolls des couteaux à viande.

Rien que pour voir les yeux ronds de mon petit boucher à moustaches. Il n'a pas lésiné pour me l'emballer, des mètres de papier bulle… des fois que je me déciderais à me suicider. Le temps de les enlever, ses bulles, j'aurais tout le temps de réfléchir et de reculer. Et puis, il y a la garantie, dix ans m'dame, les papiers à tamponner, la housse de voyage ! Vous verrez, vous en serez contente. Hésitez pas à revenir ! Il y a des modèles plus petits, un poil plus maniables. Je peux tout commander !

Je n'hésiterai pas. Le papier de verre et la pâte à bois, chose étonnante, c'est bien au sous-sol du magasin que je les ai dénichés.

Je sors le cœur en fête. Je voudrais appeler Valère pour lui raconter. Je clique sur le répertoire de mon portable. Au ciel, il y a un peu de friture sur la ligne. Valère le concède : j'ai été excellente. Il est fier de moi.

Sur la place de l'Hôtel de Ville, le ciel pleure des larmes de rouille dans une écuelle en fer blanc. Mon portable sonne depuis une minute.

28

Éclat de pointillés

De l'autre côté du fil, sa voix est toujours aussi déterminée. J'avance dans les coulées orange. Le ciel se déchire le long du Pont d'Arcole, du miel, du cuivre dans un bleu fade. La flèche de Notre-Dame se détache, verticale brune au dos de deux carrés clairs, les tours de la cathédrale. Mise en lumière. Par des poches de rose sang qui poudre la nuit tombante.

Avec son accent anglais, magnétique, il pose ses phrases : celles qui peuvent me faire basculer, qui doivent me faire basculer.

Je me sens encore gaie de mon audace, légère de m'être tenue debout devant l'inconnu. Ce ne sont pas les mots de mon interlocuteur qui me propulsent, mais des sonorités de béton : Scrabble, Starbucks, Zwitex, Qartaba.

Il y a l'horreur et l'honneur,

Il y a celui qui s'est fait exploser, celui qu'on a arrêté quelques jours plus tard, son réseau que l'on tente d'identifier, de remonter.

J'entends tout cela.

L'obscurité descend tout doucement sur Paris. Elle prend son temps, elle bataille avec la lumière dans un long dialogue dont elle sait qu'elle détient les mots-clés, ceux qui font chavirer l'intrigue. Tout est beau. Ses arguments sont implacables. L'obscurité gagne toujours du terrain. La lumière s'abaisse jusqu'à terre pour quitter la joute dans l'ombre.

Les paroles s'enchaînent au bout du fil.

Il y a ma vie, mes enfants, ceux qui restent. Les autres victimes, leur famille, un autre père français pour son fils, trader à la City.

C'est le combat de sa vie.

Pas de la mienne.

L'orange se brûle dans du violet liquide qui s'installe par bandes au-dessus de la Seine et charge ses remous d'ondulations mauves, des grappes de lilas, d'orchidées, qui dansent sur les flots.

Il veut me rencontrer, savoir comment je vais, c'est gentil, me défendre, savoir comment s'organiser.

Je ne veux pas me défendre, je ne veux pas m'organiser.

Moi aussi, je m'efface de la conversation, une petite lumière de portable qui s'éteint.

Exténuée, j'ai accepté le rendez-vous qu'il m'a proposé. Je le rencontrerai lundi en huit à côté de la place Vendôme, un bureau au premier étage d'un immeuble haussmannien. Il y aura également deux avocats français, un représentant des victimes, un interprète. Je sais tout cela.

L'ombre de mes mains s'écrit sur la pierre du pont au-dessus des pointillés qui continuent à secouer le fleuve. Le croissant argenté vient d'apparaître. Il dessine une boucle d'oreille aux glycines.

29

Éclat de méandres

Je dois faire face. Inutile de repousser l'échéance.
Je vais tuer le mur de droite.
Après, tout sera comme au premier jour.
Nu.

C'est si important une entrée dans un appartement. Il y a toujours une entrée pour s'insérer dans l'existence, une porte que l'on pousse. C'est par cette entrée que je vais pénétrer dans ma nouvelle vie, recommencer à construire, réinventer mes ailleurs. Des bonheurs ? Pas une minute, je n'ai eu l'intention de déménager, même si Henri et Antoine n'habitent plus avec moi que de loin en loin.

Ai-je jamais arrêté de bâtir ? Cette lutte pour me tenir debout pendant tous ces mois, ces jours, où je n'ai brûlé mes forces qu'à côtoyer la mort, ses odeurs fétides, ses images blêmes, ses morgues blafardes, ses chapelles ardentes, ses cercueils de bois clair qu'on laisse glisser dans la terre fraîche, cette lutte a-t-elle seulement eu lieu ? Ces longues heures à me nourrir de larmes, de faux espoirs, de tracés vert fluo sur des écrans noirs, de blouses jetables en papier bleu, de caresses sur des peaux sèches, émaillées, vitrifiées, ces heures sont-elles réellement devenues une part de moi-même ? Qu'en faire ? Dois-je les araser pour renforcer mes fondations ? Partout, dans ma tête, dans mon corps, le chaos s'est introduit. La bombe m'a déchiquetée elle aussi. Mais, je suis mon propre médecin, mon propre architecte.

Seules les verticales peuvent tenir un homme droit, m'a soufflé Isidore, et je suis la seule à pouvoir recoudre les lambeaux.

Parfois, je voudrais me coucher et ne plus être obligée de me relever. Mais, chaque matin, le jour nouveau crée la beauté neuve. La vie m'appelle. Pour eux. Sans eux. Ma peau à moi est souple, un peu plus ridée, chaude, veines bien dessinées. La vie palpite sous la chair, au pouls de mon poignet. Pas encore de cheveux blancs.

Je n'ai pas le droit de renoncer.

Parce que.

Mes doigts pianotent encore.

Mes orteils me font mal lorsque j'ai arpenté durant des heures les quais de Seine ou les escaliers de la colline de Montmartre.

Mes oreilles sont encore aptes à saisir de nouvelles notes lorsque je parviens à m'endormir un instant sans le déchirement des hurlements, le bruit des déflagrations, des vibrations d'un tensiomètre, le murmure des supplications. Et celui des suppliciés.

Je n'ai pas eu besoin du Zwitex X260.

Le papier peint s'est laissé déchirer en douceur. Sur le mur de droite, aussi étrange que cela puisse paraître, il n'y avait aucune lézarde. Est-ce parce que ce mur recevait le soleil, tandis que l'autre était constamment dans l'ombre ? Mon entrée a donc deux murs : un de la mort, des lézardes, des crevasses, des blessures ; un de la vie, doux et soyeux, où mes larmes ne peuvent s'accrocher. Elles coulent, dégringolent sur la farine du plâtre, puis s'arrêtent net, déjà sèches. À gauche, elles s'installaient dans les méandres presque invisibles des fissures ; à droite, elles meurent avant. Elles se tarissent. Je ne peux plus pleurer.

Cela ne sert à rien. Le mur de la vie doit être repeint. Celui de la mort effacé.

Tous les cadres, je les ai décrochés. Je les ai époussetés, le dos d'abord, et retournés, face à moi, avant de les poser au sol. Valère plus jeune, Anne dans ses bras, minuscule minois bouffi dans son bonnet de nouveau-né, Henri déguisé en Robin des Bois et Antoine en d'Artagnan, Lise et sa maison en pain d'épices, aux cannes rayées rouge et blanc le long de la porte en petit beurre, et son toit en Smarties multicolores, Valère, son frère et sa mère à Houlgate à la fin des années soixante-dix, mon père et ma mère lors de leurs quarante ans de mariage, et la flamme des bougies qui se reflètent dans leurs yeux encore étonnés de la longévité du parcours amoureux, et cette autre photographie, ce panoramique de nuit, tous ensemble devant la crèche vivante des Baux, avec le chien d'Augustine qu'elle nous avait confié pour les vacances, dans cette nuit noire et tout illuminée d'un Noël passé en famille, loin de la fièvre parisienne.

Ils font maintenant comme des fenêtres sur ma forêt de cartons, des yeux sur des maisons invisibles. Ils ne seront pas raccrochés. La cabane de Gustave est restée au milieu du passage. Sur ce qu'il imaginait être la porte d'entrée de son isba glacée, j'ai déposé une photo de mes quatre amours avec leur père, un matin de vacances. Un matin simple où la vie coule. Ce bazar m'étonne. Avant, je ne l'aurais sans doute pas supporté. Je me sens en paix.

Je ne parviens pas encore à me décider pour la teinte de la peinture. Je veux consulter certains des projets de Valère, insérer la clé USB, pénétrer par effraction dans son monde. En douceur. J'attends un signe. J'attends qu'il m'y autorise.

Je possède la Rolls des couteaux à découper mais plus de longs rôtis à faire cuire. Je fréquente un marginal sans toit qui aboie des vérités à la face du monde, vénère les échecs, répond au doux sobriquet de Scrabble, et je ne sais quoi lui souffler à l'oreille pour qu'il s'apaise. Je n'ai revu aucun de nos anciens amis depuis l'envolée de mes trois plumes au bout de la nuit, et je n'en ai pas la moindre envie. Il est 16 heures en ce jeudi, et Isidore, un marchand de couleurs dans la rue des Écoles, de plus de quatre-vingts printemps, me manque.

Lessive ou pas, la terre tourne.

Je suis debout pour eux aussi.

C'est ce qu'Antoine vient de m'écrire sur son dernier mail. « Maman, reste debout pour moi. N'oublie pas. Je viens samedi. » Comme si je pouvais l'oublier.

Je ne suis pas sûre d'avoir répondu à son premier SMS.

30

Éclat d'*Aquarelliste*

LORSQUE je pousse la vieille porte jaune, Isidore est perché sur un escabeau au centre de la pièce, ses godillots à peine discernables dans l'ombre des étagères. Il semble ne pas m'avoir aperçue. Pas le temps de lui dire bonjour. On entend un « Merde » retentissant. La boutique, soudain, est entièrement plongée dans le noir ; seule, la vitrine apporte encore une faible clarté, opalescente, qui se diffuse avec lenteur derrière la couche de poussière et les traces de pluie accumulées. Des ombres poussent sur le mur derrière la caisse et l'habillent de triangles tremblotants. Ce sont les têtes pointues des pinceaux qui dépassent de leur bocal et esquissent, dans le courant d'air que je viens de créer, des bouquets de conifères sur le jaune terreux. Je n'ai pas eu le temps de refermer la porte.

Andrée ! Va voir ! Aux fusibles. Il faudrait bien que j'arrive à changer ces spots sans mettre le feu à toute la baraque, sacré nom d'un démon en culottes courtes.

Je viens de comprendre à la seconde même pourquoi Isidore me manque tant depuis deux jours. Qui d'autre que lui peut jurer au nom d'un démon en culottes courtes ? Il a balancé en un rien de mots aux oubliettes, le petit Jésus en culotte de velours de Richard, celui qu'il déguste lorsqu'il tient dans son verre un grand cru de Bourgogne, un gevrey-chambertin. Chut, silence, le roi boit. Et la culotte de velours porte ses arômes de cassis, réglisse, cuir. Quels sont donc les arômes des culottes courtes des démons ? Fumée, basalte, silex, poudre, chevrotine ?

Isidore, vous savez bien que je ne peux pas descendre au général. Glisser dans l'escalier de la cave, c'est plus de mon âge ! Quand est-ce que vous allez vous décider à appeler un électricien ? Tout fout le camp dans cette turne, vous êtes au courant tout de même ! D'ailleurs, il est largement temps qu'on foute le camp, nous aussi ! Définitivement !

Je peux, moi. Je peux descendre au général !

Je me suis proposée spontanément, comme si je faisais partie de la famille, comme si j'étais une part de leur quotidien à tous les deux.

Qui ça, moi ?

Eh bien, moi !

Il s'est penché du haut de son perchoir et tente de m'apercevoir à contre-champ. J'avale ma salive. Je n'ai jamais été un as de la cathode, encore moins du court-circuit. Et si je foutais le feu ?

Ah, c'est vous ! Vous ai pas entendu entrer. Mille excuses. Un petit coup de main, c'est pas de refus ! Sinon, dans une heure, je suis encore perché sur mon établi à faire le gaudriot. Andrée, elle est têtue. Elle a peur de tout. C'est pas de l'escalier ou du compteur dont elle a la trouille, balivernes ! C'est des souris ! La porte : celle au fond à gauche, après la caisse. Faites attention de ne pas vous abîmer, y en a plein l'escalier du bardas ! Pas le temps de ranger.

J'attaque déjà la première marche. Une expédition entre les casiers en bois qui traînent sur chaque degré où s'entassent vieilles revues d'histoire de l'art, livres de comptabilité, catalogues de fournisseurs, matériel abîmé qui n'a jamais été conduit à la déchetterie. Sans compter l'usure de la pierre. Je m'éclaire avec la faible lumière de mon portable.

Il crie de sa voix forte.

Vous y êtes ? Le compteur, il est sur la gauche au bas des marches.

Vous appelez ça un compteur ?

Une boîte verte, de l'âge de son propriétaire, un carénage en tôle défoncée tout usage – sur le dessus crèchent des allumettes, d'antiques morceaux de bougies, un rouleau de ficelle, des clés rouillées –, une porte bringuebalante qui menace de s'écraser au sol à la minute où je la touche et oh, miracle..., encore un peu de jus, au vu de l'espèce de roue dentelée qui tente de tourner derrière une vitre crasseuse. En dessous, des manettes de toutes les couleurs ! Je n'ai jamais vu un engin pareil et pourtant, du bricolage, nous en avons abattu, Valère et moi, au mas de Fontvieille.

La manette rouge, pas la verte ! La verte, c'est celle de l'appartement du dessus.

Et la violette ?

Il hurle :

Celle de la réserve. Vous visitez ou quoi ?

Non, j'admire. Un compteur arc-en-ciel, on en voit que chez les marchands de couleurs.

Je réenclenche la manette rouge mais rien ne se passe. On entend Andrée qui râle :

Là, c'est la fin ! De toute manière, il est plus que temps !

Ma princesse, il faut être plus douce avec la manette. Faire venir la lumière, c'est un accouchement, faut de la patience, du doigté, des encouragements. Vous la remontez, la manette, puis vous la redescendez doucement. Quand vous sentez que ça ripe, là vous y mettez de la force... Elle est un peu capricieuse.

Je souris intérieurement et m'imagine en train de faire un caprice au moment des poussées décisives. Eh bien, non, docteur, ça se fera sans moi. J'ai décidé de riper, stop, je ne pousse plus. Allons, bon !

Vous voulez peut-être que je lui parle ?

Pourquoi pas !

Isidore a toujours le mot pour rire.

Qu'est-ce qu'elle aime ?

Le Guillaume Apollinaire !
Aquarelliste, ça l'inspire ?
Dans le mille !

Yvonne sérieuse au visage pâlot
A pris du papier blanc et des couleurs à l'eau

Je me suis lancée. Je fredonne.

Puis rempli ses godets d'eau claire à la cuisine.
Yvonette aujourd'hui veut peindre. Elle imagine
De quoi serait capable un peintre de sept ans.
Ferait-elle un portrait ? Il faudrait trop de temps
Et puis la ressemblance est un point difficile

Je vais accoucher la lumière, à la lumière des vers d'Apollinaire. Accouchement miraculeux. Coloré, poétique. Dans une cave voûtée qui pue l'humidité. Relancer la lumière, la faire renaître, effacer les ombres et tous les peut-être. Je revois Anne à qui je récitais ces vers lorsqu'elle était petite avant qu'elle ne s'endorme.

À saisir, il vaut mieux peindre de l'immobile
Et parmi l'immobile inclus dans sa raison
Yvonette a fait choix d'une belle maison
Et la peint toute une heure en enfant douce et sage

Anne se tenait immobile sous ses draps, fermait ses paupières, en attente. Le jeu consistait à imaginer la maison peinte. Elle me soufflait alors la couleur des volets, la présence ou non de rideaux, la forme de la porte, lune ou losange, la matière du toit, tuile, ardoise, ou biscuit – les biscuits roses de Reims étaient ses préférés –, le nombre de fenêtres et les petits rouges-gorges qui sautillaient sur leur rebord. Parfois, c'étaient des mésanges comme celles aperçues dans les champs d'oliviers. Ou des cigalous, quand on rentrait de vacances.

Je tâche de me concentrer sur la machine infernale.

Derrière la maison s'étend un paysage
Paisible comme un front pensif d'enfant heureux
Un paysage vert avec des monts ocreux

Je fixe la roue qui me nargue. Elle va expirer et moi avec ! Je frotte mes doigts, les délasse. Sentir le compteur riper, Isidore en a de bonnes ! De toute façon, c'est maintenant ou jamais parce que la batterie de mon portable, elle, s'en contrefiche que j'accouche de la lumière avec du Guillaume Apollinaire. Elle est tout simplement en train de donner de sérieux signes de fatigue.

Deuxième essai.

Je retiens mon souffle.

Pas mieux.

Là-haut, on n'entend plus âme qui vive !

Or plus haut que le toit d'un rouge de blessure
Monte un ciel de cinabre où nul jour ne s'azure

Je n'ai pas cessé de chanter.

Peut-être tendent-ils l'oreille.

Jamais deux sans trois.

Je ne sais pourquoi, Apollinaire n'ayant pas dompté cette diablesse de boîte, je me mets subitement à en appeler à sainte Rita, la sainte des causes désespérées, celle que j'ai tant suppliée depuis janvier. Elle ne m'a pas exaucée pour Valère. Là, c'est sûr, elle va faire un effort, elle ne peut pas laisser un bientôt mourant batailler avec un démon en culottes courtes. Il doit bien y avoir une justice quelque part !

Et oui, soudain, cela ripe ! Je sens au bout des doigts comme une vibration ; j'abaisse alors d'un coup sec. Le courant s'échappe enfin de la boîte infernale pour courir dans les fils. Merci sainte Rita. L'ampoule du plafonnier danse un peu la gigue, puis se stabilise au-dessus d'un capharnaüm de cylindres transparents où les encres et les pigments de couleur se disputent les faveurs de la lueur frémissante.

Je soupire. Je suis en nage. Je viens d'accoucher d'un kaléidoscope géant. Mais c'est le petit Jésus en culotte de velours que je voudrais recevoir dans les bras. Je remonte l'escalier. Je boirais bien un soupçon de gevrey-chambertin.

31

Éclat de palettes et de linette

Le sourire lui barre la bouche jusqu'aux oreilles. Isidore ne fait jamais les choses à moitié. Il descend de son trône d'un pas pesant.

Eh ben, ça, ma princesse... On dirait que vous touchez votre bille ! Putain d'ampoule !

Il me tend celle défectueuse.

Vous êtes embauchée ! À votre tour. Y en a trois qu'ont pété en même temps tout à l'heure. La boîte est sur le comptoir.

Je devrais m'en sortir. Je viens de passer avec succès le premier test du CAP d'électricien. Cela ne fait que trois mois que j'ai débuté ma formation mais je commence à assurer. Dans le même temps, j'ai aussi appris à déboucher un évier – classique, je vous l'accorde ! –, décaper un mur – mais ça, j'avais déjà quelques notions –, vidanger puis changer le filtre à huile de la voiture. Je sais aussi tricoter bien que cela fasse un bail que je n'ai pas tenu une paire d'aiguilles, préparer une toile, me faire battre aux échecs – mais je me soigne ! Certes, je suis incollable sur l'huile de ricin... mais aussi sur le savon pour peintre, mélange de pierre ponce et de savon végétal – je le fabrique d'ailleurs moi-même à l'atelier. Quoi d'autre ? Ah, oui, je suis la reine des crêpes ; je les fais légères, aériennes, des nuages de douceur à la châtaigne et au miel, une recette de ma grand-tante, et je sais... compter... pas trop mal. Vous avez raison, Isidore. Je crois que je peux faire l'affaire.

Je viens de stopper ma tirade. Que m'est-il arrivé ? Moi, d'habitude si silencieuse, je viens de sortir mon acte I sans même respirer. Isidore me jauge, l'œil gouailleur. Il en reprendrait bien un petit morceau de mon semblant de vaudeville. Je commence à le cerner.

Qu'est-ce que je disais, embauchée et adoubée par le patron en personne ! De quoi se plaint le peuple !

Minute papillon !

C'est Andrée qui intervient.

La chanson, elle est finie ?

Andrée, ce n'était pas une chanson. C'était un poème !

J'attrape la boîte à côté de la caisse enregistreuse, vérifie l'état des ampoules qui s'y trouvent avant d'escalader l'Everest. Je n'ai aucune envie de finir électrocutée. Ce serait le comble !

Non, Andrée, je n'avais pas terminé de fredonner mais la lumière en a décidé autrement.

Là, elle n'est pas encore revenue la lumière au-dessus du comptoir. Vous pouvez peut-être finir de l'appeler !

Vous êtes mignonne, Andrée ! Rien que pour vous, alors, la fin d'Apollinaire.

Pour elle, pour elle ! Comme vous y allez ! Je veux ! On partage ! D'ailleurs avec Andrée, on a toujours partagé, les engueulades, les coups de bambou…

Les poches vides, surtout !

Andrée a haussé les épaules. Je commence à grimper.

Quand j'étais tout petit aux cheveux longs rêvant,
Quand je stellais le ciel de mes ballons d'enfant,
Je peignais comme toi, ma mignonne Yvonette,
Des paysages verts avec la maisonnette.

Je me perche sur la planche, dévisse les couvercles des spots et replace sans difficulté les ampoules neuves, sauf dans une des cavités, celle d'où s'est déclenchée la panne. Non, vraiment celle-là, Isidore, il faut la faire vérifier.

Mais au lieu d'un ciel triste et jamais azuré
J'ai peint toujours le ciel très bleu comme le vrai.

Je salue d'un ample mouvement de bras. Nous rions tous les trois comme des gamins. Isidore ne fait plus le bougon. Je redescends.

De toute façon, je vous attendais, me dit-il. Maintenant, c'est lui qui hausse les épaules mais avec un petit air facétieux. Délicieux ! Un enfant de sept ans comme celui du poème d'Apollinaire.

J'ai vos palettes !

Mes palettes ?

Oui, les cinq que vous m'avez commandées. Mais là, faut que je monte. Elles sont au-dessus, avec le matériel de premier ordre, la qualité introuvable, les trésors… mes bijoux. Que de la première main, rien à retaper !

Il replie l'escabeau, le range derrière un tas de planches sous le ballon d'eau chaude à l'entrée de la réserve. Il a déjà disparu. Andrée me fait un clin d'œil.

Quand il monte, c'est du sérieux ! Là-haut, c'est le matériel pour les artistes, les vrais ! Il a toute une collection de pièces rarissimes. Un carnet d'esquisses de Foujita, deux pinceaux de Braque – il venait souvent au magasin, c'était un ami –, il y a aussi des martres de Berthe Morisot, un chevalet de plein air ayant appartenu à Mary Cassatt, sa préférée, et un aveline en soie de porc que Picasso lui a laissé. Vous savez, Isidore, pour certains pinceaux de maître, il est capable d'être appelé, juste pour changer la virole ! Sur un pinceau ! C'est comme ça, les artistes, quand ils ont enfin trouvé l'outil qui leur convient, y veulent pas en changer ! On fait pas un violoniste virtuose sans éclisse, sans table et sans âme. Tout se tient.

Oui, là, c'est certain, je suis devenue dingue. J'ai beau fouiller ma mémoire, je ne me souviens pas d'avoir évoqué une quelconque commande de palettes avec Isidore. Cinq de surcroît ! Et combien cela va-t-il me coûter s'il va les chercher dans sa caverne merveilleuse ? On l'entend qui farfouille.

Du sérieux, je vous dis ! me soutient Andrée. Bon, c'est pas tout ça, mais là faut que j'y retourne. Aujourd'hui, c'est jour de livraison et je suis déjà bien en retard !

Me trotte dans la tête l'envie de tout quitter, de prendre la route direction Fontvieille, là, dans la minute. Le mas, notre mas, et les pierres tombales blanches alignées, rectangles bruts immaculés sur lesquels s'entrelacent trois prénoms. C'est Étienne qui les a sculptées, notre tailleur de pierre, celui de Maussane. Un cadeau. De la pierre neigeuse et des coups de burin. Une poignée de main solide, la caresse de la pierre polie, les minuscules lamelles de cristaux qui brillent au soleil, le grain fin d'une amitié indestructible, et puis sa voix : Ma pierre, elle garde la chaleur, ma pitchoune, ils n'auront jamais froid.

Un pas lourd se fait entendre dans le silence. Mon Isidore a chaussé des lunettes et porte un paquet, papier de soie bleu, ficelle de chanvre grise, le tout couvert de poussière, qu'il essuie maladroitement avec le revers de sa manche.

Nous y voilà !

Il presse le paquet contre son cœur. Un autre papier de soie vert dépasse du bleu.

Je savais bien qu'elles étaient là, à t'attendre !

Il m'a tutoyée.

Mais d'abord le goûter ! Les palettes pour qu'elles chantent, il faut se donner du temps. Andrée, je sors un moment. La commande de madame Tesson, elle est presque prête. Regarde dans la livraison du 12, s'il y a ses fusains, les gros, les carrés, pas les ronds, tu sais ! Ceux de chez Émile, qui caressent la linette.

On y va, ma fille ! La linette, c'est la feuille de lin, papier végétal sans pareil. Je te montrerai si tu as le temps un de ces quatre. C'est un petit gars de Camargue qui me le fabrique et madame Tesson, elle aime son glissé à cette feuille, même si elle accroche un peu à la peluche sous l'ongle. Viens, allez zou, chez Mélanie. Aujourd'hui, elle fait la tatin et celle-là, on peut pas la louper, avec ses petits culs de pomme bombés au caramel !

Mon zizi d'or s'est réveillé.

32

Éclat de cartographe, d'immuable

Le bistrot est quasi vide à cette heure-ci. Comme la rue Lagrange, noyée sous le soleil. Rien à voir avec le déjeuner de l'autre jour. Calme plat avant le service de l'apéro qui s'enclenche dès la sortie des bureaux, puis celui du dîner. La lumière pénètre à flots derrière la baie, entre les armatures de plomb dont les ombres rayent le mur d'obliques. Des traits à la mine de plomb à peine appuyés sur un papier Ingres mat, grain lisse, velouté, le début du croquis. C'est là qu'Isidore se dirige d'instinct ; au centre du soleil, dans les lignes brisées, une table inondée de lumière ; il a eu si peur de la perdre, sa lumière ! Et puis, il lui faut réchauffer ses vieux os. La station prolongée sur l'escabeau l'a un peu fatigué. Juste un peu.

Le mari de Mélanie est absent. Sans doute parti faire un petit somme, chuchote Isidore. C'est qu'il ne compte pas sa peine, son Hubert, ouvert six jours sur sept, les nuits aux Halles et le dimanche à biner les panais. Derrière le bar encore au repos, c'est Mélanie qui accueille. Deux habitués papotent sur la sortie de l'euro ou de l'Europe. Ils ne sont pas encore au clair sur l'objectif de leur discussion.

T'ai pas vu au déjeuner, mon Isidore !

Suis affamé. Une expertise dans le 19e. La succession d'un peintre du dimanche. La routine ! Une veuve qui ne sait pas s'il faut nettoyer le matériel, le conserver religieusement pour les générations futures ou tout balancer.

Qu'est-ce que t'as dit ?

Qu'est-ce que tu voulais que j'dise. Le bonhomme avait un bon coup de crayon, de l'intuition et la fibre de l'artiste raté dans le sang. Rien à en retirer ! Ce qu'il fallait garder, c'était le matériel du grand-père ! Lui, un vrai pro, avec une âme d'aventurier, un Robinson Crusoé. Cartographe avec ça ! Un trésor, ses dessins ! Des carnets de croquis à la plume... à tomber, avec un travail de lavis au cordeau. Des mises en couleurs au poil, et le traité du dessin, pas une ride ! Ce sont les frontières qu'ont changé, pas les continents. J'ouvrais des yeux comme un gamin qui voit Noël lui échapper. Je n'allais pas lui raconter des bobards à cette brave veuve, ça valait de la tune. Même les croquis préparatoires étaient répertoriés. Un magot, je te dis. Pas question de séparer le matériel du résultat ! M'est avis que Drouot ferait mieux de se pencher sur l'ancêtre plus que sur le petit-fils. Enfin, ce que j'en dis. Mon avis n'est que consultatif.

T'as été payé au moins ? Depuis le temps que tu tournes gratis.

T'inquiète pas pour ça ! Ce que j'ai vu comme merveilles de l'aïeul, ça m'a largement payé de ma peine. Des cartes comme celles-là, elles devraient être exposées dans les musées. Le public se régalerait ! Ça donnerait aux enfants des vocations d'explorateur au lieu de les voir lorgner du côté de la police scientifique. Pas photo, mes petits loups, pas photo ! Bon, c'est pas tout ça ! C'est qu'on a une petite faim à c't'heure !

Tu vas dîner ce soir ?

Je pense pas.

Alors t'inquiète, je vais te préparer une assiette de charcutailles et de fromage. Les fourneaux sont éteints. Je viens de rentrer de l'Abondance d'alpage. Tu m'en diras des nouvelles. Avant de te gâter avec la tatin. Et pour la jeune femme, je lui sers avec de la crème fouettée et un chocolat chaud maison. Si on s'occupe pas de la remplumer, elle va nous claquer dans les pattes et la mort nous ici, on l'invite pas avant l'heure !

Il faut croire que la mort ne prend donc pas toujours par surprise. Elle a des horaires ! Je ne devais pas avoir mis ma montre à la bonne heure. J'ai toujours retardé de quelques minutes. Sans doute pour cela que je me suis fait cueillir à froid. Quand on n'est pas ponctuel, on risque toujours de se faire houspiller !

Je regarde Isidore déguster sa cochonnaille, de belles tranches de Morteau froides, tranchées très fines qu'il dépose sur son pain badigeonné de moutarde. Il vient d'engloutir avec délectation la terrine de lièvre à la coriandre d'Hubert, avec la moitié du bocal de cornichons, ceux du jardin, minuscules, confits dans un vinaigre à l'échalote.

Une seule chose me paraît certaine aujourd'hui : si j'ai pu louper l'horaire du train de la mort, son odeur, elle, ma mémoire l'a parfaitement gravée. Au burin.

La mort, oui, a une odeur.

Toujours.

Une odeur de poudre. La voilà l'odeur de la mort.

Poudre de riz pour le vieillard. Du gris.

Poudre de comprimé pour le malade. Du blanc.

Poudre de canon pour les autres. Du noir.

Gris, blanc, noir. Comme dit Andrée, tout se tient.

Je me demande quelle sera la mienne, d'odeur : riz, comprimé ou canon ? Va savoir.

La mort ne demande rien. Elle frappe, c'est tout. Elle explose. Et nous passons à autre chose. Nous sommes cela, nous, les êtres, conçus pour la vie d'avant et la vie d'après. Nous n'avons qu'une seule certitude : la vie d'avant est courte (immensément), la vie d'après est longue, incommensurablement ; et c'est à cette vie démesurée que la vie courte nous prépare. Pas étonnant que la mort explose. Elle doit décompresser le temps, lui redonner sa fluidité, sa liberté. Ce n'est plus nous qui le guidons.

La tomme d'Abondance sent le lait caillé et la neige, l'air vif au-dessus des dénivelés, l'écho du silence. C'est sans doute pour cela qu'Isidore m'observe sans piper mot. Il savoure l'air libre dans ses poumons en même temps qu'il engouffre ses morceaux de terroir. Je me délecte avec le chocolat bouillant. Petites gorgées. Du nectar de chocolat. Avec une pointe de cannelle. À l'ancienne. J'attends. Pour entamer ma tatin et la crème fouettée qui s'arrondit en dôme nacré dans sa coupelle de faïence sur le rebord de mon assiette. Ma neige. Je fais durer le plaisir. J'ai enfin décidé de décomprimer le temps. Avant l'heure. De l'allonger à déraison, pour comprendre ce que vit Valère là-haut.

Isidore me sourit, m'invite à le suivre avec son regard de gamin qui a fait une bêtise, gourmand de tout, surtout des secondes qui passent.

Je me lance et succombe. Cette tatin a le goût du bonheur neuf. Elle fait le pont entre l'enfance et l'endurance, elle m'ouvre à de nouveaux désirs et si je devais pleurer, ce serait de joie, mais les larmes ne m'oppressent pas.

Je tente de tourner la page un peu chaque jour, un peu par un petit peu. Je n'ai pas encore fini de lire ce livre, j'aurai le goût d'en feuilleter d'autres lorsqu'il sera temps. Mais dans le prochain livre, il y aura toujours des pages déchirées. Des sauts de pages. Des mots manquants. Des phrases à terminer. Des compléments du nom sans nom. Avec Isidore, je touche à l'essence même de l'existence, à ces détails qui nous tiennent en vie par grâce ; à ce que je suis profondément, à mes ressources, celles que je dois aller rechercher. La tatin me redonne le goût, non de vivre, mais d'être ; le goût de tout ce que je n'ai pas encore accompli. Peut-être.

J'ai aimé à la folie. J'aime encore les trois parts de moi-même qui se sont envolées au bout de ma nuit. Je découvre avec leur évanouissement soudain, un amour de ciel, de distance, un amour d'après. C'est étrange, déroutant, que mon âme, mon corps, puissent engendrer cela : aimer au-delà de la nuit, faire le pont entre l'avant et l'après. Paroxystique.

Je reprends une bouchée. Les pommes fondent sur la pâte croustillante, saveur de beurre frais, de caramel, intimement mêlées qui étourdissent les sens. Des petits culs de pomme bombés au caramel m'engendrent à la nouveauté, m'invitent à aimer plus loin, plus fort, à déceler des plumes neuves, celles qui vont me contraindre à voler à nouveau.

La vie me sourit. Non, elle se rit de moi.

J'aime le silence d'Isidore, ses yeux qui savent tout, qui ne savent rien et attendent tout ; je m'engouffre dans son regard d'enfant, m'y noie. Il a fini de savourer.

Moi pas.

Je voudrais rester plongée dans la volupté jusqu'à la mienne de mort. Il l'a compris mais va me ramener à la surface avec délicatesse comme il sait le faire. Il caresse ma main. Il se saisit du paquet bleu, en délie la ficelle et me les tend. Cinq palettes en bois, un beau chêne brossé, déjà usées par la couleur.

33

Éclat d'audace

Coup de bol ! T'es droitière ! Ce sont les miennes. Celles que mon grand-père m'avait fabriquées.

Je n'ouvre pas la bouche. Mes yeux seuls boivent ce moment hors champ. Ils disent ma gratitude, l'acceptation totale du don, la transcendance. Ces palettes viennent du ciel.

J'effleure les traces de peinture sèche, elles font une petite croûte violette sur le rebord de la courbe de la palette du dessus.

Aujourd'hui, c'est le jour des aïeux, de la transmission. Gratis. Parce que toi, tu le sauras bien assez tôt lorsqu'il sera temps de les gratter et de les ranger. Avant, elles auront illuminé les nombreuses secondes qu'il te reste ici et là-haut.

Toujours ses yeux bleus qui, dans un mouvement vertical, vont s'accrocher au plafond, se fondre dans l'inatteignable. Nos assiettes sont vides. Si nous avions pu, je crois bien que nous les aurions léchées. Isidore a commandé un café.

Je romps mon silence.

Qu'est-ce qui fait la différence entre le peintre du dimanche, comme vous dites, et l'artiste, le grand, le géant, celui de la postérité ?

Celui de la postérité, je ne sais pas. Le génie par excellence, la postérité, il s'en fout ! Il est tellement incompris qu'il ne peut qu'être habité par l'humilité, la crainte de s'être fourvoyé. Ce qui fait la différence, c'est l'audace.

La crainte et l'audace, ça marche ensemble ?

C'est vieux comme le monde ce couple. Comme le blanc et le noir, le plein et le vide. Pas d'audace sans prise de risque. Pas de prise de risque sans trouille, sans adrénaline. Peindre, c'est sauter au-dessus du vide. Y a pas de filet pour vous rattraper. On met ses tripes sur le tapis… et sa cervelle.

Une question d'abats ?

D'abattre. De vider à l'air libre, tout ce qui nous étouffe. Mettre au-dehors tout ce qui moisit dedans. Y a des âmes démesurées. Elles ne sont pas taillées pour tenir dans une boîte crânienne, dans une caisse à poumons. Elles ne peuvent que vivre au large. Au grand large ! Elles ont maille à bâtir avec l'horizon, l'immense, l'infini. Parce qu'elles sentent cette dimension infinie de l'homme.

Je la touche du doigt tous les jours ma dimension d'infini, décuplée par la disparition de mes enfants et de mon époux qui, elle, est bien réelle. Abyssale.

Je me fais à nouveau silencieuse.

C'est le ciel qu'il faut traverser, ma fille. Ça se passe toujours vers le haut, l'audace, pas vers le bas.

Isidore m'observe. Il semble lire en moi. Il vient de me positionner. La tête en l'air.

Pourquoi cinq ?

T'as quatre gosses ! Avec le mari, le compte y est. Chacun sa couleur, chacun sa palette. Ce n'est que cela, le monde : une grande toile. Sur laquelle chacun place sa couleur qui fait chanter celle des autres. Une couleur ne se regarde qu'en contraste, sinon elle ne dit rien.

Pourquoi moi ?

Ça saute aux yeux ! L'audace, elle est de ton côté, plus du mien. Je vis de l'audace des autres, à présent. Je peaufine ma teinte personnelle. J'étudie. Je regarde si elle peut s'harmoniser. D'ailleurs, faut que je me grouille, j'ai plus beaucoup de temps pour trouver la bonne lumière, le bon angle… la bonne nuance.

Je ne crois pas.

Qu'est-ce que tu ne crois pas ?

Que vous viviez de l'audace des autres. C'est très audacieux de me demander de peindre. Je n'ai pas repris mes pinceaux depuis un moment.

Le bon Dieu savait ce qu'il faisait ! Tu t'es oubliée ! Et moi, vieux bougre, je savais bien que le compte n'y était pas tout à fait. Je le sens toujours lorsque ça cloche.

Il sort le paquet vert de dessous la table, le dépose sur la nappe et le pousse vers moi.

De sa part. En direct du vent.

Je déchire le papier de soie. Il y a une palette à l'intérieur, signée au dos. Une signature brune, comme gravée au charbon de bois.

Celle-là, elle est à qui ?

Berthe Morisot. Mon père l'a récupérée lors d'une vente privée. Il était en cheville avec son entourage. Maintenant, c'est la tienne ! Pour balancer tes tripes et ta cervelle. C'est maintenant ou jamais. Pas le choix. Je veux voir ça avant de claquer ! C'est pas que je te mette la pression, mais m'est avis qu'il ne faudrait pas que tu perdes trop de temps. J'ai presque fini de la peaufiner ma couleur. Je suis presque prêt à aller m'agréger à la grande toile, moi. Presque mort pour prononcer un mot que tu redoutes.

Ce n'est pas l'impression que vous donnez. Un cadavre, c'est bleu et froid.

Alors commence par peindre le mien ! Tu vois, on revient toujours au bleu. Du bleu, du froid, une grande gueule et un compteur arc-en-ciel, ça devrait pas être bien difficile !

Le bleu, c'est la couleur de mon mari, la mienne aussi. L'idée est tentante. C'est l'audace qui ne me tente pas.

Peur de te mettre en danger ? Tu sais, après l'audace, il n'y a que le ciel. Tu ne risques pas grand-chose, on y va tous ! Tu es une fille de l'air, ça se voit comme le nuage blanc au milieu de l'azur.

Pourquoi vous êtes-vous arrêté ?

De quoi ?

De peindre.

Ma couleur, ça a toujours été celle du faire faire. Je dois avoir un peu du gris de la paresse dedans. J'aime mettre les autres au boulot. J'aime poser mon regard sur eux.

Je suis professeur de dessin. Un cours privé à Daumesnil. Moi aussi, je pose mon regard sur les autres.

Sauf que ça, ça n'est pas ta couleur. C'est celle des événements, des questions, des épreuves, des non-choix. Tu crois que c'est la tienne mais c'est juste un vernis, et un vernis un jour, ça craque.

J'aime mes élèves. Faire affleurer ce qu'ils sont.

Tu ramasses beaucoup de tripes ?

Très peu en vérité.

Tu t'en contentes ?

Il m'a pris les mains et les serre contre ses paumes.

Quand tu caresses, ma fille, tu voles.

34

Éclat de dissolution

Je n'ai plus de nom. Je ne sais plus qui je suis. Isidore m'appelle ma fille. Pour Scrabble, je suis Trivial ou Trivial Pursuit, c'est selon. Pour Antoine, Mam ou Man, là aussi, c'est selon. Pour Henri, Mum, Melbourne, sans doute.

Valère m'appelait la douce, le murmure, son bleu.

Peut-être dois-je retrouver le nom que Dieu a gravé pour moi dans la paume de ses mains.

Il y a des moments où je le suis, Moi, moi en majuscule, ordonnée, occupée, des papiers à remplir, une courgette à couper, du courrier à relever, un sac de poubelle à évacuer. Il existe ces moments-là où je suis plongée dans les choses, dans leur dimension physiologique, sans me poser de questions, sans me tourmenter; et puis, il y a ceux où je ne suis plus là, où je vagabonde, enterrée dans des souvenirs qui n'existent plus, qui se sont enfuis avec les nuages au-dessus des flots. Dans une course effrénée. Barbare et légère.

Je ne suis la part de personne, orpheline de ma propre histoire.

J'ai les yeux dans le bleu. Depuis que j'ai bu l'opaline du ciel, un matin. Entre terre et astres.

Oui, je vais vider mes propres certitudes, tout jeter par-dessus la Seine. Ma première décision était la bonne. Pour voler, il faut être léger. Pour faire naître sa couleur, il faut avoir souffert.

J'ai reformé une dizaine de cartons, les ai scotchés, installés dans notre chambre, devant notre placard. Je vide. Tout. C'est moi que je dissous. Je ne regarde pas, je ne trie pas, j'entasse. Carton après carton. Dans l'entrée. Tout ce qui m'a vêtue depuis le début. Tout ce qui m'a cachée. Les boîtes de chaussures font une tour Eiffel, dans l'entrebâillement du salon, cet espace où nous avons dégondé la porte pour laisser l'air circuler.

Je me dépouille.

Comme sur le trottoir devant le Luxembourg.

Je n'ai conservé que ma montre, un jean, deux chemises blanches, ma torsade bleue, mes blouses de peintre.

Il y a certainement un pull de Valère dans lequel je vais avoir envie un jour de me lover. À moins qu'il ne les ait tous emportés avec lui.

Sous la dalle blanche.

Là, où on n'a jamais froid.

Je n'ai jamais rouvert son placard.

35

Éclat de déchirements

Le gémissement suinte à mon oreille, un écho de souffrance parfois doublé d'un cri de peur, d'un appel au secours. Oppressant. Je tente d'identifier le lieu d'où il provient, mais la fumée épaisse obstrue tout, brûle les poumons, les yeux, la gorge, ronge l'espoir. Une faible lumière syncope dans le gris. Une tôle reflète mon regard épouvanté dans son miroitement d'étain. Vacillante, la source lumineuse s'éteint. Je hurle.

Je ne veux pas du noir.

Je le refuse, le noir.

Le noir, c'est la fin.

Mais aucun son ne sort de mes lèvres. Il est comprimé dans ma cage thoracique le son, englué dans une caverne dont il ne peut s'extraire. Je dois continuer à avancer dans cette opacité, guidée par la voix qui pleure, supplie. Le tunnel ne donne sur aucune voie de secours, il faut placer chacun de ses pas sur des débris arrachées, des membres disloqués, lacérés, calcinés, humer des odeurs de souffre, de déjections, pas un brin d'herbe, pas un brin d'air. Une autre voix monte au jour. Solennelle. Elle répète : « *Over, over, over.* » Une boucle de *over* qui s'insinue dans le cerveau, le ramollit, l'endort. Je ne comprends pas. La voix reprend, module. « *It's over. They are deltas, anything else.* » Je ne comprends toujours pas. La voix m'explique : *delta*, le terme qui vous brise à jamais, celui par lequel on vous signifie qu'on ne peut plus rien faire. C'est si difficile de prononcer le mot cadavre, alors les urgentistes en ont inventé un autre : le mot *delta*, le mot de l'au-delà. Et moi, je m'époumone, « il y a *something else, someone else* ». Mes mots ne sont pas assez lourds pour percer les ténèbres. Soudain. La tache orange. Immense. Un faisceau oblong. Violente, une flamme indomptable. Et du blanc, un blanc intense, lumineux, irradiant. Je me réveille en transe. Je ne sais plus depuis combien de temps ce cauchemar m'accompagne. Il s'est réveillé le soir de la Salpêtrière.

5 h 06. Le radioréveil enclenche ses secondes en vert fluo. Je suis assoiffée. Toujours le même horaire. Depuis des nuits.

Ma bouche sèche appelle le sucré. Juste besoin de bras solides pour m'appuyer un instant, m'encorder, remonter, retrouver de la hauteur, les cimes. Appétit d'une voix rassérénante qui m'affirmerait : Tu es capable d'ouvrir cette nouvelle voie.

Je repousse les volets. Seul le réverbère troue la nuit noire. Une lumière glauque dans un horizon piqueté de points électriques. Je distingue la ligne des toits, l'ombre d'un chat au bord d'une cheminée ; la courbe de sa queue dépasse du triangle grisâtre, nonchalante ; il se cache, embrasse le monde, guette sa proie, ce moineau qui ne va pas tarder à siffler, à chanter l'agissant, le vigoureux.

Je défais nos draps, les dépose dans un grand sac-poubelle, replie la couverture. J'en mettrai des neufs plus tard. Des draps qui n'auront jamais effleuré nos étreintes. J'entends le camion qui se gare en bas de la rue. Celui du Monoprix, de la subsistance, de tous les possibles. L'eau bulle dans la bouilloire. Le thé au jasmin flotte, odeur de tubéreuse, de ciel laiteux. Lise me prend la main ; elle me conduit à l'atelier.

J'allume la lumière, pas la haute, pas celle du plafond, perchée bien au centre, non, la petite, celle qu'il faut aller dénicher sur le semainier, dans le coin, près de la fenêtre, derrière les cartons à dessins qui font des bosses, obstruent le passage avec leurs corps déformés, bombés, si remplis, crevés d'ébauches préliminaires.

J'ouvre les deux fenêtres en grand, repousse les rideaux, ils coulent de poussière, j'éternue. Plusieurs fois. Je vide ma poussière intérieure, elle sort à l'air libre, paillettes grises de pénombre qui font des étoiles dans le rayon de lumière de la lampe de chevet et vont se déposer au loin sur la queue du chat au bord de la cheminée. La nuit pénètre dans l'atelier. La faible clarté tente de la tempérer comme je tente de dompter ma poussière intérieure, de chasser les ombres qui s'éveillent.

La toile 24.
Une 20 figures.
Face contre le mur.
La seule qui me reste.
C'était la plus grande.
Est-ce pour cela qu'elle a survécu ?
Je sais qu'elle est à l'envers.
Il n'y a rien devant depuis des années.
Juste moi.
Je la retourne.

On distingue à peine sous la croûte grise, l'or, l'azur, la marbrure orange, pure, bouillante. Le coin droit a été dévoré par la chaleur. Écorné, il trace une forme de branche esseulée, malingre, à plusieurs rameaux, un décor grotesque, un carré tronqué avec sa dentelle de brûlures.

Maintenant, je sais.

Les trilles viennent de s'enclencher.

36

Éclat de certitude

Je sais.
Que la souffrance de Valère l'a racheté.
Leur tortionnaire.
Cette souffrance innommable, interminable. Celle qui nous a consumés tous les deux, ensemble et séparément. Cette souffrance du silence, de la voix de Valère que je n'ai plus jamais entendue, de mon murmure qu'il n'a plus jamais perçu.

Je sais.
Qu'Anne est partie en premier pour lui ouvrir la porte, que la porte était si lourde que Lise est venue lui donner un coup de main, quarante-huit heures après. Qu'à deux, elles ont attendu leur père et que le jour où il est entré dans le bleu, il tenait par la main leur sultan.

Je sais.
Que leur sultan avait des perles de larmes tout autour des mains, des colliers de perles de larmes.
Parce qu'il avait supplié. Pour la vie. La vie, la vraie, la démesurée, la puissante, celle qui a attrapé le temps, l'a dompté, l'a fait disparaître. La vie d'après.
Au lieu de s'imposer. La mort. À jamais.

Je sais.
Que leur sultan avait peur du noir.

Depuis l'enfance.
Comme moi.
Avant le blanc, il y a toujours l'orange.
Le feu, celui qui purifie.
Toujours.

Je sais.
Il faut tant de blanc pour effacer le noir.

37

Éclat de mise en teintes

Tout est léger, lumineux.

Le mur de la vie est prêt.

J'ai fini de le gratter hier soir après les petits culs de pomme de mon zizi dort.

Je n'ai pas dîné moi non plus.

J'ai une faim d'ogre. Rien dans les placards. Dans la table de nuit de Valère, il y avait toujours une plaque de chocolat. Je fouille, elle est bien là ; à côté, sa montre de rechange. Je la passe à mon poignet. Elle est trop lourde. Je la repose près de sa médaille de baptême qu'il n'a jamais portée mais qui n'était jamais loin de lui. Penser à donner la montre à Antoine s'il souhaite la conserver, la médaille à Henri. Délester.

Je dévore le lait aux noisettes avec mon thé au jasmin en observant mes cinq palettes. Elles font un visage énigmatique sur la table de la salle à manger. Un nez de traviole, deux yeux démesurés, une bouche bancale. Je n'ai pas su où placer la mienne, de palette. La seule chose que je ne maîtrise pas dans cette aube nouvelle.

Tout est léger, tout est lumineux.

Je sais exactement ce qui va s'inscrire sur ces bois, ce qui va naître de ce bois au plâtre. La sève de Valère m'abreuve. Je n'ai plus soif.

La fresque se dessine sous les coups de brosse. D'elle-même. Pas d'esquisse. Transfert immédiat, naturel. La tache d'usure sur mon ventricule droit, la Sonia Delaunay, se dépose sur le support nu. Je n'ai jamais travaillé en grand format. J'étais raisonnable avant, mesurée.

Pulsion de chamade dans les doigts. Foisonnement de couleurs, d'intensité, d'ombres, de jeux. Avec eux, mes morts. Avec eux, mes vivants. Il y a des passerelles au-dessus du monde et je viens d'en emprunter une. Je danse au-dessus du vide. Je me bats avec le mur, avec sa verticalité. Je n'ai pas de recul possible et j'aime cela, la contrainte. Tout est neuf, tourné vers l'ailleurs. Les bleus de Valère explosent, broient une lame de fond où s'inscrivent les verts d'eau et des reflets fondus dans un émail gris, comme l'eau mourante des canaux à Venise. Sur la palette d'Henri, je me bats avec les ocres qui ne veulent pas roussir, sur celle d'Antoine, je délaye les tabacs, les havanes, les chamois, une pointe de corail. Anne me nargue avec son capucine insaisissable dans lequel je dilue de l'incarnat. Lise me souffle des jaspures de bronze, d'olive, d'argent, comme le reflet du soleil sur une bouteille en verre soufflée. Je ne retiens pas mon poignet. Le mur se laisse faire. Consentant. Parfois, il est si douloureux, mon poignet, que je le laisse reposer sur ma main gauche. Le temps d'une déflagration. Le combat reprend, pas de blanc sur le mur. Tout a déjà été écrit, l'histoire s'achève, celle que je mets en lumière arpente un autre réel qui se déploie. Il n'y a plus de noir, plus de cauchemar. Mes morts sont vivants, debout devant moi. Mes vivants sont vivants, debout devant moi. Le mur les soutient. Je ne suis plus leur verticale. Je deviens ma propre colonne. Tous, ils vivent à travers moi, je leur ai donné la vie, ils s'en sont saisi, ils me l'ont rendue.

Les palettes d'Isidore accrochent la couleur telle que je la veux, telle que je la forge. Je me décide à arracher la mienne de son papier de soie vert. J'y fais fondre le rouge de la rage, du gâchis. Au centre de la fresque, il équilibre la composition, attire l'œil comme un aimant, une traînée sanglante, un bouquet de pivoines charnues.

Je m'interromps.
Un bruit aigre dans le vent du matin.
On vient de sonner.

38

Éclat de capharnaüm et d'ébauche

Ma chemise de peintre est aussi barbouillée que mon visage. J'ai pataugé dans la couleur jusqu'au cou, me suis roulée dedans, j'ai les paumes bigarrées, un gribouillage de taches, de l'insolence en vrac sur les doigts, sur le corps. Les chiffons au sol projettent leur plumetis jusqu'à la porte d'entrée. Juste le temps d'apercevoir mon visage dans le miroir, un coloriage à la hâte, avec ardeur, sans respect des lignes de contour. Celui d'une fée haute comme trois pommes, la jaune, la rouge et la verte. Je suis la fée des pommes.

C'est moi, Violette.

La voix est rieuse. Elle l'a deviné : ce coup-ci, je ne pleure pas.

Vous avez commandé les croissants. Nous avons donné suite à votre appel.

Je souris, je ris moi aussi. J'ai envie de la presser sur mon cœur. J'entrouvre la porte. Elle se laisse faire. Pas d'enfants à ses basques.

Je peux entrer ?

Oui, oui. Me faire un grand café.

Je l'ai ajouté, avec une pointe de malice qui vient d'éternuer sur mon visage de fée.

Pas de souci, je connais le chemin. Je n'ai pas encore le Sopalin dans la main droite, mais je devrais pouvoir le retrouver. Je suis la championne du sopalin ! Vous vous en souvenez ! Je vous le tendrai dès que vous vous serez décoloriée. Je vais de ce pas le traquer, mon ami le Sopalin. La chasse est ouverte !

Elle a déjà posé son sac et sa veste sur un des fauteuils. Si je suis une fée, elle est un elfe qui vole à la vitesse de l'éclair sans déplacer un souffle de vent. Si fine, aérienne dans sa jupe fluide et son pull en mohair.

Je vais aller prendre une douche.

Entre nous, c'est assez *fashion*, votre visage ! On devrait lancer la mode. Un blog sur Internet, un truc de YouTubeuse. On ferait fureur ! Et les gosses adoreraient ça !

Je ne crois pas que je serais cap de le refaire. J'ai beaucoup bataillé cette nuit. Surtout avec ma joue gauche, elle ne veut jamais faire comme la joue droite. Vous savez le truc du bon profil…

Je vois ça. Filez.

À l'entrée du couloir, je me retourne.

Comment saviez-vous que j'avais commandé les croissants pour 10 h 17 ?

C'est mon heure. Une mère sait toujours ce qui se passe à 10 h 17 ! C'est congénital ! On est sur le même fuseau horaire.

J'ai enfilé ma torsade bleue à même la peau, laissé flotter mes cheveux humides. Violette me tend une tasse, un croissant. Ça sent les vacances, l'énergie. Elle a ouvert la porte-fenêtre ; le gris bleu du ciel délasse mes pupilles. Je me pose, l'âme tranquille. Elle a sucré mon café. Elle a raison : même fuseau horaire, même longueur d'onde. Inespéré.

Je ne sais pas comment vous avez réussi à engendrer une telle merveille dans ce capharnaüm !

Son doigt désigne les cartons, ceux empilés, construits, et les autres, en attente, en voie de transformation. Mais son œil est fixé sur le mur. Il n'est plus nu. Plus du tout. Je viens de m'en rendre compte.

Vous avez oublié quelque chose l'autre jour ?

Non, je suis venue pour les cartons.

Les cartons ?

Vous aidez à les faire. Je pensais que vous déménagiez. Mais au vu de ce que je vois, je vous le dis tout net, ce serait une folie ! Ou sinon, c'est moi qui emménage... Rien que pour me réveiller chaque matin avec votre toile sous les yeux.

C'est le but. Les cauchemars, je crois... Je n'en pouvais plus... Il n'y a rien à expliquer. Il fallait que je leur torde le cou. Maintenant, c'est fait.

Si cela, ce sont vos cauchemars, prenez-moi dans vos rêves ! Vous êtes douée. Honteusement. Il y a beaucoup d'insolence dans votre palette. Ça ne se voit pas comme ça !

Je cache bien mon jeu et puis... la palette, c'est un ami très insolent qui me l'a offerte... Hier au soir. Ça a dû fonctionner... De temps en temps, je me réveille, je m'attelle. Les rêves, j'en ai très peu en stock. En ce moment, le marché n'est pas favorable.

Alors, les cartons dans l'entrée, vous déménagez ou pas ?

Non. Je ne déménage pas. Ce sont mes affaires que j'ai vidées.

Vos affaires ?

Oui, mes vêtements, les sacs, les chaussures.

Et ça, on le transporte où ?

Je ne sais pas. À la maison paroissiale... Je crois qu'ils reprennent ce genre de choses. Il y a un SDF que je croise parfois, il pourra m'aider.

Vous avez terminé ?

De vider ce qui me concerne, oui. Il y a le reste.

Le reste peut attendre. On va s'organiser. Ce qui concerne vos filles, il faut le faire en équipe, avec les copines, les copains. D'instinct, eux sauront ce qu'il faut en faire. Ils sont du côté de la vie, quoi qu'on en dise. De l'impertinence, du commencement, du neuf... De l'innocence. Les jeunes, c'est la seule source d'énergie à laquelle vous pouvez vous abreuver à l'heure actuelle.

Mon fils arrive ce soir.

Raison de plus. Vous n'allez pas vivre à poil. La toile sur le mur, elle doit sécher. Vous mettez les pinceaux à tremper et je vous embarque. Entièrement disponible jusqu'à 16 heures, libre comme l'air. Merci la garderie !

La toile… Elle n'est pas terminée.
Je le lui précise.
J'ai enfin ausculté l'ébauche.
Pleine face, en plein cœur.
J'espère bien. Elle aussi n'est qu'un début.

39

Éclat de balade vagabonde

VIOLETTE a le pas vif. Elle sautille, sa minaudière au bout du bras, tout entière à la liberté d'être enfin soi. Elle a noué le gris-bleu du ciel autour de son cou, en écharpe. Il s'est laissé faire. Le ciel a envie de valser aujourd'hui. Pas avec les nuages. Avec une jolie brune dans un pull en mohair, qui défie le printemps. Son quartier de prédilection, c'est le Marais, mais pas celui de la carte postale des grands hôtels particuliers ou de la place des Vosges. Elle préfère le Marais des petites rues, de ces chemins de traverse, où elle déniche des boutiques improbables, des tendances d'avant-garde, des vêtements uniques, façonnés par les doigts de l'artisan. Elle essaye tout et tout lui va. Promenade brouillonne qui tient les sens en alerte, me fait redécouvrir la spontanéité de la vie, cesser de m'en défier.

Je la découvre frondeuse et une frondeuse, ça n'a peur de rien. Elle me pose des chapeaux sur la tête, me noue des étoles, se passe au poignet des manchettes en pierres semi-précieuses, craque pour deux photophores baroques en étain dans un dépôt-vente, entre dans une ciergerie monacale, aux murs chaulés à la détrempe de gris, où les innombrables flammes projettent sur le velouté du décor des pointillés d'ombres, un morse de lumières, fouille pour trouver des lumignons d'une certaine hauteur, finit par se décider pour du bleu glacier, s'arrête parfois d'examiner, me fixe soudain de son grand regard mauve, m'écoute poser mes mots sur l'absence d'Anne, sur sa discrétion, son émotion à fleur de peau qui me bouleversait toujours – cette intuition maternelle de sa fragilité –, me tend la moitié de sa baguette au gruyère et aux lardons qu'elle a découpée comme une enfant qui partagerait son quatre-heures avec sa meilleure amie, les yeux brillant du goût de la vie, de cette amitié indestructible, à la vie à la mort.

Le bleu vous va bien, il faut garder cette casquette en jean.

Qu'est-ce que j'en ferais ?

Je ne l'ai pas invitée à me tutoyer, pas encore. J'aime son vous qui n'est pas un vous de distance, mais un vous de pudeur, de respect, un vous d'enfant qui ne veut pas blesser.

Vous la porteriez avec une petite robe de lin, couleur ficelle, bretelles croisées dans le dos, ou une robe-tablier améthyste et des espadrilles. Des espadrilles en coton bayadère. C'est confortable, non ?

Les espadrilles ?

Non, le bayadère. Ça se marie avec tout, ça met les pieds en vacances, et si on en trouve avec le talon découvert, c'est encore mieux !

Des espadrilles ?

Oui, des espadrilles !

Je l'écoute, elle me transporte. Elle m'écoute, je dépose. Elle ne sait pas pour le Québec anglophone, mais elle connaissait la passion de Lise pour les écureuils.

À cause des noisettes !

Des noisettes ?

Votre fille était une dingue de Nutella, vous ne saviez pas ?

Quel rapport ?

Ses copines l'avaient surnommée, Nut, la noisette, en anglais. Depuis lors, toutes, elles se sont mises à lui offrir des écureuils en peluche, puis à se les échanger, et la collection s'est étoffée. Dans la bande, il y avait Nut, votre fille, Nutmeg, Coconut, Nutbutter, la bande des Nutcrakers, des casse-noisettes, pour le dire en français, et le dire comme les copains le disaient. Bref, des délires de jeunes qu'on ne raconte pas aux mères ! Ça, je le tiens d'Alexandre. Il l'a titillée avant qu'elle ne lâche le morceau ! Elle lui avait offert une noisette en cuivre, une sorte de grelot, un jour où il l'a battue au jeu des capsules. Pour de vrai. Ce jour-là, elle ne l'avait pas laissé gagner. Elle lui a dit qu'il avait grandi, que maintenant, c'était à lui d'inventer les règles.

La robe, ce sera une robe en coton lavande. L'améthyste, Violette a fini par abandonner. Je le lui ai soufflé : il n'y a qu'en peinture qu'on fait la différence entre deux nuances ; dans la vie, la vraie, personne ne les remarque. Elle m'a soutenu que si. Elle, elle les voit les nuances, elle est une adepte du camaïeu.

En coton lavande, la robe, juste au-dessus du genou, à manches courtes, décolleté rond, tout en douceur, pour laisser le collier se poser avec nonchalance, dégager les épaules et mettre en valeur leur arrondi. Souligner cet ensemble de courbes par un caraco de laine et soie grège – fondamental, le caraco, pour fluidifier la ligne du vêtement sur le corps – et sublimer le tout grâce à des ballerines plates bicolores qui font un pied de jeune fille. Un pied de nez à la grisaille. Pour marcher dans les Alpilles. Il n'y a jamais de grisaille dans les Alpilles, elle est dévorée par les bleus, tous les bleus, les marrons chastes, les dégradés de verts, ceux du mistral qui font ployer les blancs purs. Je n'ai pas porté de robe depuis des lustres. À Fontvieille, je ne connais que le short.

J'examine cette tenue. Je l'ai déposée sur notre lit, en rentrant. J'ai gardé la casquette, mais je l'ai choisie dans un denim plus clair. Dans le miroir, elle me fait une tête de gavroche. Elle a une poche sur le côté dans laquelle Violette a fixé une branche de pois de senteurs en organdi, montée en broche. Trois pétales blancs autour d'un point jaune. Je m'observe. Un gavroche, insouciant, à qui tout sourit. C'est bon d'avoir l'éternité devant soi. Je passe la robe, ma torsade bleue, repose la casquette sur le fauteuil de Valère. Je dois aller chercher Antoine à la gare. J'ai aimé que Violette me bouscule.

Pourquoi donc ne portais-je plus de robe ?

J'ai habillé notre lit d'une housse de couette en lin amarante avec de grands oiseaux au plumage turquoise, azur, vert indien, comme les yeux des plumes des paons. Je n'ai acheté qu'une taie d'oreiller. Je compléterai mon nid avec de larges coussins rectangulaires orange et un petit coussin carré pourpre ou framboise.

Plus tard.

40

Éclat d'ardence

Il a posé son sac sur la latte du parquet qui gémit, a étouffé son grincement, puis s'est reculé.

Il fixe le mur. Sans un mot.

À la gare Montparnasse, il me cherchait des yeux depuis déjà un moment ; je n'étais pas en avance, je n'ai jamais su faire un créneau du premier coup. Il a semblé l'avoir deviné.

Tu as pris la voiture !

Je voulais te faire croire que je savais me débrouiller, mais je te la laisse pour le retour. Tu sais bien que mon truc, ce sont les parkings où je suis la seule à avoir le droit de me garer.

Et que tu te garerais en transversale, rien que pour profiter de tout l'espace !

Je n'ai jamais su me serrer contre les autres, sans les toucher. J'aime le contact.

Antoine rigole.

Tu es belle, Man. Belle pour moi.

Pour moi aussi.

Un rêve, mon Antoine avec moi ! Pour quelques heures. La Navale à Brest lui prend tout son temps depuis des mois.

Nous sommes heureux, là, dans l'instant. Une étreinte longue. Le temps ne se mesure pas, ne nous presse pas. Nous nous apprivoisons, nous apprivoisons cette peur de nous retrouver ensemble, face à l'absence, ce vide que personne ne comblera jamais.

J'ai perdu des filles, il a perdu des sœurs, des piliers, une altérité déroutante, bienfaisante, créatrice. J'ai perdu un époux, il a perdu un père, un repère, un moteur. Il doit combattre seul. Je le lui dirai. Je ne suis plus qu'une part infime de lui-même. Il vient au jour avec son rêve de gosse. Construire des bateaux, les faire naviguer, commander, se mesurer aux éléments, aux hommes. Son rêve est devant lui, palpable. Je ne peux le quitter des yeux. Il a les traits tirés, un regard plus sombre mais ses doigts sont toujours aussi longs, ses mains alertes. Antoine a toujours été un poisson, solide, passionné, un poisson volant – je pense à Scrabble, chacun le sien – qui parle avec les mains. À l'aise dans l'eau, à l'aise dans l'air, il flotte. Ni moi ni Valère n'avons pu le retenir dans nos filets. La mer nous l'a pris dès sa première virée de quart, à cinq ans, sur le voilier de Grégoire au Guilvinec. Le vent ne nous l'a jamais rendu. Il est si maigre. Lorsqu'il navigue, il aime. Tout simplement.

Il le fixe. Le mur de la vie.

Il a changé. Il a lutté contre la haine. On ne peut pas encaisser les coups quand on est trop jeune. Laisser du temps au temps. Pour construire la carapace. Il est si frêle, Antoine, dans la bourrasque et pourtant encore si déterminé. À la Navale, la mort, on doit lui en parler tous les jours, celle, noire, de la poudre à canon.

Il ne peut détacher ses yeux du mur.

Tu t'y es remise.

Je ne sais pas.

Moi, je sais.

Ce n'est pas terminé.

Même non terminé, Man, c'est déjà au-delà.

Au-delà de quoi ?

De tout ce qu'on peut imaginer, de tout ce qu'on peut créer sur terre.

Alors, ça ressemble à la mer.

Sans doute. En moins bleu ! Ça ressemble à nous, à nous tous, à ce que nous étions.

Il y a aussi, ce que nous devons devenir. Au-delà, nous sommes soudés aussi.

Je sais cela, Man, grâce à toi.

Nous avons picoré l'un contre l'autre, sur le canapé, sur la table basse, sa tête contre mes genoux, les raviolis à la ricotta et aux épinards d'Angela et leur sauce divine au basilic et aux tomates confites dans l'huile d'olive de son Piémont natal, et ses amaretti caramélisés aux oranges mielleuses, qu'elle fabrique dans sa toute petite échoppe, à deux pas de chez nous, dans une rue étroite, adjacente au boulevard. Un commerce secret, où l'amitié est tout entière dans les recettes et le tour de main. Un verre de chianti, chacun.

À un moment, Antoine m'a faussé compagnie. Je l'ai entendu farfouiller dans sa chambre. Quelques minutes. Dans le silence qui a suivi, je l'ai cherché, appelé. Je l'ai trouvé endormi à la place de son père, sur notre lit, abandonné dans les plumes de paon. Un enfant qui a besoin d'un câlin. J'ai eu la tentation de m'allonger contre lui. Sentir la chaleur de son corps, la laisser me bercer, comme lorsqu'il se blottissait enfant dans mes bras, après un cauchemar, et qu'il murmurait, à demi somnolent : « Berce, Man, berce. » Cela m'a traversé l'esprit, cette inversion, moi, toute petite, lui, adulte veillant sur moi et puis, cela s'est évanoui. La vie ne modifie pas les rôles une fois qu'elle les a distribués. Je me suis installée sur le canapé. Je savais que ma nuit serait courte. Notre mur m'attendait.

Il s'est réveillé à 2 heures du matin. J'ai cessé de craqueler, de modifier des épaisseurs, des motifs, d'estomper. Nous avons terminé le chianti. Frais. Dans des grands verres à pied en cristal, ceux de notre liste de mariage, ceux que je n'ai jamais utilisés. C'est lui qui a eu l'idée.

Comment tu fais avec le silence ?

Il me charme, me cajole, m'entortille. Avec des rencontres, des verticales. Qui ont de drôles de noms.

Raconte.

Je laisse les mots filer dans la nuit : Scrabble, Isidore, Violette. Antoine a grignoté un peu de gorgonzola sur une tranche de pain grillé. L'odeur des graines de céréales enrobe mes phrases sibyllines.

Et toi, comment tu fais ?

Je me prépare. Le grand plongeon. J'ai hâte.

Je sais qu'il appareille dans deux mois pour quatre mois de stage sur un croiseur. Première escale à Tanger. Je lui souffle que je ne suis pas inquiète. J'aime son ardence, ce mot que je n'ai inventé que pour lui, entre ardeur et impatience, cette manière d'aller au bout des choses, d'expérimenter, de ne jamais laisser tomber. Il a un ange gardien, je le lui rappelle. J'en ai un aussi. Le mien s'appelle « 10 h 17 ».

C'est l'heure à laquelle j'ai rencontré Scrabble devant la maison paroissiale, l'heure à laquelle Violette est passée pour livrer ses croissants, l'heure à laquelle le métro de Valère s'est arrêté. J'aurais dû être dans la rame avec eux. J'ai annulé au dernier moment mon billet pour Londres. Augustine n'avait pas trouvé de solution ce week-end-là pour faire garder le chien. Elle devait installer Aimé, son frère, à la maison de retraite. Trois cents kilomètres aller-retour.

J'ai toujours aimé rendre service.

41

Éclat de mise en Seine

Nous avons dû finir par nous assoupir entre chuchotements et silence. Moi, sur un fauteuil, Antoine, à demi sur le canapé. Je l'ai couvert, à un moment ou à un autre. Un réflexe. Même endormies, les mères prennent soin du monde. Mais le train de 5 h 06 m'a rattrapée. Depuis quelques semaines, je ne le louperais pour rien au monde. Inconsciemment, je dois le guetter dans ma torpeur.

Je me sens éreintée de ces nuits sans sommeil, de ces nuits de couleurs, de dialogue avec les miens, avec moi-même. Qu'ont-elles ensemencé à part un mur de la vie ? Il me faut attendre. Les graines plantées lèvent toujours. Un jour ou l'autre.

Décalée dans l'aube humide.

Je suis sortie.

Marcher dans cette humidité, dans les fines gouttelettes qui rayaient les façades mais ne se voyaient pas, si peu appuyées, juste leur ombre, au fusain noir sur un lavis bleu. Déambuler dans le bleu de satin, encore pailleté de reflets lunaires.

Sans but et sans envie.

J'ai salué mes potes de la livraison au Monoprix. Je les ai entendus rire devant leur thermos de café, leur quart en fer. Ils étaient trois ; l'un d'entre eux distribuait des churros aux deux autres, ces beignets espagnols que sa femme avait torsadés dans l'huile, la veille. Ils m'ont proposé une tasse. Le rideau en caoutchouc s'est soulevé à cet instant. J'ai décliné, remercié. Pas de cartons aujourd'hui ? Non, pas de cartons, c'est samedi, je ne déménage pas le samedi ! Ils ont souri. Je crois qu'ils aiment mon décalage parce qu'ils savent d'instinct que l'homme est pur lorsqu'il vient de se lever, vierge de tout acte, encore poète, disponible à tous les possibles. Cela sentait la marée qui se retire, le vent qui bataille pour faire reculer les crêtes d'écume et qui s'en prend aux dunes de sable lorsqu'il est trop pressé.

La Seine.

Elle m'attendait.

Elle m'attend toujours, me désire, depuis que je suis seule.

Aimantée aux quais, j'ai laissé mes jambes flotter au-dessus de la margelle, dans le scintillement de l'aube humide, sans capuche. Juste mon corps dans le mouillé, dans le reflet de la nuit, silencieux au bord de la ville, au départ de l'ailleurs.

Puis je suis rentrée.

Antoine dormait encore. Le front de son père et sa mèche en épi sous son bras replié.

Je l'ai dessiné.

42

Éclat d'équilibre à enchanter

IL devait voir des amis. C'était important, sortir, affronter, renouer, ne plus se sentir différent. Les autres aussi ont leur part de malheur qu'ils cachent. Tu ne sais pas tout. Antoine a décliné ma proposition. Il voulait passer son samedi avec moi, me donner du temps.

À 9 heures, nous avons appelé Henri à Melbourne par Skype. Nous en mourions d'envie. D'être ensemble pour poser ce coup de fil. Tous les trois réunis, juste par le miracle de la technologie.

19 heures pour lui, sur son île-continent, à l'autre bout du lointain, nous avions une chance de le toucher après le travail.

L'image était un peu brouillée, la voix parfois hachée, mais tous les trois, nous nous en moquions. Notre tempête avait été trop forte pour que des détails de forme retiennent notre attention. C'était juste émouvant de reconstituer un noyau, une moitié de cellule familiale, juste singulier de pouvoir encore nous autoriser à rire ensemble.

Antoine était enthousiaste envers mon mur de la vie : notre mur. Il voulait envoyer une photo à son frère. Je m'y opposais, mon ouvrage n'était pas terminé, j'étais une libellule silencieuse, je ne pouvais pas me transformer d'un coup de baguette magique en fourmi affairée. Henri n'était pas déçu, il savait que la vie nous réservait des surprises, il était décidé à patienter pour découvrir ce don que je leur faisais, conscient que le temps n'avait plus la même dimension. Lui aussi avait des surprises pour nous qu'il dévoilerait en temps et en heure. Des bonnes ?

Il me sembla soudain que tous deux étaient soulagés de sentir que j'étais capable de reprendre la route. Comme s'ils en avaient eu besoin pour avancer au large.

Ils parlaient de leurs projets, je les retrouvais dans leur différence : Henri, mesuré, fatigué sans doute d'assurer des horaires interminables dans son cabinet de trading sur des dossiers où le droit international devait fourrer son nez à chaque bas de page ; Antoine, fier d'assumer une voie où il lui fallait prendre la tangente à chaque instant par rapport à notre contexte familial, arbitrer, épauler ses équipiers quoi qu'il puisse advenir.

Nous pouvions parler des filles, de leur père, de mon époux, de nos amours.

Pour la première fois.

Sans tabous.

Malgré la distance, grâce à elle, les verrous sautaient. Comme si la toile dans notre dos nous poussait à renouer avec la beauté de ce qu'avaient été nos disparus. Comme si, tacitement, nous avions trouvé le même point d'ancrage, au même instant.

Ce que nos défunts nous avaient remis était plus fort que leur départ.

Notre conversation s'éternisait, joyeuse, naturelle, toute souffrance dépassée, bien que nous sachions que le sommet ne se gagnait pas en une fois, qu'il y aurait encore de profonds moments de désarroi. De lugubres.

À cet instant précis, nous étions encordés.

À jamais.

Le sultan ne nous avait pas brisés.

Au contraire.

Du haut du bleu, j'en étais certaine, il œuvrait pour nous. Avec Valère, Anne et Lise. C'était indubitable. Cela s'inscrivait en direct, là sous mes yeux. Le sultan avait retrouvé son cœur d'enfant, l'avait laissé parler, prendre toute sa place. Au moment où il avait appuyé, il avait su. Que seul, il ne pourrait se sauver. Il avait vu Anne. Il avait su qu'elle allait l'aimer au-delà de tout, au-delà de l'au-delà.

Je n'avais rien demandé. J'avais juste offert mon deuil, mes larmes, jusqu'au vide de ma vie ; j'avais déposé tout cela dans des mains saintes, tellement larges, des mains qui embrassaient la totalité du monde, plus haut, tellement haut, sans comprendre, sans chercher à comprendre, parce que mes mains si petites ne pouvaient pas porter un fardeau si lourd. C'était simple, évident, juste une démarche de survie pour ne pas être écrasée. Une forme de confiance hébétée. Et je voyais mes fils renaître sous mes yeux, pardonner, sans que le mot ne puisse être prononcé.

Scrabble avait raison. La miséricorde était incompréhensible. Insaisissable. Il suffisait de deux ou trois âmes pures pour sauver des milliers d'âmes tachées. Perdues ?

Inexplicable ce que nous vivions devant cet écran d'ordinateur où la distance terrestre s'était effacée, où la distance au ciel elle-même n'existait plus.

Nous avons raccroché. Trois galopins en larmes, comblés. Moi, encore si minuscule, frêle, émerveillée de ce que nos âmes ternies, trahies, pouvaient encore faire naître d'eau vive, d'irrigation. Antoine, si vigoureux, si prêt à en découdre, à batailler contre lui-même avec cette peine en bandoulière qui ne le quitterait plus. Henri, majestueux, un peu plus silencieux, posé dans l'amour naissant, ses bras protecteurs enlaçant les épaules de Laëtitia, son étoile montante.

Nous tenions – chacun de nous trois – des trois qui nous avaient quittés. De leur sang et de leur réalité.

Équilibre instable, magnifique.

Entre leur passé et notre futur.

43

Éclat d'épeautre et de conte

Nous sommes sortis. Antoine serrait ma main. Il sentait ma vulnérabilité. D'abord un café, une orange pressée, une tartine, au bistrot où nous avions l'habitude, Valère et moi, de petit-déjeuner le jeudi, avant que je ne file à Daumesnil. Notre parenthèse.

Depuis les événements, j'en avais fait mon QG. La bienveillance discrète de Jacqueline, la patronne, était mon viatique pour les jours mornes, ceux où me traîner hors de mon lit était devenu une question de vie ou de mort. Jacqueline, bien sûr, était du côté de la vie. Si elle ne m'avait aperçue avant midi, elle me l'avait certifié à plusieurs reprises, elle serait venue sonner à ma porte. Je n'avais, par conséquent, d'autre choix que celui de me tenir debout quoi qu'il advienne pour le café crème qu'elle avait forcément préparé pour moi et qu'elle me servait sitôt mon arrivée. La petite table contre la fenêtre, dans l'angle à droite, celle qui me permettait d'observer le défilé des passants sur la place, sous le pont du métro aérien, de les croquer parfois à la va-vite sur un coin de bloc, était bizarrement toujours disponible, quelle que soit l'heure de mon réveil, mais il est vrai que je venais tôt durant tous ces jours – de plus en plus tôt depuis la semaine des cartons.

Jacqueline reconnut Antoine, dans l'instant, lorsqu'il pénétra dans les rires et les conversations qui s'enroulaient autour du zinc, une bande d'étudiants un peu chahuteurs, deux ou trois flâneurs du week-end qui dégustaient les news sportives avec leur petit noir, un d'entre eux déjà à la bière. Elle lui tapa sur l'épaule, en assénant : « Mon Antoine, quand tu auras fait ton tour du monde, n'oublie pas de venir me raconter. Derrière le comptoir, les voyages, je les guette. » Puis, elle le conduisit à *ma* table et, sans que nous n'ayons rien commandé, réapparut, en moins de temps qu'il ne faut pour le dire, avec deux cafés crème mousseux, une corbeille de tartines longues et fines comme des rouleaux de parchemin, croustillantes et chaudes – sa spécificité, un pain d'épeautre aux graines de lin qu'elle négociait avec le boulanger du haut de la rue et qu'il ne fabriquait que pour son comptoir –, un pot de confiture à la rhubarbe, *sa* rhubarbe, qu'elle ne proposait qu'à ses clients « maternelle » (maternels ?) comme elle les appelait, et une coupelle de miel. Elle connaissait la préférence de mon fils depuis l'enfance pour le nectar doré et sa passion pour le bourdonnement des abeilles qui datait de ses premiers pas. J'étais souvent venue avec lui lorsqu'il était petit, me poser un instant entre deux tâches ménagères, deux nuits sans sommeil ; une larme, une colère, et Jacqueline tartinait un morceau de baguette ; le miel nous sauvait toujours ; Antoine le suçait avidement et se calmait illico.

Entre eux, la complicité était immédiate. Je les laissais discuter un instant et me concentrais sur un petit mendiant à la peau sombre, qui, sur le boulevard, était déjà à l'œuvre pour repérer sa proie, poche arrière gonflée, fermeture de sac à main béante, doigts serrant l'objet convoité – cette femme en avait un ! – ; il suffisait de le suivre du regard, d'observer, d'attendre le moment propice où il choisirait de la délester… de son téléphone portable. Un jeu. Dans ce monde où les richesses à profusion narguaient la moindre pauvreté. J'avais envie de croiser le regard de cet enfant, de lui dire que la richesse était ailleurs, mais il ne m'aurait pas comprise. Un enfant, de toute façon, ça obéit toujours. À un plus grand.

La conversation entre Antoine et Jacqueline avait fini par s'éteindre, la bande d'étudiants, par s'envoler. Je somnolais, mais j'avais repris des forces. Antoine était décidé. Il savait ce que cet après-midi nous réservait. Je me laissais faire. Il me guidait. Il voulait déambuler dans les jardins du Palais-Royal, ces arcades hors du temps, qu'Anne affectionnait tant. Il m'apprit qu'elle y venait souvent seule, pour y écrire ses fameuses saynètes, dialogues entre personnages truculents de la commedia dell'arte contemporaine qu'elle voyait se mettre en scène sous ses yeux.

Écrire ou lire. Parce que l'acte est le même. Il engendre la vie par les mots, accouche du rêve par le truchement du voyeur, de l'écrivain qui se livre dans sa plus complète nudité.

Antoine avait glissé, dans la poche de sa veste, un de ses carnets à élastique noir qu'Anne me demandait régulièrement de lui acheter chez Fabriano. Ceux à la couverture en tissu rayé – une rayure brillante, une mate –, aux coins arrondis, renforcés par une fine lamelle de simili cuir dans les angles, au papier ivoire épais comme du buvard, sans lignes. De beaux objets à poser sur un bureau… que je ne revoyais jamais. Il y en avait de toutes les couleurs, des couvertures, dans la boutique, mais Anne était fixée, été comme hiver, sur le noir.

Elle, elle aimait le noir. Elle le trouvait élégant, discret, éternel.

J'avais bien dû lui en fournir une quinzaine de ces carnets, dont elle devait se servir puisqu'ils disparaissaient sitôt achetés, je ne savais jamais où, et qu'elle me commandait régulièrement par un Post-it collé sur la porte du réfrigérateur. Sa belle écriture penchée à l'encre verte et ses jambages interminables : « Fabriano, stup, mamounette, ça urge, merci, merci, kiss, de toutes mes forces. » Antoine, lui, visiblement était dans la confidence… ou bien avait-il erré un peu désœuvré dans la chambre de ses sœurs dans les mois précédents, un de ces jours où j'étais retenue à la Salpêtrière.

Il tenait les pages ouvertes au hasard dans cette douceur printanière et venait de me lire cette phrase : *Écrire ou lire. Parce que l'acte est le même...* Il enchaînait sur d'autres phrases, à son rythme, petites maximes ou textes courts. Je ne crois pas qu'il avait déjà osé pénétrer dans ce carnet. Nous étions en effraction, mais c'était délicieux. Je découvrais une luciole, minuscule luciole qui éclairait d'un jour nouveau mes deuils.

Antoine lisait les notes d'Anne à voix basse en marchant sous les porches, les épaules un peu rentrées, comme si la hauteur des voûtes, le poids des pierres, leur vétusté, avaient alourdi le sens des mots d'une enfant de quinze ans. Grave et impertinent. J'avais l'impression que son ombre foulait le sol à nos côtés, gracile sur la pierre nue, nous entraînant dans ses voyages imaginaires. La voix poursuivait :

Matin de Noël, avant de déballer les cadeaux. La maison dort encore, une bande de paresseux engoncés sous leurs couettes. Pourtant il fait clair, pas de neige, le froid vif sur la terrasse de la cuisine m'interpelle. J'ai envie de grimper sur les toits. Le petit Jésus joue avec des clochettes transparentes. Un jour, il les fera sonner. Ce sont nos âmes.

Il s'interrompit.

Man, le texte qui suit est assez long. Viens, on va s'asseoir.

Deux chaises, leur tôle froide, nous attendaient devant le bassin. Dans les plates-bandes bleutées de muscaris, de jacinthes, de pensées, coiffées, elles, comme des reines de Saba avec leur tête en ruban de velours bleu noir, un pic vert apparut. Ses plumes dessinaient une queue interminable et, sur le haut de son crâne, une tache vermillon s'agitait sous les coups répétés de son bec contre une racine de buis. Un oiseau égaré, si rare dans notre dédale parisien trop bruyant. Antoine l'effraya, il avait tiré une troisième chaise. Les ailes se déployèrent pour rejoindre le haut d'un marronnier sous le regard amusé d'une minijupe qui poussait avec véhémence sa trottinette. Indifférent, Antoine étendait ses jambes, s'installait pour continuer à percevoir les murmures de sa sœur.

5 janvier de la nouvelle année. La dernière.

À midi, à la cantine, Damien a eu la fève, il m'a couronnée mais je ne l'ai pas embrassé. Je suis la reine d'un royaume invisible, celui des lettres qui se chamaillent à dos de chameau contre les idées rétrogrades qui leur tournent le dos. Voyons plus avant, ce que ces lettres bagarreuses ont à me dire. Les voilà qui au bout de ma plume s'étirent, je suis tout ouïe, prête à les écrire.

Ce matin, madame d'Alembert, la baronne des Hauts Prés, n'est pas dans son assiette. Elle voit bien, la baronne, qu'elle désire mourir mais elle ne saurait expliquer pourquoi, elle ne le peut.

Elle n'y parvient pas.

En fait, elle ne sait comment faire. Personne ne le lui a appris. On n'enseigne pas comment mourir. On enseigne juste à vivre, et vivre, c'est assez simple : il faut sortir en hurlant de toutes ses forces, puis vivre droit. Enfin, le moins courbe possible ! Mais apprendre à mourir, c'est une énigme. On n'apprend à mourir qu'à la fin, l'ultime fin. Quel désastre !

Madame d'Alembert s'agite, fait donner de la cloche, il lui faut un professeur de mort. Elle convoque son conseiller. Il ne sait que lui répondre. Sur le domaine de la baronne qui s'étend sur des hectares, presque une région, un pays, de saules pleureurs, de déserts gelés et de lacs argentés, il n'en connaît aucun. Professeur de mort, ce n'est pas un métier, pas très commun comme vocation, et puis… l'Académie ne l'a pas encore répertorié comme une spécialité. Un professeur de mort, cela ne se trouve pas, sous les sabots d'un cheval ! Encore que. Mais monsieur le conseiller va chercher, il le promet à la baronne éplorée.

Hélas, en vain !

Personne ne répond à la petite annonce qu'il a publiée dans le journal du matin. Monsieur le conseiller qui se doit de conseiller sur tous les sujets, les gais comme les moins gais, ne sait que faire. En son for intérieur, il macère, délibère, et oh, lumière, envoie soudain quérir… le médecin. Lui saura, c'est évident. La mort, il vit dedans.

Madame d'Alembert approuve ce choix. Le médecin, décidée, elle reçoit ; met dans les grands les petits plats.

Mourir, lui dit ce dernier en substance, c'est vaincre la souffrance.

Mais de souffrances, madame d'Alembert n'en a point ! Elle tient une forme exemplaire, deux tours de bassin chaque matin en maillot de bain, jamais de plats en sauce ou de gratins, un petit verre de bière, un par journée, pour faire les urines claires, une vie saine en plein air. Pas de quoi en faire tout un mystère.

Monsieur le conseiller est bien tourmenté ; il le sait, il va être renvoyé si un professeur de mort, de sa poche, il ne sort. Bientôt, à force de scruter, de soliloquer, lui vient une nouvelle idée : c'est le juge qu'il envoie mander. Lui expédie les hommes à la mort sans aucun remords. Il doit bien savoir comment faire pour mener rondement cette affaire. La baronne ne se tient pas d'aise et accepte avec moult compliments de recevoir ce décidant.

Mourir, dit ce dernier à notre baronne, c'est expier ses fautes, à tout jamais.

Mais de fautes, madame d'Alembert n'en a pas, elle est pieuse, pure ; de péchés, point n'en commet. Elle n'a point de jalousie, de compromission avec les démons, de fainéantise, de gourmandise. Tout ce qu'elle désire, dans la caisse de son mari, sonnant et trébuchant, elle le puise.

Monsieur le conseiller est encore plus agité ; s'il ne trouve, là dans l'instant, un pédant de savoirs, c'est sa tête à lui que le juge va juger, et promptement. Mais ce dernier, le voyant si éprouvé, le prend en pitié et lui propose, de ce pas, d'aller visiter le curé. La mort, il la côtoie, puisqu'il en ouvre les portes, ici-bas. Monsieur le conseiller est d'accord, le curé semble tout à fait approprié pour apprendre à la baronne à se couper le sifflet. Excellente idée, jubile-t-elle, tout excitée.

Mourir lui dit notre curé, c'est on ne peut plus simple, c'est rencontrer Dieu.

Mais de dieux, madame d'Alembert en connaît déjà quelques-uns, ça n'a rien de nouveau, c'est même d'un commun ! L'argent, le pouvoir, ça fatigue à la fin ! Tous ces dieux-là l'ennuient avec leurs éternels refrains de puissance, de chagrin.

Baronne, vous vous méprenez, c'est du vrai Dieu dont je vous parle, l'unique, le Tout-Puissant.

Certes, certes, mais fermer les yeux sur les beautés du monde, il ne l'a jamais fait, puisque chaque matin, de la beauté neuve, il en crée.

La baronne est butée. De grâce, monsieur le conseiller, une idée, une vraie !

Et l'idée lumineuse surgit, un matin. Vient-elle de Dieu, de l'unique ? L'histoire ne le dit point ! Mais ce que l'histoire sait, c'est ce que le curé a fait : prié de longs moments, en silence, debout, dans le froid du soir, la nuit noire, afin que son ouaille retrouve l'espoir, un peu de sérénité dans les tourments pesés, une paix sans faille, sans pagaille. La seule chose qui vaille dans ce monde agité.

Par les mots d'une pauvresse surgit le dénouement, qui, elle, jaillie d'on ne sait où, du delà des frontières, vient mendier son pain un beau matin, aux portes du château, en chantant le destin.

« Jouis, jouis, ami, de chaque jour qui passe, car demain ne sais si tu trépasses.

Jouis, jouis, ami, jouis, car plus précieuse alors est la vie.

Mais jouis de toi, de ce que tu peux donner, non de ce que tu peux prendre ou voler.

Jouis de toi. Et des autres, à foison.

Mais, de ce qu'ils sont.

Point de ce qu'ils ont,

Car c'est ainsi, n'en doute pas, qu'ils te le rendront. »

L'entendant fredonner, monsieur le conseiller a un frémissement, comme un début de solution, qui pointe à l'horizon. La présenter à la baronne, cela ne se peut, mais la faire chanter sous ses fenêtres, cela n'est point malhonnête ! Et notre brave hère de la payer bien cher pour que, sans façon, elle pose ses chansons sous le balcon.

La baronne écoute avec attention ; s'enquiert de ce qu'elle entend, là dans l'aube, supplie bientôt qu'on lui présente cette étrangère, cette femme de misère, sans délai, sans manière.

La vieille intimidée a tôt fait de donner ses raisons. Sur la mort et son cortège de désolations, elle en connaît un rayon.

Mourir, madame la baronne, c'est tout simplement vivre dans une autre dimension. Il n'y a pas à avoir peur. Tout le monde y va de toute façon ! C'est un rideau qu'on pousse sur un autre paysage, de nouvelles senteurs, palettes de couleurs, que l'on goûte sans tracas, sans ombrages. Puisqu'on a déjà connu la vie agitée, c'est le temps de passer à la vie déposée. Ce sont de nouvelles équations qui lient votre destin, toutes prêtes à conter le serein. C'est se faire pousser des ailes qui nous propulsent en avant, comme celles des oiseaux qui volent dans le vent. C'est aimer à l'infini l'idée de redevenir petit. Et tenir dans ses pognes toutes les autres pognes, les mains des enfants de la terre qui en ont fait le caractère.

Madame la baronne est rassurée.
À présent, elle le sait.
Vivre ou mourir, c'est pareil.
Derrière le rideau, on est toujours attachés
… à ceux qui nous ont faits.

Antoine s'est arrêté.
Je dégouline.
Des milliers de gouttes de bonheur.
Qui me décrassent.
Une femme de pluie.
Transparente et dénudée sur les murs de la ville.
Sur les traces de mon histoire.
Le poids de la tristesse n'existe plus.
Un miracle.
Tout est fini.

Mes poumons ne sont pas obstrués par d'épaisses couches de cendres. La vie s'engouffre tout entière dedans, allume d'infimes lampions. Ce n'est pas le côté prémonitoire de ces lignes, ni même leur thème, qui me bouleverse. C'est la grâce. Imprévisible. Celle de la maturité d'Anne, de son inventivité, cette liberté de ton, cette énergie discrète qu'elle dégage, qui n'appartient qu'à elle – l'âme clandestine, qu'une mère soupçonne mais qu'elle ne voit jamais. Et qui s'est fait jour dans le plus grand secret. Sur les pages d'un carnet noir. Ce noir-là, je me roulerais dedans.

Je me sens vivante.

Neuve.

Autre.

Immense.

À pleine respiration.

Antoine est interloqué. « Stone », c'est ce qu'il me lance. Il ne savait pas que c'était son dernier carnet. Il n'a pas feuilleté, pas cherché à savoir, il l'a juste attrapé sur le haut d'une pile. Il parle, parle, parce qu'il a besoin d'entendre sa propre voix. Pour se persuader qu'il n'est pas monté au ciel avec elle. Comme moi. Pendant un quart d'heure. Qu'il n'y est pas resté. Scotché.

C'est son dernier texte, Man, son dernier. Pas une rature. Pas un millimètre d'hésitation. Tout est en place. La ponctuation, le lignage. Une sorte de grâce. Comme si elle avait su.

Tu crois ?

Je ne sais pas. En fait, elle a juste ajouté une phrase derrière, une petite mention, le 6 janvier : *Relire Montesquieu, le texte sur la corruption du principe de la démocratie dans le Lagarde et Michard de Pa, en parler avec Edwige, et la tacler sur la démocratie des anges au ciel. Elle tient par leur vertu, pas par leur mérite.*

Je songe.

Les anges au ciel, Anne leur raconte des histoires, des contes, des fariboles, et ils l'écoutent. C'est pour cela qu'ils sont un peu en retard depuis quelque temps. Et que Dieu est obligé de les rappeler à l'ordre. En leur donnant des horaires.

44

Éclat d'âme sœur

La palette de Berthe Morisot est restée sur la tablette dans l'atelier. Ma palette. Posée en verticale, dos au mur. Elle me regarde.

Je ne l'ai pas nettoyée.

Je ne sais pas si je vais me poursuivre sur la toile.

Les rouges se croisent sur le bois, leur débauche de sang, de vie, de flamboyance. Si loin des harmonies de Berthe, de ses bleus pâles, de ses mauves, de ses violets, de ses beiges rosés, de ses roses chair, relevés par une pointe de vert éteint, si loin de ses silences que l'on devine derrière les visages doux les expressions atones, les regards en demi-teinte que ses doigts ont mis au jour.

Berthe est une peintre de l'instantané, du souffle léger, du voile qui se soulève dans la brise chaude, de la tiédeur, d'une part de bonheur qu'il faut deviner, conquérir derrière le prime abord. Berthe demande qu'on s'investisse, qu'on aille au-delà. Parce qu'elle masque ses souffrances.

Je lui demande de calmer ma rage.

Sa violence.

Lorsqu'elle m'étouffe dans la nuit.

Il me semble qu'elle me répond. Une connivence par-delà la courbe du temps et son manteau d'époques.

Le rouge est éternel, me dit-elle. Il est la couleur de la force, il vient sous tes doigts, puissant. Il irradie pour l'instant, t'enflamme, il s'atténuera au fur et à mesure. Il brillera sur tes toiles le temps du deuil, de l'apaisement, puis virera à l'orange. Un orange bleuté. Un orange de crépuscule. Il est ton point de repère, ta mise en mouvement, ta lumière, ce déclic pour tenter d'apprivoiser l'absence. L'absence est toujours un vitrail coloré qui nous renvoie les lumières manquantes et leurs ombres, adoucies.

Je la remercie.

À présent, j'ai une étincelle rouge sur le ventricule droit. Elle clignote. À la place de ma tache Sonia Delaunay. Elle me permet de réenclencher la vie, lorsque le vide dessine du plein dans mon cœur. Elle fait un pont entre les âmes de mes sœurs peintres.

Où est mon bleu Chagall ?

45

Éclat de laisser aller, s'en aller

Ils sont tous arrivés dans la même plage horaire, en bande. Les 15-16, les 17-18. Le nom d'une guerre, qui n'en a pas l'allure. Une guerre contre moi-même, contre mes certitudes.

C'est dimanche. Un dimanche doux, vert. Les feuilles n'en finissent pas de se laisser déroulotter par le vent. Il joue avec leur luminescence dans les branches de trois marronniers puissants et graves, qui somnolent loin des cris des enfants, dans la cour de l'école. Je les distingue au loin.

Antoine s'est levé tôt. Comme moi. Il m'avait prévenu de leur venue, hier soir, lorsque nous sommes rentrés. Des amis nous avaient invités à dîner tous les deux. Pour une fois, j'avais dit oui. Au pied levé. Le déclic rouge sur mon ventricule droit commence à me pousser hors de mes retranchements. Il s'est allumé à 18 heures après la balade au Palais-Royal. Pas le courage de nous faire à dîner. Peut-être. J'ai bu chez Helena et Michaël, un peu ; du gevrey-chambertin, cela m'a rassurée ! Nous avons chuchoté autour du vin. Des silences, des pudeurs, deux mains posées sur mes épaules, le geste qui délasse, parfois soulage.

Dans la foulée, j'ai aussi accepté la proposition qu'Antoine m'a faite au moment d'éteindre dans la cuisine et d'aller me border. Cela commençait par « Dis, man » – j'aime bien quand Antoine commence par « Dis, man », cela sent toujours la surprise qui n'en a pas l'air –, et ils sont là, tous là, ce matin, dans notre salon, un peu émus, mais pas le moins du monde gênés.

Les secondes, les terminales, une petite vingtaine.

Ce qui va se passer ce dimanche ne sera pas facile mais cela doit être. Je commence à lâcher, à me laisser faire. J'apprends à amadouer les dimanches non ordinaires.

Un dénommé Jérémy vient juste de sonner. Il est arrivé un quart d'heure après les autres. Visiblement, un habitué du retard. Ils ont tous éclaté de rire lorsqu'il a enfin passé sa tête dans la porte. Ébouriffé. Il s'est excusé. Mon réveil, il n'a pas sonné! C'est normal, lui ai-je dit en l'invitant à entrer, c'est dimanche. Lui, je ne crois pas que je le connaisse, d'autres me sont plus familiers.

Les secondes, les terminales.

En rire, en bousculade.

Les copains, les copines. Ceux d'Anne, de Lise. Il y a aussi deux, trois amis d'Antoine. Je songe en les observant que je ne tiendrai jamais dans mes mains les diplômes de bac de Lise et d'Anne, ces petits riens auxquels on s'accroche, qui ne sont que le début de quelque chose, mais qui font une scolarité aboutie.

Une tribu bruyante déchire mes mois de silence, mes heures de solitude, de refoulement, d'infériorité.

Tous en jean.

Les filles, belles, les cheveux lâchés, parfois, les ongles peints, peu de maquillage. Certains garçons ont déjà sorti le bermuda. Les T-shirts claquent sur le mode de l'Union Jack, de la caricature des symboles *fashion* des *eighties* ou bien de la phrase qui tue: « Méfiez-vous des blondes… comme moi », ou: « Je suis à moi. » Loin de l'éculé « I love New York ». D'ailleurs, elles virevoltent, les phrases, leurs onomatopées, leurs codes, leurs vannes, un langage secret que je ne parviens plus à décoder. Des connivences. Ils se connaissent, savent qu'ils sont du même lycée, même s'ils ne se sont jamais adressé la parole. Ici, ils ne sont pas là pour juste se croiser dans un couloir, un escalier. Ici, c'est du sérieux. L'amitié naît toujours d'une générosité. Ils parlent de mes plumes sans pudeur. Ils se souviennent et rient. D'ailleurs, elles sont là avec eux. Joyeuses.

Moi, je fais les crêpes, celles à la châtaigne, avec Violette. Elle, elle s'occupe de celles au sarrasin.

Instigatrice de ce dimanche avec la complicité d'Antoine, elle a pensé à tout. Je ne sais pas comment ces deux-là ont monté leur coup, mais c'est un coup de maître ! Ils ont papoté toute la soirée d'hier par Internet interposé. Un message sur Facebook et la volée de moineaux s'est abattue dans notre appartement pour offrir son coup de main.

Le challenge est simple. Ils peuvent se partager tout ce qui leur plaît, excepté les écrits personnels. Pour les objets, Violette a préparé trois boîtes. La première, ce que je garde ; la seconde, les choses pour lesquelles j'hésite – j'en ai le droit, tout le monde me l'affirme, ils ne veulent rien précipiter, mais je ne suis plus la femme des hésitations – ; la troisième pour ce dont je souhaite me séparer, les choses mineures. Y en a-t-il ? Le contenu de cette boîte-là, Scrabble le récupère et le fourre dans les cartons préparés par Antoine pour la dame aux yeux verts. Il est là lui aussi, souriant, arrivé un peu après tout le monde. Il avait la messe, celle de 8 heures. Il n'y était pas allé depuis des années mais là, au vu de ce que Violette lui a demandé, il voulait être digne, trouver des forces spéciales, alors, il est allé boire à la miséricorde en direct. Et m'en a rapporté un rameau de buis béni. C'est le dimanche des Rameaux. Il dit tout cela avec la simplicité qui le caractérise et sa voix âpre. Il plaît immédiatement à la troupe qui le tutoie d'emblée. Violette l'a invité après notre périple de jeudi. Elle n'a pas eu de mal à le retrouver. Il est assez solitaire mais se laisse approcher. Il suffit de ce surnom, Scrabble, et son sourire émerge entre ses mains calleuses.

La seconde boîte n'est pas bien pleine, j'ai très peu d'hésitations. Antoine ne tâtonne pas non plus. Il a mis de côté les carnets d'Anne, a récupéré les bijoux précieux, le petit saphir que Valère avait offert à Lise pour ses seize ans, leurs gourmettes de baptême, diverses médailles, la broche de ma mère donnée à Anne pour ses quatorze ans, et des bricoles qui pour lui ont du sens. Un objet peut avoir une histoire tellement plus longue que la nôtre. Si secrète. Il y a des choses qui me paraissent insignifiantes, auxquelles je n'ai jamais prêté attention, mais Antoine m'affirme qu'il les transmettra à ses enfants. Il y a celles qu'il veut conserver pour Henri.

Pas de vide aujourd'hui dans mon cœur.

Un plein surprenant de va-et-vient, de questions, d'étonnement. Une forme de joie, pure, oubliée, surnaturelle. Elle s'échappe des regards avec sobriété, sans que personne ne puisse la contenir, coule, source infime, signifiante, vie qui se déchire pour faire naître l'infini.

Les filles essayent des tops, des baskets, des jupes, dans ma chambre, viennent me trouver et posent leur « Je peux ? » du bout des lèvres, presque religieusement ; je les entends commenter, chuchoter, se bousculer. L'amie la plus proche d'Anne, Edwige, est la plus silencieuse. Elle préfère farfouiller dans ses livres, elle me demande mon autorisation pour emporter *Les confessions d'un enfant du siècle*, un ouvrage sur les impressionnistes américains à Giverny, un documentaire sur la route de la soie, souvenir d'un exposé qu'elles ont travaillé ensemble, et une série d'*heroic fantasy* en cinq volumes. Je découvre qu'elles l'ont lue sous le manteau pendant des cours de maths ou des heures de permanence interminables. Le sourire d'Edwige est un peu plus douloureux. Je l'enlace. Elle me tend le stylo-plume de ma fille. Le bouchon vient de réapparaître, il avait roulé sous son bureau. Celui-là, je le dépose dans la première boîte : il m'est devenu un compagnon inestimable. Sans le savoir, il m'a ouvert le noir. Toutes ses nuances.

Les garçons trient les CD, les livres de classe, jettent les cours, m'apportent les pochettes de dessins, certains devoirs de français. Des décisions collégiales se font jour. La collection d'écureuils pour Alexandre ; l'ordinateur de Lise pour Scrabble, lorsque Antoine l'aura nettoyé, lorsque Scrabble aura retrouvé un boulot. Ils le lui disent avec aplomb. Ils en sont sûrs. Parce qu'Anne et Lise sont de bonnes étoiles. L'iPod d'Anne est pour Edwige, Anne n'avait pas d'ordinateur.

Jules demande la collection de timbres du Québec anglophone de Lise. Accordé. Je ne lui pose aucune question, le mystère restera entier. Il est beau, Jules, d'une beauté sincère, ténébreuse, un brin réservé, avec sa ligne de visage qui se dessine sans lâcher la pointe fine. Pas de contours angulaires, une plasticité souple enchâssée dans la rondeur des boucles brunes épaisses, un peu longues sur la nuque. Je le soupçonne d'avoir eu le béguin pour ma Lise. Il l'appelait souvent, bizarrement sur le fixe de la maison, pas sur son portable à elle. Il a récupéré, dans la plus grande discrétion, son agenda scolaire. Les timbres vont rejoindre la page du 13 janvier. Je peux le voir de là où je suis placée.

Dans leur recherche, ils ont déniché un CD que tous « *like too much* ». Un regard interrogateur, j'ai donné mon accord, ils l'ont enclenché sur la sono du salon. La musique s'élève, les émoustille. Ils braillent, reprennent en chœur, se trémoussent, corps souples, mains qui claquent, doigts qui se touchent, s'enlacent ; deux filles de terminale miment un karaoké endiablé, elles se penchent, leur micro invisible à la main, leurs longs cheveux épars sur les épaules suivent le chaloupé des hanches, elles se redressent, reculent, le buste en arrière, sans provocation, juste le bonheur de sentir bouger les lignes de leur corps, de déposer dans le mouvement le stress de la mort subite, du bouleversement inattendu, de leur présence iconoclaste, ici, dans ses murs, un dimanche après-midi, alors qu'il fait doux dehors, que tous pourraient se promener main dans la main et discuter de leurs coups de cœur, de leurs peurs, de leurs amours ; leurs yeux se croisent, rieurs, leurs voix se mêlent, leurs mains se tendent, elles saluent, les autres applaudissent. C'est gai, immatériel. Jérémy veut danser avec moi. Antoine rigole. Il dit que je suis une quiche dans ce domaine. Pour me faire réagir.

Je vais le décevoir, j'ai toujours aimé danser, c'est le temps qui m'a manqué ces dernières années. Jules a empoigné Violette qui tournoie. Son plat de crêpes jambon-fromage slalome en douceur. Scrabble a accepté la main de Salomé puis celle de Diane. Il est jeune, comme eux tous; la pauvreté n'a pas de prise. Un homme debout. Plus de grabat. Nous sommes tous des gamins radieux. La vie nous dévore. Moi, un peu plus que les autres. Je suis une enfant hors du temps avec cette nouvelle famille qui va s'évanouir dans quelques heures.

La musique accompagne la tablée dressée en un rien de temps, dans le mouvement des danseurs. Des assiettes en carton, des caisses en guise de tabourets, une nappe rayée, des corbeilles de petits pains, de gressins, de muffins au pesto; tous se côtoient, se bousculent, s'organisent, se jettent affamés sur les crêpes de Violette; les bouchons de cidre sautent, les plats circulent. Scrabble dévore. Aucune gêne. Les blagues, les bons moments leur reviennent à la mémoire. Il y a toujours des histoires de profs mal lunés qui n'ont jamais été jeunes. Je cherche des yeux mes filles. Elles sont blotties, l'une contre Jules, l'autre contre Edwige.

En fin d'après-midi, tous ont commencé à démonter les lits, je leur ai demandé, et le bureau de Lise que le mari de Violette viendra chercher dans la semaine. Pour Alexandre. Plus tard, un peu plus tard, je donnerai la table d'Anne à Gustave. Parce que Violette est devenue une âme qui compte. Ma 10 h 17 de gratitude.

Je vais installer mon atelier dans cette chambre, presque vide, et transformer l'ancien atelier en chambre d'amis. Je viens de le décider. Il me semble qu'ainsi je serai au plus près de mes filles, si l'envie de peindre, par le plus grand des hasards, me reprenait. Je ne veux plus de lit dans cette pièce. Je ramènerai de Fontvieille la méridienne d'Augustine, celle au tissu fané qui sent le foin et la mirabelle. Je repeindrai les murs. Peut-être en bleu Chagall. Un mélange de vert jade, de turquoise et d'océan, en bandes. Et des rideaux de lin pour arranger la lumière, la bistrer.

Ils sont tous partis à présent. Antoine, aussi, un peu à la hâte pour attraper le dernier train. Il a cours demain. Il n'a pas souhaité que je l'accompagne. Il m'a soufflé que nous avions fait du bon travail. Oui, un boulot inhumain, mais nous l'avons fait. Une merveille. Je sens encore la pression de sa main dans la mienne. Avant de partir, il n'a pas pu s'en empêcher, il a photographié notre mur de la vie avec son portable.

Je me suis allongée dans le silence.
Les plumes de paon m'enchâssent.
Valère vient de m'inviter à sortir.
J'ai accepté.

46

Éclat de diffraction

Dans le soir qui tombe, j'ai la tête vide.
Vide et légère.

Je viens de laisser partir mes filles.

Je les ai déposées dans le jardin d'Isidore. Elles se penchent sur des corolles évanescentes pour en recueillir les parfums, foulent au pied un sable aérien, des milliers de grains dorés qui jouent avec les reflets de l'écume posée au bord des nuages, ramassent des cailloux de soie qui font des ricochets de bulles dans l'ombre du soleil couchant.

Je croise des gens avec leurs brassées de buis béni. Feuilles vernissées bien droites qui ne savent pas qu'elles augurent une semaine de mort avant l'ultime renaissance. Ils sortent de la messe dans le vent du soir, grappes qui s'effilochent aux portes d'églises dont les vitraux, éclairés de l'intérieur, font des traces colorées dans le bleu-brun du crépuscule.

Je pense à Berthe, à sa lumière intérieure.

Je marche avec Valère, son bras posé sur mes épaules, nos respirations accordées dans une ultime symbiose. Il m'accompagne jusqu'à la colline de Montmartre. J'aime cet endroit d'où l'on domine la ville, ses ondes, ses carrefours, ses milliers de points vivants que sont les silhouettes ; elles s'agitent derrière les carreaux, sur les places et les bancs des squares. J'aime ces coupoles rondes, dessinées à la craie blanche, rehaussées de pastel gris, qui tracent un trio de lunes dans le ciel de la capitale ; j'aime leur rondeur sur laquelle j'imaginais, enfant, le bal endiablé des chats de Paris jouant de la musette et s'enlaçant sur ces planètes calcaires.

Je dois laisser Valère s'envoler.

Pas de désespérance en moi, ce soir.

Une paix profonde, tissée des rires de tous ces adolescents, des épaules de Violette si larges pour en porter autant, alors qu'elle est si menue, pour me porter moi, tout entière, si fragile, si peu capable de faire corps, du courage d'Antoine, exposé, vigoureux, malgré la douleur qui lui broie les tempes et le fait parfois pleurer en cascades, en cachette, de la pétillance dans les yeux de Scrabble, de sa discrétion. Il s'est enfui comme il était venu, sans rien demander, après avoir entassé les caisses dans le local à vélos. Il reviendra les transporter dans le courant de la semaine lorsque la maison paroissiale pourra les accueillir. Une paix tangible qui m'étreint au-dessus de la ville endormie, repue de son premier dimanche de printemps.

Je me suis posée en haut des marches, sur l'avancée du balcon. Je contemple.

47

Éclat de cocottes en papier

Dans la nuit noire, les portes sont restées grandes ouvertes. Elles dessinent comme une gueule béante sur une immensité de pénombre trouée de dents lumineuses, qui vacillent dans le courant d'air. Je m'approche. Une brèche ouverte sur le silence.

Je ne pousse guère la porte des églises lorsque je n'y suis pas appelée. Je préfère la quiétude des chapelles perdues au milieu des landes, au creux des vallons, au bord des falaises, défiant les abîmes, taillées à même la roche et le vide, ces espaces désertés, abandonnés, parfois en ruine. Mon murmure intérieur s'y sent plus à l'aise. Il y lit la présence de ceux qui nous ont engendrés, de ceux qui, dans la tourmente des éléments, ont continué à espérer.

La nuit s'est installée depuis des heures au-dessus de la voûte du Sacré-Cœur, un manteau noir et ses écharpes grises, qui voilent le chapeau cloche posé en majesté sur sa tiare d'étoiles. Les flammes des cierges, par centaines, tremblent au centre de la nef. Elles font un pont d'or suspendu devant l'ostensoir. En rubans de tampons dorés. Un pont flexible et fragile. Entre les hommes et Dieu.

Adoration.

Je pénètre dans la nuit de paix, au cœur de cette lumière tremblotante d'où émerge le rond immaculé de l'hostie.

Luminescence.

Attirante, cette blancheur qui troue le noir des travées, le foncé du chœur, les ombres des chaises sur lesquelles sont posées les ombres éparpillées des priants. Comme un faisceau de lumière au centre des rayons de bronze qui voudrait rassembler tous ceux qui se sont éloignés les uns des autres. Le noir appelle la solitude, cet espace de non-dits dans lequel chacun tente de se construire sa propre intimité avec le Créateur. Le blanc appelle l'agrégation, le dépassement.

Nudité des cœurs offerts, des souffrances remises, incomprises, des espoirs déchirés, des détresses inconsolables. Que vient-on partager ici, dans ce noir, lorsque la ville dort ?

Certains ont posé leurs épreuves sous leurs taies d'oreiller ; d'autres, trop faibles, ouvrent leurs mains et discutent dans la nuit avec la lumière centrale d'un corps martyrisé sur une croix. Mystère d'une transcendance que j'entrevois à peine dans mon supplice, cette union de deux cœurs douloureux à l'extrême, le mien et le sien, qui s'appellent et se confondent. Intensité surnaturelle qui doit tout au partage universel de l'anéantissement. Je prends sur moi la douleur de tous, ceux présents ici, ceux des siècles passés, ceux du présent dans lequel je me débats. Je peux la redonner parce qu'elle est mienne.

Accueil de cette marée noire par des bras plus amples qui m'en délestent.

C'est tout.
Le silence de la nuit est habité.
Par plus grand.
Que le grain de poussière que je suis.
Plus haut, si haut, une lumière veille.
C'est tout.

Je ne suis pas entrée pour me poser des questions. Juste me laisser guider par l'interrogation d'Isidore : est-ce que Dieu croit en moi ?

Je ne suis pas entrée pour prier. Je ne sais pas le faire. J'ai toujours été distraite, vagabonde.

Je suis entrée pour écouter.

Dieu a peut-être des choses à me dire.

Non sur le pourquoi.

Il l'aurait déjà fait si Lui-même l'avait su.

Mais je suis comme Dieu,

le pourquoi ne m'intéresse pas.

J'ai marché un peu dans l'allée centrale, hésitante, éblouie. Reflets opalescents d'une robe blanche, les bras tendus, la mosaïque de la voûte me terrasse, prodigieuse dans le clair-obscur. Je ne peux m'agenouiller, mon corps se déroberait. Je me suis assise sur le bas-côté, au bout d'une allée, près de la chaire, de son escalier en colimaçon, l'unique refuge sous l'assourdissante hauteur. À droite, une statue que je ne parviens pas à distinguer me scrute, saint Joseph, peut-être saint Antoine de Padoue. Tous deux sont représentés portant un tout-petit. Peu m'importe. Je tente de le dévisager, ce saint, et je ne vois que l'enfant ; pas son protecteur. Je me sens l'enfant de ce plâtre blanc. Je me sens la petite main qui cherche une main plus large pour se redresser et tenter de poser un pas, un seul, le premier. Je me sens en naissance. Protégée.

Je n'entends qu'une chose sous la tache rouge de mon ventricule droit : le mot « comment ».

Sans point d'interrogation.

Une moniale soudain me frôle. Je perçois le souffle léger de l'air déplacé par son vêtement blanc, les parements foncés de son voile lorsqu'elle se penche. Elle me murmure des mots de bienvenue, me demande si je compte rester jusqu'à l'aube, m'explique qu'exceptionnellement les portes de la basilique resteront ouvertes la nuit entière pour convier les chrétiens à entrer en semaine sainte, me propose une couverture, m'informe qu'un petit déjeuner sera servi dès 6 heures au réfectoire, avant les laudes. Son sourire éclaire un regard à peine discernable. Ses mains laiteuses me captivent, ces doigts habitués à se joindre, à s'enclencher l'un dans l'autre, les deux pouces se chevauchant, signe d'abaissement respectueux devant le mystère de l'immensité, cette force d'éternité, geste devenu naturel, salut de la venue du Tout-Puissant dans l'infiniment petit. Cela me dépasse. S'incliner, tisser son propre pont avec la force céleste.

J'ai accepté la couverture, lui ai précisé que je ne savais pas bien pourquoi je m'étais introduite dans cette église au cœur de la nuit. Quand s'est-elle tue ? Quand est-elle repartie, m'emportant avec elle dans les bras de son Jésus ? Quand l'ai-je senti ? Quand ai-je déposé mon cœur dans le sien ? Par quel subterfuge ?

Je me suis laissé empoigner, c'est la seule chose qui compte. Je me souviens qu'elle a pris ma main, que sa main était tiède. Reposez-vous. Si vous voulez dormir un moment, je suis à l'accueil, au fond, je vous ouvrirai une chambre. Depuis, je goûte à un apaisement indicible. Lavée de bas en haut, goutte après goutte.

J'observe ses mains jointes de loin, maintenant qu'elle a rejoint sa chaise à l'entrée de l'église dans le frais de la nuit, et sa manière si prévenante de les délier pour inviter à pénétrer, comme si elle soulevait un rideau de nuages diaphanes. Je me suis assoupie. Le jour n'est pas encore levé. Elle m'a apporté un café chaud. Son pas de chat sur la pierre froide. Traitement de faveur. Elle me tend un bloc de papier et un stylo. Pourquoi ?

Dieu me l'a demandé, me répond-elle. Je n'en sais pas plus. Parfois, Il aime que l'on fasse des cocottes en papier, du moment qu'on Lui sourit.

Des cocottes en papier ?

Je médite.

48

Éclat de sincérité

Je suis encore restée ensevelie dans le noir. À perdre la notion du temps. À écouter. Le silence habité. Il me pénétrait, me soulevait, me reposait. Des forces inconnues chuchotaient en moi, ouvraient des perspectives. Puis, j'ai regardé ma montre et j'ai souri. Il était 5 h 06. Déjà. L'heure de mon réveil. Dans ma nouvelle vie. C'est ce que semblent avoir compris mes mains qui courent sur le papier.

Monsieur Webster,

Quand vous recevrez ce courrier, je ne serai pas à Paris et vous prie de m'en excuser. Je ne serai donc pas à votre réunion et pas non plus d'ailleurs aux suivantes. Je suis très admirative du travail que vous faites pour parvenir à mettre les victimes de cette tragédie d'une certaine manière « à l'abri », mais ainsi que je vous l'ai fait remarquer à plusieurs reprises lors de nos conversations téléphoniques, je ne me sens ni prête maintenant, ni prête à jamais, à entamer ce genre de procédures, qui, pour régler des préjudices dits corporels, m'entraîneraient vers des horizons de détresse qui ne sont pas les miens et sur lesquels je n'ai pas la force de naviguer. Votre combat est noble et sans doute le meilleur que la terre ait porté. Pour cela, je vous enjoins à le poursuivre, et bien entendu pour toutes les autres victimes qui vous demandent votre aide.

Pour ma part, veuillez avoir la gentillesse de considérer qu'à compter de ce jour, il est inutile de me rappeler.

Je vous remercie bien vivement du temps que vous m'avez consacré jusqu'à présent, vous souhaite d'aboutir dans vos démarches et vous prie, monsieur, d'agréer l'expression de mes salutations respectueuses.

J'ai plié la lettre, demandé à la sœur une enveloppe qu'elle s'est empressée de me fournir, et noté sur le recto l'adresse du cabinet d'avocats « Mason and Webster, rue Daunou, Paris 1er », tout en précisant la mention E. V. à l'endroit habituel du timbre.

Je suis sortie me dégourdir les jambes sur le parvis. Paris ronflait encore. Le bruit de quelques moteurs isolés montait à peine du boulevard de Clichy. Les oiseaux avaient encore un peu de temps pour peaufiner leurs gammes. Les zébrures rose pâle à l'est n'avaient pas terminé de lacérer le gris infini, laissant le soleil paresser un peu plus longtemps dans ses draps de plomb.

J'étais affamée mais décidée. Au réfectoire, je me suis jetée sur les tartines de Sœur Marie-Agnès et sur son bol de chocolat. Personne ne parlait, comme si l'adoration avait plongé les vies dans un grand silence qui ne pourrait être rompu qu'à la sortie du monastère, dès lors que la vie parisienne et son cortège de bruits et de fureur nous aurait rattrapés. Elle paraissait heureuse de me voir reprendre des forces, cette sœur au regard si lumineux. Un être plongé à jamais dans le ciel dès cette terre, qui en goûtait le nectar avant l'heure fatidique. Non, elle ne refusait pas le monde dans sa réalité quotidienne, elle le transformait. Par ses gestes de douceur, de prévenance, d'engourdissement du mal. Non, elle ne savait pas ce que la bonté signifiait. Elle était la bonté. La bonté pure, ingénue, avec cette candeur qui nous bouleverse parce qu'elle est le reflet d'une part de nous-mêmes que nous avons enterrée. À la lumière du jour, il me sembla qu'elle n'avait pas la trentaine mais que son regard resterait à jamais celui-là, sans que les années ne puissent avoir une quelconque prise sur son intensité.

Le chant des laudes s'est élevé. Au moment où je m'envolais. J'ai dégringolé la colline, imprégnée de son *laudate*. Je suis rentrée comme j'étais venue. À pied. Dans la brise du matin qui me portait, m'enroulait dans le vert des feuillages, au-dessus de l'asphalte, bien au-dessus des pierres de taille, des rideaux qui se soulevaient, des scooters qui se faufilaient, des bonjours qui s'échangeaient, des camionnettes que l'on déchargeait.

Bien au-dessus de la vie.

Qui renaissait.

49

Éclat de départ impromptu

J'AI mis un peu d'ordre dans l'appartement, pris une douche, attrapé un sac de voyage, y ai fourré la robe de Violette, les ballerines des Alpilles, l'ordinateur de Valère, trois de ses classeurs, quelques-uns de ses carnets de notes et croquis, le dossier de Londres, moins complet que l'original resté à l'agence. Peu de notes avaient été détruites lors de l'attentat. Valère avait eu l'intuition de déposer, la veille du drame, ses éléments personnels dans le bureau aménagé au rez-de-chaussée de l'hôtel durant le temps des travaux. J'ai préparé un carton avec mes pinceaux, des fusains, une petite boîte de pastels secs, quelques tubes, quelques pigments qui me servaient à travailler l'intensité des oranges et des bleus, les palettes d'Isidore, celle de Berthe que j'ai délicatement emballée dans du papier aluminium, un bloc d'esquisses, le rameau béni de Scrabble, un thermos de café bien serré. Et les carnets noirs d'Anne.

J'ai glissé un écureuil de Lise dans la poche de mon imperméable, le seul que j'avais accepté de garder, celui qu'elle traînait chaque jour au bout de son trousseau. Tout râpé avec sa belle tête de vainqueur. Il savait que les autres, tous les autres, avaient quitté la maison pour toujours. Lui seul avait gagné. Le droit de me la rappeler.

Je suis passée chez Jacqueline lui déposer le double de mes clés. Elle m'a ensaché quatre tartines d'épeautre sans me poser de questions comme si elle savait déjà. Puis j'ai filé rue Daunou. Tout me semblait facile ce matin. Même me garer. Créneau réussi du premier coup, pile en face du cabinet d'avocats. La jeune fille à l'accueil m'a saluée poliment. Je lui ai tendu mon enveloppe en la priant de bien vouloir m'excuser auprès de James Webster : je ne pourrai assister à la réunion prévue à 15 heures. Pouvait-elle lui remettre ce pli en mains propres ? Elle a noté mon nom. Un numéro de téléphone où il peut vous joindre ? Ce ne sera pas nécessaire, mademoiselle. Ce dont nous devions convenir est dans cette lettre. Bien madame, je lui remettrai sans faute.

Je suis ressortie. De plus en plus légère.

J'ai démarré en trombe. Huit heures de route au bas mot s'ouvraient devant moi. J'ai su que j'allais pour la première fois les tracer en ne m'accordant qu'une pause. À Châlons. Chez Augustine.

Au dernier moment, j'avais coincé au pied de la banquette arrière la fêlure orange et son cortège de cendres, emmitouflée dans un reste de papier kraft et de sacs en plastique déchirés.

50

Éclat de retour à soi

La maison dort. Je ne sais pas bien si j'ai envie de l'éveiller, de glisser la clé dans la serrure, si, en entrouvrant, une nuée de souvenirs ne va pas m'assaillir, m'enrôler dans une danse effrénée, me conduire au rire avant le tempo des larmes.

Je préfère déposer les armes.
Oui, mes larmes.
Dans le jardin.
L'abreuver.

Il fait nuit, une nuit claire que l'aube ne va pas tarder à entailler à coups de canif orange du côté de la montagnette. Toutes les aubes à Fontvieille déclinent le marine puis le cuivre, le rubis et l'or, avant l'azur. Je n'ai plus peur. Je n'ignore plus comment apprivoiser le noir de la nuit, le silence, le côté pile de nos vies qui nous dévoile à nous-mêmes, loin de la clarté du jour et de ces rôles de composition que l'on endosse pour affronter le monde, ses us et coutumes, ses ronds de jambes, ses cruautés et ses manipulations. Je n'ignore plus comment attendre le nouveau jour qui puise toujours naissance dans les profondeurs glauques, prend des forces et croît durant les ténèbres. Par la ténèbre. Dans la nuit, j'ai appris à me dénuder. À me retrouver. Ma fragilité, ma petitesse, ma dépendance aux mots des inconnus sont devenues des compagnes affectueuses et bienveillantes.

J'ai roulé si vite. Je suis épuisée. Les phares de la voiture trouent de leurs faisceaux la contre-allée et projettent sur les pierres de la façade des ombres mouvantes, celles des bouquets de tiges dressées des lavandes et les têtes feuillues des arbousiers, qui ont perdu le reste de leurs baies rouges, écrasées au sol dans la poussière. Le jardin est sec, le mistral l'a chatouillé il y a peu. Les fleurs de l'amandier jonchent de pointillés roses les marches et le muret empierré. Lui a reçu en sus quelques branchettes du grand pin et une pluie de petits bourgeons d'eucalyptus qui sèchent dans la brise humide et libèrent leur arôme puissant de citron mentholé. Les odeurs sont si difficiles à définir, elles ne se laissent pas enfermer. Je respire, respire. Il fait nuit et cela sent déjà le soleil, sa chaleur emmagasinée dans la pierre sèche, la peau qui se colore, transpire, et parfois, lorsque le bruissement des oliviers s'assoupit, cela sent les algues aussi, leur sel de mer, et le laurier-rose. Je serai seule à ratisser demain, à remettre un peu d'ordre dans cette nature sauvage qui se moquera de moi.

Dans la cabane à outils, il y a le transat en bois et le coussin aux rayures pâlies qui exhale son parfum d'aiguilles de pin. Rassurant. L'âme des choses qui nous attendent, nous et les suivants. Je le déplie sous le figuier, allonge mes jambes, m'enroule dans la couverture que m'a confiée Augustine, au cas où je déciderais de dormir un peu sur une aire d'autoroute. Elle n'a pas cherché à me retenir. Elle se doutait d'instinct de ma destination, savait ma route encore longue, l'après-midi déjà bien avancé, et que je n'aimais pas rouler de nuit. Comme elle, Caporal, le labrador, tournait en rond, moins tempétueux que de coutume. Elle m'a serrée longuement dans ses bras maigres, son chignon cendré doux sur mon épaule, ses mains comme une alcôve le long de mes reins. J'avais faim, je le lui ai dit.

Nous avons goûté. Nous avons chuchoté, raccourci le présent en plongeant dans le passé. Augustine a toujours un massepain qui traîne sur le coin du fourneau – « fait de la veille », il est meilleur –, ou un gâteau de ménage à la belle croûte aux œufs, couvert de sucre croquant. Là, par chance, elle avait les deux. Préparés pour Aimé qu'elle rejoindrait pour la semaine sainte. Une petite chambre dans une pension de famille, non loin de la maison de retraite et leurs balades… comme en enfance, sur le chemin de halage, le long du canal, elle avec son petit pas de deux, lui avec son déambulatoire.

Depuis la mort du père de Valère, lorsque Valère avait vingt ans, ces deux-là s'étaient retrouvés, frère et sœur, pour ne plus se quitter. Augustine avait rejoint Aimé à Châlons, peu après l'enterrement de son homme. Grégoire et Valère étaient déjà sur Paris pour leurs études supérieures. Aimé, lui, ne s'était jamais marié. Pas le temps avec ses thèses d'histoire et sa passion pour le règne et la décadence des Habsbourg. Ses enfants, c'étaient ses livres, dans lesquels mes fils avaient adoré se plonger dans le grand mas de Fontvieille; là où Augustine s'était installée après son mariage avec ce professeur de lettres de la faculté d'Aix-en-Provence, que son frère lui avait fait rencontrer quelques années après la guerre, lors d'une soirée de lancement organisée par son éditeur pour la sortie de son premier opus. Le beau Louis, dont elle était tombée amoureuse dans la minute. Louis et Aimé, les inséparables, avaient tissé des liens au hasard de leurs rencontres, rue de Richelieu, à la Bibliothèque nationale. Louis y menait des recherches sur les batailles napoléoniennes, passion transmise par son père, fabriquant de soldats de plomb et de dioramas, tandis qu'Aimé s'y acharnait à réunir des informations pour une biographie sur Charles et Zita, le dernier couple impérial, et leur part, subie ou non, dans l'effondrement de la monarchie autrichienne. Fichue Première Guerre mondiale. Discussions d'hommes sur les conflits, l'engagement, les tactiques, la diplomatie, qui les avait rapprochés. Ils aimaient confronter leurs points de vue des heures durant, dans la fumée des gauloises. Louis n'avait pas survécu à un deuxième infarctus.

J'ai calé le coussin, lové mon dos sur la toile tendue, terminé de boire le café du thermos ; il était encore tiède. Je repensais à toutes ces vies en scrutant le ciel. Celui-ci s'éclaircissait peu à peu, éteignant les étoiles une à une. Quelques-unes scintillaient encore, frêle signe de combat. N'est-il pas vrai que le jour gagne toujours ? C'est ce qu'Augustine m'avait affirmé.

Toi, tu es dans la vraie vie, celle où la mort existe et où il faut la dépasser. Remercie Dieu, le reste n'est que fadaises. Tous ceux qui veulent occulter la souffrance sont des pantins. Ils ne sauront jamais que la vie gagne toujours ; que par la mort, elle fait jaillir en nous le meilleur. Le jour se lève chaque matin. Le voilà, le miracle. Le seul.

Je lui avais demandé de poursuivre. Je n'avais pas envie qu'elle s'interrompe. De tracer ma route en ayant eu le sentiment d'avoir été abandonnée. Une fois de plus. Tout le fruit de son expérience, de ses luttes, me semblait-il, m'était destiné. J'avais perdu mes parents depuis si longtemps. À cet instant, le son de sa voix grave, sans concession, sans mièvrerie, m'ouvrait et détachait ma souffrance. Augustine la portait avec moi. Mieux, elle la déposait à l'écart et je pouvais contempler de loin cette douleur qui m'anéantissait.

T'es-tu jamais demandé ce que nous faisons là, nous autres, infimes grains microscopiques dans une galaxie vieille de centaines de milliards d'années ? Nous sommes des passeurs. Et nous ne sommes que des passeurs ! Des passeurs de beau, ma petite fille – Augustine m'avait toujours considérée comme la fille que la vie ne lui avait pas donnée –, de beau et d'amour ! Chaque grain d'homme, aussi petit soit-il, est unique et il transmet son propre amour, qui est beau et unique. Tout ce qui s'écrit dans l'amour fait naître de l'amour… Aujourd'hui, Valère est un passeur d'amour. Et Anne. Et Lise. Et mon Louis… Et ta mère et ton père que tu aimais tant. Tous, ils tissent cette toile de l'amour, dont, nous, sur la terre, nous avons tant besoin ! Ils nous rappellent qu'elle existe, omniprésente au-dessus de nos têtes… La mort est injuste, elle est barbarie. Toujours. Mais elle ouvre sur cet autre monde. Des centaines de milliards d'années à vivre d'amour. Et cela n'a rien à voir avec la dimension du temps qui s'écoule dans le sablier. Cela a à voir avec le cosmos…

J'écoutais.
Douceur des ailleurs.
Pulsation codée de l'expérience, de la maturité.

Il y a une dimension cosmique dans l'amour, qui dépasse la fragile humanité, une dimension universelle de création, de cet infiniment grand qui tisse les liens des uns envers les autres ; qui rappelle qu'un jour l'on se confronte à une dimension spirituelle… La mort nous contraint à reconnaître que nous ne savons rien. Ou si peu… De l'amour… Et de la beauté, encore moins.

Elle s'était tue, le temps de terminer son lait chaud. Puis, dans un souffle, elle avait ajouté :

Personne ne monte au ciel avec ses valises pleines de billets. Personne. C'est une banalité de le dire, mais il y a un moment que ceux que l'on nomme les hommes l'ont oublié…

Rien sur l'attentat.
Sur la gratuité de l'acte.
Rien.

Acceptation.

La similitude de ma vie et de celle d'Augustine me devenait évidente, allongée là, sur ce transat, dans l'aube. Elle aussi avait perdu son mari à un âge où ses enfants devenaient adultes. Étrange, ce champ d'expériences morbides qui ne demandait qu'à être transmis. Pourtant, ce qu'elle venait de m'offrir, c'était tellement plus ! Et cela ne me sautait aux yeux qu'à présent, alors que je ne pouvais les fermer sur le bleu.

Cette dimension cosmique de l'amour.
Cette part qui ne nous appartient pas.

Être mère et perdre son enfant, c'est inacceptable ; être grand-mère et perdre son enfant et ses petits-enfants, c'est inhumain. Augustine était restée droite, si forte durant toutes ces semaines d'incertitude concernant Valère. Jamais elle ne s'était effondrée. Alors, j'avais avancé vers elle comme une petite ombre qui recherchait de la lumière, tant de lumière. Mère à mère. Parce que ses mots étaient simples, résonnants. Je lui avais soumis le fameux « comment », celui qui m'avait habité toute la nuit au Sacré-Cœur. Entre deux bouchées de ses douceurs sucrées.

Elle avait souri, un pâle sourire, sur ses traits vieillissants. Le secret, m'avait-elle dit, tu le tiens dans ta main, ma toute petite. Regarde, cette croûte de sucre, comme elle est dorée. Appétissante, réconfortante. Seuls les petits bonheurs du quotidien nous sauvent… Et… nos rêves… Il faut aller au bout de nos rêves.

Votre rêve, Augustine, quel est-il ?

Celui de te savoir heureuse au mas, ou ailleurs ! Tu es là, ma fille, tu es là ! Celui de revoir ton beau sourire, ce sourire qui a rendu Valère fou de toi. Ce sourire que tu as allumé en lui. Avoir de la volonté ne changera rien, c'est sur l'amour du beau qu'il faut s'appuyer. Elle est là notre béquille et seulement là. Créer du beau, offrir du beau jusqu'à la déraison. Jusqu'à ce qu'un jour, le beau prenne tant de place en nous que notre cœur se dilate, seul… sans effort. Et que l'on puisse… non remarcher, mais… voler. Oui, voler ! C'est simple, si simple. D'ailleurs, c'est ce qu'ils font tous là-haut, n'est-ce pas ?

51

Éclat de retour en autres

Le mistral commençait à lessiver l'horizon. Je me pelotonnais sur le transat. Sensation de démesure sur le front, de fraîcheur piquante sur les joues. Le vent m'enrobait, m'enfouissait dans ses échappées brusques et nerveuses, ses combats incertains, me brûlait jusqu'au tréfonds de cette nuit qui n'en finissait pas de pâlir. Je me concentrais sur mon histoire et laissais des pans entiers de souvenirs s'échapper dans les mugissements. Repenser à toutes ces âmes passionnées qui avaient traversé mes hauteurs terrestres ; ces âmes, mues, toutes, par un esprit créatif, par la volonté de laisser une trace, même infime, non à la planète, mais à leurs propres successeurs.

Transmission.

Antonin, le père de Louis et ses soldats de plomb qui allumaient des étincelles dans les yeux des petits bonshommes. Louis, lui-même, et ses coups de sang lorsqu'il lisait à voix haute les *Mémoires d'outre-tombe* de son vénéré Chateaubriand ; Valère me le racontant à moi et plus tard à nos enfants. Valère, et ses consoles magnifiques, irréalisables, ses semainiers enchanteurs, ses chaises fluides, sur lesquels Richard s'arrachait les cheveux, plus exigeant que Valère lui-même dans le choix des artisans qui devaient savoir travailler tant de techniques ou de matières : tressage, cordage, marqueterie, garnissage, dorure, verre soufflé, céramique, fer forgé, paille, plumes, crêpe de soie, faille d'acétate, pierres précieuses, carton-pâte… Valère et ses défis permanents ! Richard, funambule sur sa corde raide, avec pour seuls alliés, son carnet de contraintes à contourner, d'adresses introuvables, et ses équipes, hommes et femmes, artisans de l'ombre, talentueux.

Je repensais à cette lignée de pères à fils. Ils devaient s'enflammer là-haut dans des discussions interminables, partager tout ce qu'ils n'avaient pas eu le temps de se dire, déchargés qu'ils étaient à présent du poids matériel de l'existence terrestre. Les générations n'existaient plus, ni même la notion d'époque. Toujours ce temps décompressé, cette durée sans début, sans fin, qui me hantait.

Le vent jouait, il s'apaisait, s'affaissait, puis soudain, se relevait à nouveau, déferlait, froissant les santolines, bousculant les lobes crénelés du figuier. Je ne sentais plus mes pieds, mes doigts, sous la couverture gelée, je me laissais happer par toutes les senteurs de terre humide, toutes ces odeurs de renouveau, je me laissais combler et, lorsque je discernais des effluves de jasmin, d'orange, je m'empressais de les inspirer à toute force.

J'avais besoin de retrouver Valère. En train de dessiner les boîtes les plus précieuses à ses yeux : celles pour les dioramas de son grand-père. Ces boîtes de toutes dimensions qu'il avait habillées d'un pourtour en cèdre grisé ; elles s'enclenchaient les unes dans les autres, en quinconce, formant un zigzag de personnages minuscules qui racontaient la guerre dans leurs uniformes colorés, sabres et baïonnettes en avant, et leurs décors de tourbières, de bivouacs, de feux de camps, de batteries de canons, de chevaux à terre, d'arbres rabougris, de villages éventrés et de plaines rasées. Sa jubilation de pouvoir mettre en valeur un patrimoine familial. Faire honneur. Je devais me souvenir de ce projet dont il m'avait maintes fois parlé. Ne rien oublier. Tout conserver, tout accepter. Là, seule, noyée dans ce vent en furie.

Transmettre.
Moi aussi.
Le beau.

J'avais besoin de le revoir à son bureau, concentré, inaccessible, avant de perdre à tout jamais le contour de ses lèvres, la ligne de ses épaules, la base de son cou où j'aimais déposer mes deux pouces lorsque je le massais. Il me fallait aller plus avant, tellement plus avant, remonter le fil. Valère me poussait à retisser notre histoire dans ce jeu de lumières où la nuit interminable se disputait, nuances après nuances, avec le jour en présomption de triomphe.

Le jour se lève chaque matin. Le voilà, le miracle. Le seul.

Alors, j'imaginais Louis, ce beau-père que je n'avais pas connu, essayant au ciel les dernières créations de son fils : celles de l'appartement de la 85e Rue, sur Central Park, non loin du Metropolitan Museum of Art. Valère les avait imaginées pour un violoniste du Philharmonique de Vienne, un juif hongrois, fou de Klimt, Schiele, Kokoschka, de cette sécession que son client ne cessait de traquer dans toutes les salles de ventes. Des fauteuils, dont le dossier-corps de femme était constellé de damiers noir et or, leurs bras en bakélite jaune paille, sur une assise couverte de feuillages en cloche de muguet, émail de cuivre serti dans le bois. Une folie à inventer. Une folie à fabriquer.

J'imaginais Louis déposant les essais de son beau-frère Aimé sur la lourde table, ovale et sinueuse comme un vase d'Alvar Aalto, habillée d'une composition de pâquerettes pompon ; ronds en émaux safran, grenat, indigo, cloisonnés d'or, qui reprenaient pour partie le parterre et la robe de l'aimée dans le célèbre tableau du *Baiser*. Une pure extravagance, un acte de création intense, une fusion entre le désir du violoniste et la liberté déraisonnée de Valère.

Louis lisant la vie des Habsbourg sur cette table, cela devait avoir de la gueule ! C'est ce qu'aurait dit Isidore avec son franc-parler. Ce qui avait de la gueule, tout compte fait, n'était-ce pas le mélange de mes morts et de mes vivants, dans ce ciel rouge feu, liés par Klimt, Chateaubriand, la baronne des Hauts Prés et un escadron d'écureuils en peluche ?

Le sommeil m'est tombé dessus à cet instant précis. Au moment où le dernier bataillon d'étoiles abandonnait sa position. Comme ça, sans coup férir.

52

Éclat de tombes et de simples

LES claquements des coups de fusils m'ont réveillée. Et la voix de Cyprien. Soleil haut dans le bleu. Les portes de la voiture sont restées ouvertes. Il se dresse devant moi avec son tablier marron, sa grosse écharpe en laine bordeaux, posée en croix, sous l'étoffe brune, ses bottes de caoutchouc, toujours impeccablement briquées, et ses yeux perçants qui scrutent, limpides comme le ciel de midi, 180 degrés au-dessus de son cou d'aigle. Notre jardinier. Un peu inquiet.

Z'avez oublié vos clés à la capitale ?

Non, non. Du tout.

Je tente de me redresser.

Faut pas rester là dans le courant d'air. Z'allez attraper le mal et après je vais me faire disputer par Maylis. Vous la connaissez ! Toujours après moi, que je ne peux pas souffler ! C'est Augustine qu'a téléphoné ce matin. Vous ne répondiez pas sur votre portable. Alors, elle s'est mise dans tous ses états et je viens voir si tout peut rentrer dans l'ordre.

Tout est déjà dans l'ordre, Cyprien. J'ai survécu au mistral d'avril. Il ne peut plus rien m'arriver !

Qu'on dit ! Mais il n'est pas bien méchant cette année, le mistral, il a l'âme paresseuse ! Ça lui arrive parfois quand il a fait un trio d'années à hurler dans les Alpilles. Comme ça fait trois ans qu'il ne s'est pas couché, alors il se repose un peu. Et vous, vous feriez bien d'en faire autant ! Vous êtes blanche comme la farine à faire la fougasse ! En parlant de fougasse, Maylis m'en a donné une pour vous. Elle veut que vous mangiez après la route. Parce que sinon, elle va être obligée de vous conduire à l'hôpital d'Avignon et ça, elle en a pas trop envie. Là-bas, ce sont tous des fadas qu'elle dit, les patients comme les toubibs, ils ont tous le feu au cul, vous n'êtes pas entré dans le bâtiment qu'il faudrait déjà en être ressorti avec le tuyau et tout ! Enfin, ce qu'elle en dit, c'est rapport à la mère Duchamp pour qui ça s'est pas bien passé la semaine dernière à sa consultation d'urologie. Bref ! Vous me prenez ce sac, je vous ouvre la maison et zou au lit ! Comme ça, je peux filer, je vous laisse vous installer et si z'avez besoin de quoi que ce soit, z'appelez. Je suis là demain pour la taille. Et dame, z'aviez pas prévenu que vous arriviez. Y a rien de prêt !

Ce n'est pas grave, Cyprien, vous pouvez y aller. Pas de souci, j'ai mes clés. Remerciez Maylis.

Elle a mis du café dans le sac, du vrai, et puis aussi les horaires pour la semaine sainte, des fois que ça vous dirait d'aller causer un peu avec le bon Dieu… Mais, c'est pas une obligation, eu égard à vot'malheur. Le bon Dieu, c'est peut-être pas bien la semaine pour, vu qui va sur la croix et que vous… vous y êtes déjà. Ben, ce que j'en dis !

Pas de mal, Cyprien. C'est gentil, je verrai.

Alors je me sauve mais vous, vous z'oubliez pas d'appeler Augustine. J'en ai déjà une sur le dos, j'en veux pas d'une deuxième. Ça me suffit ! Et puis… les portes des voitures, ça se ferme ! Y a pas que les chasseurs par ici et par ici, faut pas croire, le bon temps, c'est fini ! Des voleurs, y en a plein le coin. Et sont pas des voleurs de poules !

J'ai commencé à m'avancer vers la voiture. Cyprien est revenu sur ses pas.

Par contre, sur la tombe, vous pourrez toujours y aller. Elle sera propre comme un sou neuf. Tant que j'serai là ! J'y ai planté du romarin à l'arrière, et un peu de sarriette, pour notre Lise, qui venait toujours avec moi ramasser les simples. Vous me direz ce que vous voulez que j'y mette pour notre Anne. Que si j'en avais, j'y aurais mis des herbes de la lune ! Mais vous avez tout le temps pour me le dire. Le sillon, il est prêt, et l'Étienne y est passé pour le gravage des dates.

Merci Cyprien. Dites-moi, les clés de la remise, vous les avez toujours ?

Oui, moi, j'ai le double, mais le trousseau, il est accroché dans la cabane à outils à côté du chapeau de votre mari.

Bien. À demain.

À demain.

53

Éclat de transhumance

L'ACCENT chantant de Cyprien a fait plus que me réveiller. Il m'a mise en route. Je ne sens plus la fatigue. Renouvelée. Et puis le vent me pousse, dans tous les sens du terme : il mugit, se démène, plie les branches d'oliviers et leurs longs doigts argentés. Ce vent qui rend fou me contraint à lutter pour me tenir debout, consciente du jour qui avance, du temps que je ne veux pas perdre. Je vide le coffre, dépose tous mes cartons devant la porte de la cuisine. Je contourne le bâtiment et ses vingt mètres de façade. C'est par là que je vais passer. Juste me faire un café et le prendre sur la terrasse, dévorer ma fougasse avant de déposer la toile 24 dans la remise, là où Valère entreposait ses maquettes, les prototypes des projets, commercialisés ou non.

La cuisine est encore en bazar. Après l'enterrement, je n'avais pas eu le courage de ranger. Tant de monde à circuler ici : la famille, certains « clients » mus plus par l'amitié ou l'hommage au talent disparu que par le rapport agence-fournisseur, les artisans de l'ombre, venant parfois de si loin, et les gens du village, nombreux. Le père de Valère avait toujours été apprécié par la communauté des anciens. Il avait de la belle faconde, paraît-il, et un abord facile ; tout pour plaire aux Provençaux qui n'aiment rien tant que batailler avec le verbe haut pourvu qu'ils soient en confiance. Augustine était restée assise sur le radassier, non loin de la cheminée, à scruter les silences. Grégoire et Fanny l'avaient raccompagnée à Châlons. Aimé était trop faible pour faire le déplacement.

Je replie son châle qu'elle a oublié mais n'ouvre pas encore les volets du salon. Je sais qu'ensuite le chant des cigales, les rires, les moments heureux vont pénétrer. Et le carcan des disputes avec sa litanie de mots avariés qu'on n'a pas su retenir, qu'on n'a même pas regrettés parfois, et qui remontent et vous pourrissent de remords. La vie ne se tricote qu'une fois, maille à l'endroit, maille à l'envers, maille loupée qu'il faut recrocheter. Dans la foulée.

Le café de Maylis embaume, la tasse brûlante réchauffe mes doigts gourds, je ne bouge pas. Je me laisse manger par le vent dans cet infini d'azur, au-dessus des lignes argent ébouriffées qui s'agitent, prises dans le blanc crayeux des collines et le vert foncé des pins. Celui-là tranche dans le scintillement des oliviers.

Ici commence la paix du monde.

La toile 24 n'ira pas dans la remise. J'ai fini par y dénicher les deux petites toiles qui me restaient encore. La 3 et la 9. Des vestiges. Je les ai réunies toutes les trois sur la console du salon, la grande et une petite de chaque côté, puis j'ai laissé la lumière se déverser à flots. Je ne les regarde pas, je ne les examine pas, je pourrais les refaire d'instinct. Rien de ce que j'ai peint ne s'est effacé. Mémoire graphique de chaque coup de pinceau, de chaque tranchant de couleur, de chaque larme de violence, de chaque interrogation posée, de chaque réponse reçue.

Ce que j'y ai déposé.
Une caverne exposée, une caverne éclairée.
La mienne.
Mes abats, mon large.
Deux ans de toiles.
Mais, c'était il y a longtemps.
Il y en avait vingt-quatre.
Je préparais une exposition.

54

Éclat de débordement

L'ORDINATEUR de Valère m'impressionne. Juste une machine. Une machine à faire naître un semblant d'identité. Les clés intérieures de Valère sont pour partie là, entre deux puces électroniques. Des clés USB. Je ne souhaite pas découvrir ce que je ne connais pas de lui.

Pour Anne et Lise, c'est différent. Elles étaient en devenir. J'aime à imaginer ce qui aurait pu être. Cela ne me torture pas. Collectionneuses de timbres rares, créatrices de châteaux de sable, dessinatrices de bulles, déterreuses de trésors, fabricantes de totems, costumières de théâtre d'ombres, faiseuses de vers, danseuses aux quatre vents, brodeuses de papier…

Tout cela, je le mettrai dans le jardin d'Isidore. Celui qui m'apaise. Sur le mur de la vie.

Et par petites ébauches.

Une série de petites toiles à travailler en miroir, les unes répondant aux autres.

Valère a dû entendre mes litanies intimes. Il m'a conviée à inviter Gregory Porter, cette voix qui *smoothe*, matche n'importe quel trio de jazz avec opulence. Piano, saxo, basse couvrent le chant du vent. Dans leurs tempos, leurs ondulations, j'entrevois le sourire de mon homme, la poudre d'or qui s'est formée dans ses yeux apaisés. Plus de trace de la souffrance du dernier combat. Il est parti entièrement. Je ne cherche pas ce qu'il aurait pu laisser. Il n'a rien laissé. Le ménage, il l'avait fait avant. Régulièrement. Il balayait toujours devant sa porte. Pas de remords, pardons maintes fois demandés, pardons maintes fois accordés. Il me donne la force que je ne pensais pas encore posséder il y a quinze jours, me confronte à notre lien indestructible, parce que construit sur tous ces pardons, surtout les plus durs à poser. Pardon de ne pas t'aimer telle que tu es, pardon de ne pas supporter tes silences, pardon de ne pas… Il y a toujours un « ne pas » chez l'autre dont il faut s'accommoder.

Tout est classé. Dans cette machine infernale. Une telle force de création qui classe thème par thème, projet par projet. Inconcevable ! Peur de se répéter ? De se perdre ? D'oublier ? Dossier après dossier, j'entrevois la beauté. Celle sur laquelle je dois m'appuyer. Celle qu'Augustine a évoquée. Celle de son fils, irradiante. Sous les clics de la souris.

La maison blanche du Péloponnèse et ses huit chaises en bouleau blanchi aux piètements de tous les bleus, leurs dossiers en résine souple coordonnés et les turquoise, jade, ciel, bleuet, Sèvres, Prusse, qui leur répondent sur la table carrée, et sur la bande de terre vernissée, qui court au tiers, incluse le long des murs chaulés de blanc, et s'entrecroise au sol dans le béton ciré. La pureté du blanc mise en relief par la touche qui attire l'œil. Les globes de Jacques, leur transparence strassée qui reflète le bleu de la mer, les chauffeuses en treillage métallique et leurs gros coussins de chanvre tissés sur place par la baguette magique de Richard. « Teinture à la fleur de lin » mentionne le descriptif. Je souris. Les lépuriens sont rigoureux, adeptes des finitions parfaites, capables de tout cadrer après le délire des croquis.

Je sélectionne. Les photos défilent. Il y a le bois de citronnier travaillé en placage sur une série de meubles aux formes ovoïdes, livrés pour la salle à manger d'une datcha à Nice, rachetée par un industriel du pétrole originaire de Bakou, et ses murs entièrement retravaillés avec des papiers peints à la planche, des panoramiques qui retracent la force spectrale des plaines du Caucase. Vertigineux. Il y a l'appartement de New York, mon préféré, non celui du Met, mais celui du Guggenheim, comme Valère l'appelait. Un immense studio de deux cents mètres carrés à deux pas du musée, sans cloison aucune, ouvert sur le vide. Le jour, la nuit en grand écran. Et le défi : comment accrocher les collections d'art contemporain d'un collectionneur qui abhorre les murs ? Les photos du plateau nu, au démarrage, lors de ce week-end où nous étions partis découvrir la carcasse du loft, pleins d'espoir, comme des enfants, quelques mois après cette rencontre improbable dans une galerie de peinture, lors d'un vernissage non loin de la Bastille. Un concours de circonstances et Elliot, le propriétaire de cet espace atypique, accrochait avec Valère. Une discussion sur des soldats de plomb ! Décalée. Dans ce Tout-Paris bobo qui se congratulait avec suffisance. Un échange avec cet Américain qui faisait fortune dans la vente de solutions clés en main pour des plateformes d'éoliennes, traquant les dernières toiles de Kabuki sur une artère parisienne. De fil en aiguille, la confiance, l'amitié, le bourgogne rosé, un chantier colossal, la liberté de proposer, les premières ébauches, le premier gros contrat signé par l'agence. Ma mère m'avait parlé à l'époque de Providence, et j'avais aimé ce mot, ce vieux mot oublié, accroché à mes années d'adolescence, à l'éducation reçue. Avec Valère, nous avions adopté et le mot et la Providence elle-même, nous remettant entre ses mains à chaque projet sur lequel Valère désirait s'investir. Par grâce, les chantiers passionnants se négociaient, ceux qui demandaient le plus d'inventivité, de débrouille, et j'acceptais en silence de voir Valère se démultiplier. Loin de moi.

Sous mes yeux, les perspectives de l'appartement Guggenheim, sa clarté abyssale, les bibliothèques-pyramides de verre avant le sablage, puis l'encastrement des chefs-d'œuvre, les meubles bas en érable, caissons minimalistes aux poignées fines, sculptures en bronze martelé, qui délimitent les espaces, fluidifient la circulation, donnent un sens au puzzle, dégagent de l'air pour la dépose d'œuvres monumentales : *La Cage* de Simon Ghetossen, *Le Narval* de Jack Dandy.

Dans tous ces clichés, il y a l'œil averti qui appréhende d'emblée l'espace, l'écoute qui retranscrit l'appel du commanditaire et envisage déjà la problématique, lui donne corps, la faculté de se couler dans le travail des autres, de le magnifier, la somme du labeur, la copie cent fois remise sur l'établi jusqu'à la grâce de tenir enfin le sublime adéquat.

Je suis déroutée par tant de génie. Tout cela doit-il s'arrêter ? Tout cela s'est-il déjà arrêté ? Je supplie la Providence de me répondre. Je veux poursuivre mon voyage en Valère.

Je me plonge dans les notes de l'Excelsior, je ne détiens qu'une partie des carnets, le reste est à Londres. Les notices explicatives partent toujours du brief ; elles sont complétées par un champ d'impressions, de recherches sur les formes, de liens avec les évocations des plus grands designers, architectes ou artistes. Mon lépurien danse sur le cahier des possibles avec une telle agilité, une telle fantaisie. Je n'ai pas mesuré avant ce qui me saute aux yeux, là, à cet instant, dépossédée parfois de notre relation par la routine du quotidien, les demandes incessantes des enfants et mon engagement à Daumesnil. Je lui ai laissé construire son jardin secret sans trop venir m'y promener et c'est heureux. Y pénétrer est un cadeau magnifique.

Je dois reprendre mon souffle, arpenter un jardin réel, sentir mes membres douloureux se déployer, ma tête quitter toutes ces lueurs. Je sors dans l'ombre descendante. Les oliviers chantent. Bruit de crécelles métalliques. Feulement ininterrompu dans leurs feuilles oblongues, épaisses ; des doigts grisâtres qui repoussent, résistent. Nos oliviers portent des gants d'ogres qui brillent dans le ciel limpide. Je sens Anne et Lise sur mes pas. Elles ont six ou sept ans. Robes en coton à bretelles, chapeaux de paille ronds, elles se cachent et je dois les trouver.

À cache-cache, je perds toujours. J'entends Anne qui se plaint. Je l'ai trouvée en premier. Pour une fois. Je la console, la prends dans mes bras et la chatouille. Elle se laisse faire. Elle ne boude jamais très longtemps.

Je n'ai pas encore étouffé la part des ombres. Il faut tellement de temps. Le peut-on seulement ?

La température reste fraîche, la luminosité s'estompe. Je rentre vider ma boîte mail et sa cohorte de messages publicitaires débilitants. Je voudrais un message d'Henri. Il y en a un d'Antoine. Il est heureux de notre dimanche. Il me dit que ses sœurs étaient de belles personnes, qu'elles ont tellement compté, malgré leurs disputes. Qui n'en a pas ? On commence toujours par se définir en contre. Un jour, on comprend. Qu'on ne se définit que vis-à-vis de soi-même. C'est un jour qui dure une vie. Antoine me donne des numéros de téléphone, celui de Violette et celui d'Isidore qu'il a cherchés dans les Pages jaunes. Il les appelle mes deux cannes. Il ne veut pas que je reste seule. Il me prévient qu'il a emporté le dernier carnet de Lise, parce qu'il ne veut pas que je ressasse. Je n'ai pas vérifié sur mon bureau en embarquant la pile.

J'aime qu'Antoine soit ma béquille. Pour un temps. Je lui réponds que je suis à Fontvieille, que je me tiens bien droite, tout ce qu'il y a de plus droit. Difficile de faire autrement avec deux cannes et une béquille. Lui aussi est une belle personne, un homme qui veut aller au bout de ses rêves comme sa grand-mère. Notre sang est un pont entre les générations.

Sur le bureau, le carnet de Valère est resté ouvert sur un projet que je ne connais pas, une villa de bord de mer en rénovation au cap Ferret. Le genre de réalisation qui avait sa préférence, habiter les sagas familiales, continuer à apprendre dans le silence et l'humilité, rencontrer les artisans du coin, les entendre raconter la pierre de leur pays et l'âme de leurs bâtis.

Regarder des projets dont nous n'avons jamais parlé me tourne vers un ailleurs où je ne sens pas encore ma place. Je referme la couverture, replace les élastiques. C'est déjà bien assez pour me permettre de savoir que je ne suis pas à la hauteur. Même en me tenant debout sur la pointe des pieds, c'est inaccessible. Le talent de Valère et sa modestie. Un mail de Jacques s'affiche :

Suis à Londres. Recherche de manière urgente les planches de la suite 12. Les aurais-tu par-devers toi ?

55

Éclat en partance

SUIS à Fontvieille. Plongée dans ses carnets de notes. Ne sais pas pour la suite 12. Ne l'ai pas repérée expressément dans ce que j'ai pris avec moi, mais vais chercher.

Alors, ces carnets de notes ?

C'est trop haut. Trop haut pour moi.

C'est trop haut pour nous tous. Mais il n'est jamais interdit de s'encorder. À plusieurs, on a plus de chances d'atteindre le sommet.

Il y a des gens doués pour ça.

Nous ne cherchons pas des gens. Nous cherchons l'étincelle de Valère.

Il faut le contacter là-haut.

Tu es celle qui le peut. Avec ta propre étincelle et la sienne, on peut éclairer l'Everest.

Voilà bien des rêves de lumière.

C'est moi l'éclairagiste, je te rappelle !

J'ai un dossier 12 dans sa bécane, tu dois l'avoir sur sa clé du bureau. Je cherche le dossier papier, laisse-moi cinq minutes...

Je crois que j'ai trouvé. Nom de code : Jean-Michel Frank, c'est ça ?

Banco. Tu me l'apportes à Londres ?

Pourquoi n'y est-il pas ?

Valère avait des choses à corriger, il a gardé les métrages. Pour ses meubles en marqueterie de paille. Je crois qu'il y avait une hésitation pour la dimension de la tête de lit et des chevets, ou peut-être une décision non encore tranchée avec Richard. C'est la plus grande suite, celle qui donne sur le toit terrasse. Pas le droit à l'erreur ! De toute façon, pas le droit à l'erreur nulle part ! J'ai besoin du dossier pour boucler des câblages sur des appliques. Et leur hauteur.

Tu fais ça aussi ?

Pour Valère, je fais tout. Pour Richard aussi. Alors, tu viens ?

Je n'ai pas de supersonique à ma disposition et Pâques arrive. C'est urgent ?

Demande aux cloches de Rome de faire un détour !

Elles sont dures à contacter en ce moment, un peu débordées, si tu vois ce que je veux dire. Mais, je vais essayer.

Ok, on se rappelle.

D'ac.

Je suis content.

De quoi ?

Que tu sois à Fontvieille.

Moi aussi. Ça s'est décidé au dernier moment.

Le dernier moment, c'est bien aussi. Libérateur. Se laisser porter. Ne pas trop vouloir tenir les rênes. J'ai été contacté par Webster tout à l'heure. Tu ne réponds pas sur ton portable ?

Mon portable est en semaine sainte, il jeûne.

Je lui dis quoi ?

Qu'il aille au diable.

Pas en semaine sainte !

Si, surtout en semaine sainte, c'est la semaine ou jamais pour se faire racheter ! À plus.

À plus.

56

Éclat d'efflorescence

CYPRIEN est arrivé avec le jour. Je suis déjà installée sur la terrasse, face à la vallée et à son galon de vignobles, d'oliveraies, un camaïeu de verts, avec ses touches éparses de vieux rose, les toits des bastides fatiguées. Dans ce ciel immense. Le vent a reculé.

J'ai dormi jusqu'à la fin des temps.

Dans la chambre des garçons.

Ici, je n'arrive pas à affronter notre grand lit, posé devant les Alpilles et leurs découpes déchiquetées : gisants de plâtre, silhouettes de cariatides abattues, blocs d'ogres déchus qui se bousculent, se chevauchent, se défient dans des dégradés instables de blancs luminescents. J'observe. Les traits argentés de la nuit s'effilochent. Le bleu pousse derrière, crève la toile d'araignée. Il occupe bientôt tout l'espace. Le ciel vient de se dégager de sa gangue de soie noire. L'orange monte. Les teintes vont s'intensifier. Elles se vernissent toujours au-delà des ombres qui s'étirent.

Cyprien s'approche pour me saluer, hésitant, le sécateur à la main. Il me tend un autre sac.

Je ne peux pas l'arrêter ! Vous la connaissez. Il faut qu'elle materne. Mais, je crois que c'est plutôt pique-nique ce coup-ci, poulet froid-mayonnaise, tian de légumes, cake aux oranges. Au village, les nouvelles vont vite. Maylis a su que z'étiez pas passée à l'épicerie de Saint-Étienne-du-Grès. C'est la seule ouverte le lundi. Elle y a remédié. Je dépose dans la cuisine ?

Non, laissez, Cyprien. Je vais le mettre dans la voiture. Je ne serai pas là aujourd'hui.

Vous repartez déjà ?

Non, je file au cap Ferrat.

Au cap Ferrat ? Ça fait une trotte !

Oui, je vais rentrer sans doute tard. Faites ce que vous avez à faire comme si je n'étais pas arrivée. Je prends mon sac et je file. Vous fermerez le portail.

Pas de souci.

Là, c'est moi qui reviens sur mes pas.

Dites Cyprien, les campanules, elles se plaisent ici ?

Oui, mais il leur faut un peu d'ombre.

Alors, ce sera parfait, la tombe d'Anne reçoit plus d'ombre l'après-midi. J'aimerais une ligne de campanules. Mais pas les bleues. Celles des Canaries, orange veinées de rouge. Vous croyez que votre horticulteur peut vous trouver ça ? Ma mère en avait des bordures pleines dans le Cotentin.

Z'inquiétez pas. C'est comme si c'était fait. Alphonse, il peut tout trouver. Il a des antennes sur la terre entière. Vous m'auriez dit des bananiers, que je vous les y aurais mis.

Bon alors, c'est d'accord.

C'est d'accord ! L'orange du soleil, c'est ce qu'il lui faut à notre demoiselle. Elle avait beau être de l'ombre, elle rayonnait. Soyez prudente sur la route. Z'avez déjà bien tracé avant-hier.

57

Éclat de mer, de flux, de rivières

Je dois voir la mer. Un besoin impérieux.

Depuis quinze jours, j'avance à l'instinct sans comprendre mais j'avance. Je ne sais pas ce que je vais chercher. Peu importe. Cela s'est écrit au petit matin. La mer, je pourrais la voir à Carry-le-Rouet ou dans l'écrin stupéfiant des Calanques, mais c'est à Saint-Jean qu'elle m'appelle. Au bout de la presqu'île. Souvenir d'enfance.

Je n'ai jamais autant conduit. L'autoroute déploie son étain d'asphalte, sous un soleil ardent. Le mistral couche les arbres sur la Sainte-Baume et ses abrupts de rocaille claire à l'horizon. Lignes nettes dans le bleu. Coups de fusain gris marbre, délimités dans la poussière du pastel turquoise joué jusqu'au débordement, pas de dégradé possible. Impitoyable. La nature travaille sur les ombres.

Je me suis arrêtée pour boire un café. Je n'avais pas sorti le carton de matériel de peinture du coffre pour le déposer dans la cuisine du mas. Oubli volontaire ? Tout est à portée de main. Pas de résistance. Structure brute qui se pose sur le bloc d'esquisses. Partage de la feuille un tiers, deux tiers. Éclats de hachures. L'œil dicte, le paysage se soumet. Cézanne en ligne de mire et ses constructions géométriques massives, ses blocs de couleur. Poser les lignes, sentir les doigts en harmonie avec l'œil. Jeu sur les gris, les beiges, les bruns, la verticale bronze des cyprès, accouchement des traits de fracture, habillage des modelés. Cela va vite. Pastel, fusain, je vais de l'un à l'autre. Tempo fluide. Mon âme Chagall pointe. Je retrouve d'instinct mes appuis.

Le mur de la vie m'a dérouillée. Décapée.

Je reprends la route. La chaleur dans la voiture est étouffante. L'Estérel se déploie dans son jupon de soie grenat et ses parures de forêts prune. L'azur s'exacerbe, s'argente sous les poussées du mistral qui enfantent des crénelures diamantées sur l'eau. La pointe du cap Ferrat se dessine au loin derrière la Rade de Villefranche. Surplomb de la moyenne corniche, cette route en lacets, entre deux immensités, deux lagunes noyées dans le bleu. Le ciel et la mer s'enlacent, fusionnent pour l'éternité. Ici, la mort est somptueuse. La baronne des Hauts Prés a traversé l'écran. Elle se prélasse à jamais dans l'infini avec mes filles.

Moi, je me suis garée devant l'hôtel Brise Marine, non loin du chemin de Saint-Hospice et de la plage Paloma. J'y ai demandé une chambre. On m'en a déniché une face à la baie qui n'attendait que moi. Un miracle. Un client vient d'annuler. Peu de monde sur la jetée mais l'hôtel est minuscule, souvent plein. La saison démarre doucement. Les étrangers boudent un peu la Riviera. Les jeux Olympiques s'annoncent. Avec Valère, nous avions projeté de venir ici, après l'achèvement de l'Excelsior, hors saison, une idée émise parmi d'autres. En simples amoureux du coin, de sa beauté foudroyante, de sa lumière de scintillement qui ne s'éteint jamais.

Vous avez des bagages ?
Non, aucun.
Vous restez plusieurs nuits ?
Je ne sais pas. Pas encore.
Bon séjour parmi nous.

J'ai enfilé ma cotonnade, attaché mes cheveux avec les cerises en plastique de Violette, elles sont restées dans ma poche de jean, attrapé sur la lunette arrière le cachemire beige de Valère. Je ne sens pas son parfum. Ceux des bougainvillées, du thym, des pins s'entremêlent, exaltés par la chaleur qui monte. Je descends le chemin dans le froissement des rayons. Je voudrais tenir la main de mes filles, bien qu'il y ait belle lurette que je ne leur tenais plus, rire avec elles, les entendre se chercher du bec, apercevoir la nuque de Valère, quelques pas devant moi, le rejoindre et opiner à sa voix grave, posée. Des langoustines pour ce soir, ça te dit ? J'aurais répondu oui, tout de suite, et on se serait gentiment querellés sur la mayonnaise, avec du fromage frais ou du yaourt bulgare. Il aurait opté pour le yaourt bulgare. Avec une belle poignée de ciboulette fraîche du jardin de Cyprien. D'ailleurs, il est probable qu'il aurait fait lui-même la mayonnaise et qu'il l'aurait déposée sur la table en l'appelant sa sauce aux herbes.

Je viens d'acheter un panier tressé. La seule boutique ouverte sur le petit port à part les cafés et la boulangerie un peu plus haut dans la montée. Pour y mettre le pique-nique de Maylis, mon bloc, ma trousse. Il est léger, il flotte au rythme de mes pas. Ma robe vole, tache mauve sur le beige des murs, sur la poussière des rochers qui s'encaissent dans les vagues.

Et puis.
La voilà.
Murmure de clapotis.
Roulis des vagues.
Elles s'abaissent et me saluent.
Je me sens invitée.
Morsure du froid.
Sous un soleil déjà brûlant.
Elle est fraîche, l'eau qui clapote.

Elle mange mes pieds, mes mollets.

Sensation de brûlure, de contraste.

Les épaules accueillent la morsure du chaud.

Une éternité.

Debout.

Offerte au vent qui fait chanter le ressac dans un va-et-vient charnel. Le tissu léger qui se soulève et laisse apercevoir le haut des cuisses.

Offerte au liquide, au zénith, au miroitement de l'onde, à l'horizon qui se dissout dans les bleus, à la création qui me replace dans ma nudité première, à ce dépouillement qui me ramène à ce que je suis intimement. Moi, infime part de cette création, j'en fais battre le cœur.

Je sens le cœur du monde.

J'y distingue ma place, réunifiée.

Mes larmes roulent. Petites lumières. Elles ont ce goût de sel qui se noie dans la grande lumière. Elles abreuvent goutte à goutte l'océan et, ce faisant, elles recousent mes morceaux déchiquetés. Mes membres s'emboîtent, ma tête se pose sur l'axe de mon cœur, là où elle doit être vissée, mes jambes se consolident, mes bras se déploient pour entourer le monde, mes mains s'ouvrent à l'infini.

Je reçois le monde.

Lenteur. Attente. Ne plus jamais bouger.

Je suis remontée sur la plage, puis le long du chemin qui borde la mer, à l'ombre des pins. Je savoure le cadeau de Maylis, son poulet aux herbes, ses courgettes charnues, à peine poêlées, ses oranges sanguines qui fondent dans le biscuit.

Deuxième essai. Je croque les amplitudes démesurées sur mon bloc. Travail sur la pureté du bleu dans les lignes de fuite. Le gris se fait plus cristallin. Je sais que dans une toile, les quelques coups de crayon de l'esquisse tiennent toute la charpente, qu'ils sont légers, en attente, en devenir, mais décisifs ; qu'il en faut peu pour faire un chef-d'œuvre.

Plus tard, j'ai posé une toile nue au sol dans ma chambre d'hôtel. À l'heure de l'ombre déclinante. J'étais allée la chercher à Nice dans l'après-midi. Un magasin impersonnel, un vendeur qui ne connaissait ni son métier, ni le prix de la sueur. J'en avais choisi le format, caressé le grain pour me souvenir de sa virginité avant d'y coucher les teintes. Dans ces rayons au carrelage froid, aux étagères d'acier banales, Isidore s'était rappelé à moi avec sa faconde, ses emportements, l'atmosphère de son antre si particulière. Je l'appellerai demain.

J'ai déplacé le petit bureau devant la fenêtre, je l'ai protégé avec du papier journal avant d'y installer ma base arrière de coloriste déjantée. J'avais repoussé les volets en rentrant ; une femme de chambre avait eu la gentillesse de les accrocher à l'italienne pour préserver un peu de fraîcheur. La mer scintillait, plus sombre dans le soir. J'étais apaisée, lavée, une autre, celle d'avant, celle d'après. Tout était fini. Tout commençait.

J'ai contemplé le rougeoiement. L'azur luttait avec des bandes de mousseline échevelées aux franges tyriennes, jouait avec la masse d'or qui plongeait, au loin, soumise. Le vent s'était calmé. Je me suis lancée. L'orange bleuté, celui de mes débuts, s'est remis à flamboyer au bout des pinceaux sur la palette de Berthe. Il avait attrapé un peu de carmin.

J'ai grignoté quelques olives, les toutes petites, si violettes, si âcres, de fines tranches de pancetta et une brioche au caramel, que j'avais achetées au début du cours Saleya, non loin de l'église Saint-Suaire et du marché aux fleurs. Là où bat le cœur de la vieille ville de Nice. Je me suis remise au travail. Les couleurs remplissaient l'espace, comme à Paris. Elles se libéraient. Du figuratif à une forme de contemplatif. Bizarrement, je me sentais autre alors que je revenais à la source. Comme si la souffrance avait bonifié mes tracés. Mais la souffrance ne peut pas bonifier. C'était trop haut, ce point de regard. C'était trop tôt. Je n'avais rien traversé encore. Trois mois, était-ce rien ?

Une sorte de paix surnaturelle m'habitait, la même que dans la nuit du Sacré-Cœur. Je me sentais protégée tandis que je mélangeais les couleurs, que je bâtissais les contours. Par qui ? Il y aurait des jours où l'absence serait insupportable. Encore. Elle le serait chaque jour. Il y avait cet orange qui chantait sur la toile. Il était la somme de toutes mes impressions, de toutes mes démissions, de toutes mes rémissions. Il était le pardon posé, accordé. Il était. Il flambait. Me revenait certaines odeurs amères qui s'étaient élevées après l'incendie lorsque j'avais tenté de gratter le noir, la suie qui avait recouvert toutes les toiles, celles qui n'avaient pas été tout bonnement désintégrées.

J'ai travaillé avec ma main. À un moment. Des doigts légers. Pour estomper. J'ai aimé ce geste de l'annulaire qui se fondait dans le rouge de la griotte. Je me suis endormie, dans le pull de Valère, sur ma tache lavande, la fenêtre grande ouverte sur les étoiles.

Demain, la toile aurait commencé à sécher, bu toutes mes questions, les réponses qu'il n'était plus temps de chercher. Jacques n'avait-il pas employé le mot libérateur pour qualifier le dernier moment ? Je prendrai ma décision au dernier moment.

58

Éclat de recel

J'ai réglé ma note après le petit déjeuner.

Vous ne restez pas ?

Le jeune homme à l'accueil m'avait aperçue au moment où je calais ma toile de la nuit sur la banquette arrière.

C'est de qui ?

C'est un Dumontier.

Il est magnifique.

Je sais. C'est une œuvre de la maturité. Sa période orange. Certains critiques parlent parfois de sa période rouge orangée.

Vous venez de l'acheter ?

Je l'ai volé.

Il vaut cher ?

Il n'a pas de prix. Sur le marché du recel ne se vendent que les secrets.

Il m'a tendu mon ticket de carte bleue. Je lui ai redonné les clés de la chambre 7. Ce repaire clandestin où s'était peut-être joué mon avenir.

59

Éclat d'exhalaisons

J'ai avancé mes roues jusqu'au bord du précipice. Les mimosas du Tanneron se balançaient mollement, leurs boules d'or flétries avaient pris une couleur de paille sale mais l'odeur était toujours tenace. J'avais sur le siège arrière une petite toile carrée, attrapée au dernier moment lors du passage en caisse, dans cette boutique sans âme de Nice, un réflexe, un sait-on jamais. Idée qu'elle pouvait ouvrir *Le jardin de mes filles*, cette œuvre chorale en quinconce que j'entrevoyais. Je voulais la débuter ici, les pieds dans cette terre rouge, au-dessus de cette mer nourricière qui m'avait rendu l'énergie. La mer était devenue mon rempart, celui de mes vides, de mes manquements, de mes douleurs. Elle avait noyé mes chagrins, mes détresses, les avait récurés, brossés à grands coups de sel. Ils étaient devenus transparents, dilués, délavés.

Dans ces exhalaisons d'eucalyptus chauffées à blanc, *Architecture du vent* fut le nom que je donnais à ce premier acte de création.

Pour mes filles.

Avant, j'aurais créé pour moi.

Pour moi seule.

Une déclinaison de blancs fumés, de beiges tendus, au pourtour d'une brûlure pourpre, cuivre et turquoise.

La boucle était bouclée.

J'ai rejoint Fontvieille dans la nuit.

Accroché sur la poignée de la porte de la cuisine, derrière le volet, un sac pendait. Une part de daube fondante dans son jus de tomates à réchauffer et un mot de Cyprien : *Campanules plantées, des rouges orangées, comme demandé. Pour séparer les deux plants, j'ai mis des œillets de poète. Toutes les deux les aimaient. J'espère que ça vous ira. La taille est finie. Je viendrai consolider le muret avec mon fils le jeudi en huit. Reposez-vous. Encore du mistral à venir.*

Comment savait-il que j'allais rentrer ?

Que j'avais failli acheter des plants d'œillets de poète sur le marché aux fleurs de Nice, séduite par leur petitesse et leur fragilité ?

60

Éclat d'abandon

JEUDI saint. Grande balade dans les Alpilles.

Ce ne sont pas mes doigts qui me chatouillent mais mes orteils. Ils me démangent. Je grimpe le chemin pierreux dans le silence. Le silence du monde est chantant. Les étourneaux et les chardonnerets s'époumonent dans le matin naissant. Avant que la chaleur ne les fasse rendre gorge, exténués, à l'heure divine de la sieste. Les grillons aussi battent la mesure. Ils crissent, incessants. Mais eux ne se tairont pas. Au loin flottent les carillons légers du troupeau de Jonathan. Il n'y a plus de berger dans les Alpilles, ils ne vivent plus que dans les crèches sous la main du santonnier. Mais Jonathan est à part. Une part de cette terre depuis qu'il y est né. Une part de ces blocs de rocaille sur lesquels, agile, il a toujours couru. Il doit laisser ses chèvres s'ébattre comme lui, en liberté. Encore un peu. Avant que les vacanciers ne prennent d'assaut ces chemins escarpés et tranquilles.

J'ai abandonné toute peur en bas, dans cet enclavement entre deux lacets, là où j'ai garé la voiture.

Définitif.

J'ai abandonné toute peur.

Je me meus au-delà.

Je sais à présent que mon silence est rempli à jamais des naissances créatives de Valère, de son travail acharné, de son amour en pointillé, de ses baisers minuscules, posés comme deux ailes de papillon sur mes paupières closes, baisers rares, à la dérobade, lorsque je faisais semblant d'être assoupie, baisers d'enfant égaré dans un monde d'adultes, de chiffres, de performance, de technologie, baiser d'enfant qui n'en veut pas de ce monde. Son amour léger, diffus, difficile à dire, continue à engendrer de l'infini par-delà l'infini dans ce matin si clair.

La plaine s'étend à perte de vue jusqu'à la Camargue, dans le cliquetis ininterrompu des cigales. Ont-elles pris le relais ? C'est tellement ouvert… Cet espace de terre et de ciel, de rochers et d'arbres, de silence et d'amour, de vent. Rien ne contraint le regard, rien ne force à baisser la tête, à se tordre le cou. Respirer à s'en perforer les poumons, devenir cet air, se soulever, se déployer, planer dans la transparence, toucher la transcendance, du plus miteux au plus pur, du plus dantesque au plus aquilin.

Devenir la liberté.
Ne pas s'enfermer dans les rancœurs, l'amertume.
Dans ce qui se putréfie, dans ce qui souille.
Voler.
J'ai percé les paroles d'Augustine.

Dans la soirée, je me suis assise à la table du Christ. L'église semblait minuscule, toute vêtue de blanc et d'âmes. Toutes celles que Dieu ne voit jamais le dimanche mais qui le réveillent la nuit quand elles ont mal. Son eucharistie, n'était-ce pas celle de tous ceux qui m'avaient nourrie dans ces ténèbres absolues ? N'était-ce pas la terrine aux foies de volaille d'Hubert et ses noisettes et son calva, le gâteau à la carotte de Scrabble, la tatin de Mélanie, les rouleaux d'épeautre à la rhubarbe de Jacqueline, le thé de Violette et son éclair au chocolat, le massepain d'Augustine et ses écorces de citron, le poulet aux herbes de Maylis ? L'hostie offerte jusqu'à la fin du monde, n'était-ce pas la palette de Berthe léguée par mon Isidore, et les vers de Guillaume

Apollinaire qui avaient enchanté Andrée, après avoir fécondé mon enfant, ma toute petite ?

J'ai soudain pensé à l'abbé Gaspard, à sa manière douce de me guider pour préparer l'enterrement de mes filles, à mes hésitations. Je n'étais pas, il est vrai, un pilier d'église solide. Trop habitée par le doute, j'avais souvent laissé tomber. Comme beaucoup. Il m'avait mise en route comme un nourrisson, avec grande bienveillance, goutte de lait après goutte de lait. Mais, je ne pouvais en boire plus. La miséricorde, c'est sans doute dans ses mains ouvertes de vieux prêtre que je l'avais sentie pour la première fois, avant de l'entendre chanter par Scrabble et de prendre conscience de son existence réelle, de son déploiement.

Grâce à Jésus, la porte est toujours ouverte, m'avait-il dit. Dieu nous nourrit tous, mais chacun à notre rythme. Nous n'avons pas les mêmes besoins alimentaires. Il faut de la même manière laisser le Père du ciel faire sa cuisine… et la célébration pour vos petites sera celle qui leur ressemble. Dans la protection entre guillemets de mes ouailles, j'ai bien sûr ma partie propre de travail, de prières, d'intercession, d'écoute, de conseil, mais il y a toute cette part invisible où je dois m'effacer pour laisser le Créateur servir son plat. Il reçoit mon amour, ma disposition de cœur. Ça, c'est le plat brut avec toutes mes incompétences, mes manquements, mes essais, ma bonne volonté, et de la bonne volonté, on en a tous, il suffit de gratter. Mais, c'est le bon Dieu qui transforme ! C'est le bon Dieu qui va ajouter la sauce, mettre le plat au four, surveiller la cuisson, le servir lorsqu'il estime que mes ouailles sont prêtes à le manger. Chacune de mes ouailles. Certaines sont à la petite cuillère, d'autres à la cuillère à soupe. Quelle importance ! Il transforme, le bon Dieu, sublime, puis redonne. Toujours. Et cela se fait par des manières souvent bien déroutantes, le service du plat, voire incompréhensibles, même aux yeux d'un prêtre !

Voilà ce qu'il m'avait soufflé. Et étonnamment, j'avais été nourrie d'une manière plus qu'abondante ces derniers jours, moi qui ne grignotais plus que de loin en loin. Une certitude m'habitait, engoncée sur ma chaise, au bord de la travée, tout au fond de l'ombre : le père Gaspard ne m'en voudrait pas d'avoir osé comparer l'hostie de son cher Jésus à une daube provençale.

Sourires devant la table dressée, chants de fête, aigus trop aigus, hésitations, orgue enroué. J'ai dû m'endormir. Cela ne l'a pas découragé, Jésus. Il s'est baissé, m'a lavé les pieds, les a pris dans ses mains, les a longuement caressés, les a embrassés. Je ne marchais plus. Il me portait, me porterait. Il était là pour cela. Pas vrai ?

C'est fini pour ce soir, madame. Il faut partir. Ils sont tous partis au reposoir pour la veillée. Ici, je ferme. L'adoration, c'est à Notre-Dame-du-Château que ça se passe, la chapelle à Saint-Étienne-du-Grès. Vous ne pouvez pas rester là.

La voix de ce vieillard était douce. Sa main secouait mon épaule. Une poigne, cette main calleuse.

Oui, bien sûr.

Ma chaise a sonné sur les tomettes. Une femme, mantille en dentelle blanche flottant de son front à ses épaules, éteignait les cierges. Elle s'est retournée. Son mari, perché sur un escabeau, drapait de violet le crucifix au-dessus de l'autel.

Pour demain.

Seulement pour demain.

La croix.

61

Éclat de prémices et de perles

Je suis sortie, plongée dans ces gestes, dans leur simplicité, leur profonde candeur.

Au-dehors, l'air était tiède, si caressant.

La caresse de l'Amour.

Elle existait encore.

Dans le vent, dans le bleu, dans le ciel.

Certes.

Dans les autres aussi, dans leur chair.

Tous ces visages inconnus que je n'osais encore scruter mais qui s'épanouissaient déjà sur des toiles, des prémices de toiles, celles qui poussaient sous la lumière rouge de mon ventricule droit. Tous ces éclairs créatifs, toutes ces pulsions de naissance de l'autre moi-même, que j'avais étouffés pendant des années, étaient en train de renaître. Tous ensemble au même instant.

La caresse de l'Amour adoptait une autre forme, un autre langage que celui que j'avais connu jusqu'alors. Il me semblait qu'elle passait par la main des enfants sans défense, des esseulés, des vieillards, des sans-rien, des manants. Des Scrabble.

Elle avait des colliers de perles, cette main tendue qui caressait.

Autour des poignets.

Elle aussi.

Ce soir.

Je venais de passer de l'amour donné à l'amour à donner. Par l'amour reçu.

Les perles ne seraient pas toujours de larmes.

62

Éclat de connivence

Oui ?

Isidore, c'est moi.

Andrée, c'est ma Berthe au téléphone ! Tiens la boutique deux minutes. Faut que je m'isole !

Vous m'avez reconnue.

Je ne donne pas mes palettes à des inconnus.

Berthe qui ?

Berthe Morisot !

Isidore, tu débloques !

J'entends Andrée qui crie derrière le téléphone :

Madame, qui que vous soyez, raccrochez ! Il vous prend pour Berthe Morisot. C'est la fin ! Il est resté bien trop longtemps au turbin. Le v'là qui devient sénile !

Andrée ! T'as pas fini un peu ton cirque ? C'est la Berthe Morisot qui t'a lu du Guillaume Apollinaire. La semaine dernière. C'est toi qui vas pas droit dans les cases. Laisse donc la boutique. Y va rien se passer ce matin. Rentre te reposer.

Je vais très bien. Cesse de me materner. Moi, les gens, je ne leur donne pas du pseudo.

J'éclate de rire.

Rire, c'est soulageant. C'est permis, non? Je n'en ai pas encore pris la mesure. Combien c'est soulageant. Encore plus, parce que l'on ne se croit pas autorisé à le pratiquer, l'éclat de rire. Encore moins, à en abuser.

C'est une chose que je n'ai pas pensé à leur demander, là-haut: «la grâce de l'éclat de rire». Ça a de la résonance. On dirait un titre de roman. Ils me l'ont accordé d'office. J'ai mon papier tamponné, trois fois, en règle. Je les imagine en train de discuter de mon cas au ciel, au-dessus des nuages, dans cette immensité que personne ne maîtrise.

Elle, de toute façon, elle va tellement disjoncter avec tous ses morts, on le lui tamponne trois fois, son papier.

Comment ça trois fois ?

Le premier tampon, c'est pour toutes les fois, où elle éclatera de rire bêtement, seule, au milieu d'une foule, sans que personne ne sache pourquoi. Un éclat de rire nerveux, incontrôlable. Cet éclat de rire là, il va occuper la majeure partie du carnet à éclats de rire. Parce que ça peut durer un bail, l'éclat de rire incontrôlable.

Le deuxième tampon ?

C'est pour tous les éclats de rire qu'elle s'autorisera avec parcimonie en société, quelque temps après l'affaire, lorsqu'elle aura recommencé à faire semblant de vivre. Ça, c'est l'éclat de rire mesuré, contrôlé, celui qu'on s'accorde pour faire comme si tout était redevenu normal.

Tu le lui colles ?

Bien obligé, c'est le plus pratiqué.

Et le troisième ?

Le troisième tampon, c'est le plus rare, il est beaucoup plus précieux ; c'est celui pour les vrais éclats de rire, les spontanés, les joyeux, ceux qui viennent comme de rien, qui dévoilent ce que tu es vraiment. Et en bas, il y a belle lurette qu'ils n'en abusent plus du troisième tampon, malheur ou pas.

Tu lui mets quand même alors, le troisième tampon ?

Ben oui, je sais qu'il ne va pas servir un max, mais comme c'est le plus revigorant des éclats de rire, on ne peut pas l'en priver.

Tu crois ?

Je ne crois pas, j'en suis sûr. L'expérience, mon petit ange! Ça fait un bail que je suis au service de « la grâce de l'éclat de rire », que j'en tamponne, des permis. Elle, on lui met les trois!

Merci, messieurs les anges. En ce matin du vendredi saint, je crois dur comme fer, moi, que c'est le troisième tampon dont je vais me servir le plus. Je ne peux plus m'arrêter de rire. Isidore m'attend de l'autre côté du fil. Je sais que ses yeux pétillent et qu'il pense que tout le monde est capable de rire à gorge déployée au milieu de l'horreur, qu'il faut juste déplacer l'angle de vision. Et que, comme je suis peintre, je devrais y parvenir mieux que personne. À moins que lui et Andrée ne m'aient commandé des lunettes cocasses. Ça leur ressemblerait assez. Ils s'y entendent pour me secouer.

Vous allez bien, Isidore?

Toujours.

Qu'est-ce qu'elle fait Andrée? Elle boude?

Andrée ne boude jamais, elle est fataliste. Mais elle a haussé les épaules!

Je connais ce geste-là. Il l'habite tout entière, la rend belle, parce que détachée.

Tu manques de rouge, ma fille?

Plutôt d'orange.

D'orange bleuté, alors.

Comment le savez-vous?

C'est la même chose. Tout vient du rouge.

Je me suis remise à peindre.

C'est heureux.

Sur un mur.

C'est déjà ça!

Dans mon entrée.

Il faut un début à tout.

Non, non, vous n'y êtes pas. Une vraie toile, une histoire!

J'y suis tout à fait. Tu ne m'appellerais pas pour un ravalement de façade ! Ça marche ?

Je crois. Je crois que je vole.

Alors, il y a eu des toiles aussi.

Oui, une grande et une petite. Et quelques croquis.

La petite, c'est celle que tu vas mettre en regard des autres ?

Oui, je veux faire une série. Une sorte de quinconce. Comment savez-vous cela aussi ?

On n'apprend pas au vieux singe à faire la grimace.

Là, vous la faites la grimace ?

J'exulte ! C'est vrai, ma fille ! La série, c'est celle qu'il te faut finir avant. Avant le mur.

Ah bon ?

C'est technique ma fille, le format va te brider. Alors, tu vas faire travailler ton œil, ta perspective, ton cadre, puis tu vas démultiplier. C'est là que tu vas renaître. Enfin, c'est toi qui sais. C'est toi la prof.

Non, non, vos conseils me sont importants.

Ce ne sont pas des conseils. C'est l'œil, la vie qui vit dedans. La grande toile, elle est finie ?

Oui, elle l'est.

Faudra me la montrer. Parce que j'ai déjà une galerie qu'est preneuse.

Isidore, je ne crois pas que je veux exposer.

C'est pas parce que ça n'a pas été abouti une première fois qu'on n'a pas droit à une seconde chance.

Ça a été abouti la première fois.

Alors, c'est où ?

Parti en fumée.

Faudra me raconter.

Isidore, pour exposer…

Faut bosser !

Justement, il faut du temps.

Qui t'a dit qu'on était aux pièces ? C'est pas parce que je vais claquer. Y a forcément quelqu'un qui va prendre ma suite, n'en déplaise à Andrée. Ce quelqu'un, il est quelque part. Je le sais. T'inquiète, je vais transmettre. Il va savoir y faire te concernant, mon successeur, ça aussi je le sais. Le bon Dieu, y connaît son affaire. Y sait bien c'que j'ai encore sous le pied.

Ça me fait du bien votre assurance, Isidore. C'est comme une boussole qui me remet droite dans mes baskets, alors que je suis encore tellement à ramasser.

Tu as fait le plus gros, ma fille.

Ça ne fait que trois mois.

Ça se compte pas en jours ou en années. Les casseroles, on se les traîne toute une vie. Simplement, y a un moment, elles font moins de bruit attachées à leur bout de ficelle, elles se sont usées, elles tapent toujours du même côté et on le sait… En parlant de boussole, j'ai un petit voyage à te proposer du côté de chez Mélanie.

Au petit éden ?

Tout juste.

Je ne suis pas à Paris. C'est pour quand ?

Le dimanche de Pâques. T'es loin ?

À Fontvieille.

Celui des Bouches-du-Rhône ?

Oui, j'y ai une maison. Un mas. C'est la maison d'enfance de mon mari, Valère.

Mazette, alors, ça va pas le faire !

Si, si, ça peut. Faut juste reprendre la route.

Ils ferment le bistrot pour Pâques. Toujours. Paris se vide. On fait un pique-nique entre amis. Au jardin, les asperges sont mûres. Et puis, y a la pêche, un petit goulot de rivière au bout des carrés de salade.

De toute façon pour Pâques, je suis seule. Antoine, mon second, cabote trois jours avec une bande d'amis dans la rade de Douarnenez, et Henri, mon aîné, est en Australie. Pas prévu qu'il rentre avant un bail parce qu'il est resté un moment sur Paris… lorsque son père était à l'hôpital. Ça a un peu déstabilisé son service. Ils sont peu nombreux, il y a toujours plus de travail. Ça ne fait pas longtemps qu'il a été embauché. Il ne peut pas se permettre de faire des allers-retours.

Ça lui coûterait un peu cher pour voir le bon Dieu ressusciter dans les yeux de sa mère !

Il préfère le voir dans les yeux de sa petite amie !

C'est logique !

Totalement… Et dans cet éden, je peux y venir avec quelqu'un ?

L'idée vient de me traverser l'esprit.

Pas de souci, faut juste que je dise à Mélanie combien on sera. En général, ça ne pose pas de problème. Ses terrines, Hubert les fait toujours dans des plats de géant ! T'as déjà tombé un milliardaire sur la côte ?

Vous ne croyez pas si bien dire.

Alors, t'es plus que debout ! Rendez-vous à la boutique pour 11 heures.

Vous voulez que je vous conduise ?

Pourquoi pas ? Les vieux singes ont plus trop de force pour grimper aux cocotiers.

C'est pour ça qu'y a des Andrée. Elle leur donne à boire le lait de coco !

63

Éclat de gratitude

La tombe est là devant mes yeux. Un lit immaculé. Un lit de paix. Étienne est venu y graver les dates, Cyprien y planter mes campanules, entrelacées dans ses œillets de poète. Oui, Cyprien, votre œil de jardinier me plaît. Il plaît à mes filles aussi, j'en suis sûre.

J'aime qu'Étienne ait gravé les mois en lettres sur sa pierre. Un beau janvier bien droit, bien froid. Je suis le contour de mars sous le prénom de Valère ; mon doigt se promène dans les fissures polies, si nettes. Mars et ses premiers bourgeons, mars en giboulées, ses cœurs transportés, ses corps renaissants.

L'immensité de l'amour reçu tient toujours entre deux dates. Puis, les marqueurs du temps-terre s'effacent. Nous avons basculé nous aussi de l'autre côté du rideau, dans la dimension du temps-éternité. Nous avons retrouvé nos élus.

Qu'avons-nous fait de l'amour donné ?

L'avons-nous vécu ou seulement rêvé ?

Avons-nous pris ou partagé ?

Avons-nous trouvé l'Élu ?

Un seul mot s'inscrit sur le cœur de la pierre de mes défunts. Un mot universel qui grandit au fur et à mesure de mon avancée dans le silence.

Merci.

64

Éclat de traces et d'ombre

J'ai entendu les trois coups de cloche. 15 heures. Le chemin de croix allait commencer. L'église était presque vide, loin, si loin des foules de la veille.

La mort fait tellement peur.

Je n'étais pas une habituée du rituel ces dernières années, mais, enfant, j'aimais accompagner ma grand-mère dans la belle église de Saussey, ce village non loin de Coutances et de son imposante cathédrale, perdu entre dunes sauvages et campagne venteuse, noyé dans la grisaille des ciels changeants du Cotentin. Une vieille dame, cette église, avec sa simplicité d'accueil, ses couleurs un peu fanées, anoblies, et son maintien légèrement distingué. À l'image de ma grand-mère avec ses gants fins en peau de chevreau, son tout petit sac de cuir noir, rond et dodu comme une bonbonnière, son calot de laine penché sur le côté gauche du visage, qui couvrait ses mèches argentées, et son manteau de serge grise à gros boutons de corne, camouflant le tablier de coton blanc qu'elle ne quittait jamais, même pour se rendre à la messe. Très pieuse, elle n'aurait manqué pour rien au monde une des célébrations de la semaine sainte et m'emmenait toujours avec elle, malgré la désapprobation de mon grand-père, surtout pour le chemin de croix. La mort, ça n'était pas une affaire pour les petiots ! Ne lui en déplaise, le chemin de croix avait ma préférence. J'aimais ces vignettes de plâtre sculptées et peintes de couleurs maussades, justement parce qu'elles racontaient autre chose que les vitraux colorés, qui, avec leurs teintes vives, retraçaient les hauts faits d'armes de grands saints dont les exploits me paraissaient à tout jamais inaccessibles. Tandis qu'en dessous, sur le mur, se dessinait cette histoire fascinante, celle d'un homme innocent à qui on faisait tant de mal, qui se laissait faire et que j'avais d'office envie de réconforter.

Je me suis glissée au bord du dernier banc du fond, côté travée latérale. Dans l'ombre bienfaisante. Ma seule chance de ne pas être aperçue. Dehors le mistral s'était calmé laissant la chaleur s'épanouir. La fraîcheur à l'intérieur me portait après le blanc douloureux du nid de pierre de mes aimés.

Les scènes de la Passion, si elles se devaient d'évoquer toujours les mêmes stations, étaient bien loin du chemin de croix sculpté de mon enfance. Des carreaux par groupe de quatre, de la céramique, traits arrondis du dessin, travail sur les jaspures de la cuisson, sur les oxydes métalliques, sur les traits de contour, encastrement dans un caisson d'aulne. Offerts par un artiste de Vallauris, émule de Capron, de Derval, de cette époque mythique des années cinquante magnifiée par Picasso. Je n'étais pas déstabilisée. Cette rencontre de l'art abstrait et du spirituel me plaisait. Je les observerai de plus près lorsque la nef se serait vidée.

Je ne voulais pas me montrer, je ne tenais pas à ce que l'on puisse me reconnaître. Certains visages dans cette assemblée clairsemée ne m'étaient pas étrangers : les piliers de village. Certes, ils étaient bienveillants à mon endroit. Le Provençal n'est pas friand de ragots de mort. Il préfère rire, se picailler pour de la farigoule. La mort, c'est du sérieux, il la respecte. Devant elle, il se tait, il s'incline. Il sait que la mort paraît plus douce au soleil mais qu'il n'en est rien. C'est moi qui, soudain, ne voyais plus tous ces gens comme avant. J'avais changé de focale. Il y avait eu celle comblée de l'amour reçu, celle plus hésitante de l'amour donné. Je pressentais que je devais m'appuyer à présent sur celle de l'amour à donner, en devenir. Mais, je ne faisais pas encore le lien. Entre moi et cet amour à donner.

À donner à qui ?

Je n'étais pas bien certaine d'avoir envie d'en donner au vieux Mathurin, de l'amour. Lui qui, définitivement voûté, traînait ses chaussons sur le dallage en bougonnant.

65

Éclat de rupture

Le prêtre se signa. Je n'avais pas esquissé un geste, les yeux fixés sur les tomettes, en attente. Je me sentais si démunie, si loin du calme irradiant de ces dernières heures au cap Ferrat, de cette joie d'une intensité si profonde, mais dont le côté éphémère me paraissait inéluctable.

Triste à crever.

Isidore m'appelait à Paris, mais à Paris qu'allais-je y trouver si ce n'est un appartement vide, des caisses à remplir, des problèmes administratifs à régler ? Un passé à enterrer.

Soudain, une force incontrôlable vissa mes yeux au sol. J'avais devant moi l'amour avec un grand A – c'est ainsi que le prêtre venait de désigner l'homme sur la croix – et je ne pouvais pas desserrer les paupières. Cet amour entièrement donné au monde. Mes mâchoires se contractaient, mes dents me faisaient mal. Plus de salive. Le prêtre poursuivait. Cet amour absolu que certains rejetaient et qui, ce faisant, détruisaient tous ceux qui en voulaient de l'amour, qui ne demandaient rien d'autre. Une colère irrépressible montait. Du plus profond de moi, d'endroits insoupçonnés. Une tempête. Comme je n'en avais jamais eu à affronter. Elle était en train de poindre sous mes dehors affables et discrets. Je ne pouvais la dominer. Juste sentir qu'elle allait exploser, me broyer.

Je me suis mise à l'apostropher. À le haranguer. L'homme-Dieu sur sa croix. Un monologue brutal qui commençait par un « Putain » retentissant – comme ceux d'Isidore – suivi d'un non moins retentissant : « Bordel ! Qu'est-ce que tu fous ? » Les murs devaient en trembler.

Non, je ne voulais pas me taire. Mais aucun son ne sortait. Je hurlais à l'intérieur de ma cage thoracique, là où j'avais encaissé le coup sans broncher. Je criais que sa croix, je n'en voulais pas. Pas plus sa mort sur cette croix. Qu'elle était trop pure, trop gratuite, cette mort. Que mourir sans rien dire, se taire, tout accepter, et cela pour tous ceux qui font du mal, qui détruisent, saccagent, abominent, égorgent la vie, que mourir pour les faire renaître, leur donner une seconde chance, c'était trop facile ! Tout se bousculait, tout sombrait. Je hurlais. À m'en perforer les poumons. De détresse, de terreur, d'absurde. Écraser l'absurde. Je hurlais : plus de poumons, résonance unique de leurs battements, cris abominables pour exorciser le noir, le déchirer, le détruire, le pilonner, évacuer sa putréfaction. Je hurlais. Que je voulais qu'il me les rende, mes enfants. Que s'il était Dieu et qu'Il avait ressuscité, Il pouvait me les rendre. Et Valère avec. Pas de larmes. Plus de larmes. Je hurlais. J'ai détruit ma cage thoracique. Elle gît. À mes pieds. Que je ne le croirais que s'Il me les rendait. Mes appuis, mes amours. Le miracle, Il pouvait le faire pour moi aussi, non ? Je n'étais pas pire que les estropiés qu'Il avait croisés sur les chemins de Palestine.

Nous t'adorons et nous te bénissons
Parce que tu as racheté le monde par ta sainte croix.

La tempête s'est arrêtée.
Net.
Cela montait dans le silence.
Un chant. Sans rythme. Une longue plainte.
Elle a tout recouvert.
Toutes mes vociférations.

Sur mes épaules.

Le rayon de soleil dans lequel j'étais restée prostrée après le coup de fil de la mort. Et, celui dans lequel Scrabble s'était enroulé au Luxembourg.

C'était le même.

La même chaleur protectrice.

Comment ? Je ne saurais le dire.

J'ai senti l'acceptation totale de Scrabble – posée dans la confiance – de ce qui lui était arrivé. J'ai senti son regard sur la pauvreté intérieure des autres qu'il tentait de comprendre : parce qu'il ne pouvait pas la soulager. Pourtant, nous nous étions à peine parlé. Je ne savais rien de lui.

Je venais d'entrevoir.

Que mon pardon, je ne l'avais posé que par peur.

Peur que l'on ne me fasse plus mal encore, que je ne me fasse plus mal encore si je n'évacuais pas immédiatement cette souffrance du ressassement, de la haine.

Entrevoir.

Je n'avais aucune idée de ce qui allait s'inscrire sur le bois de ma croix. Dans les minutes qui allaient suivre.

66

Éclat de bercement

J'AI relevé un peu mon visage. Ils ne faisaient pas le tour de l'église. Seuls le prêtre et le servant d'autel qui portait la croix se mouvaient. Trop de vieillards qui ne pouvaient plus se déplacer.

Je ne voulais pas de la croix du Christ et pourtant, je restais plantée là sur mon banc, obligée de la voir se dresser au-dessus du monde.

Tétanisée.

Incapable de me lever, de claquer la porte.

C'était tellement plus simple de tout rejeter en bloc, de se révolter, de se battre, de hurler vengeance, de se soulager en faisant brûler à petit feu tous ceux qui faisaient souffrir les autres en leur imposant leur propre point de vue, leur manière de faire, de penser, de croire, leur diktat. Tellement plus humain. Et pourtant, je sentais que cela ne me soulagerait pas. Pourquoi ?

Une force aussi brutale que celle qui s'était levée pour enclencher la colère l'a désamorcée. Je flotte. Dans la plainte fredonnée. Dans la supplication d'amour. *Nous t'adorons et...*

Quatrième station : « *Jésus rencontre sa mère.* »

L'ai-je rencontrée, moi aussi ?

Je suis blottie dans les bras d'une mère et je berce mes petites, mon front penché sur leurs visages.

Un pardon ne se pose que dans l'amour. Je l'ai compris là. Ce qu'il est. Ce qu'il fait naître. Dans ce rayon de soleil. Mes filles dans les bras.

Seul, ce chemin s'ouvre devant moi.
Seule, je le parcourrai seule.
Seul, l'homme-Dieu me le montre.
Seul Lui peut m'y accompagner.
C'est tout.
Elle était là. La gratuité.
Sans amour, rien ne tenait.
Toute chose faite par devoir n'avait aucun sens.
J'avais donc posé mon pardon par amour.
Par amour de qui ?

67

Éclat d'ensevelissement

Je commençais à me détendre, soulager les artères de mon cœur tendues comme des arcs. Je me mettais en position d'écoute, de reflux, enroulée en moi-même, me laissais dominer par une vague de lâcher-prise, mon cerveau happant tout ce qu'il entendait et me le dictant sans que j'aie à faire intervenir ma volonté propre.

Un jeu de questions-réponses sans aménité.

Par le ton ferme du prêtre et sans vraiment saisir le sens de ses paroles, par le chant lancinant des pénitents, leurs humbles demandes de soulagement, j'entrevoyais des vérités sous un nouvel éclairage. Elles devenaient une forme de clarté et se fixaient en moi pour ne plus en sortir. Mais je ne saurais dire si cela venait du discours du prêtre ou d'une force invisible descendue de cette croix pour me visiter.

Je me concentrais, dans ce relâchement.
Entrevoir.
À nouveau.
Des lambeaux de vérité.
Sur la vie.
Sa direction, son potentiel.
Mon avenir.

Aimer ses ennemis, cela était possible. Mais cela n'était envisageable que parce que l'homme-Dieu l'avait fait avant : pour le monde, pour chacun, pour moi, en mon nom, et de manière totalement gratuite. J'écoutais la soutane, sa voix de tranquille confrontation.

Oui. Sinon, c'était inaccessible. Il fallait une force surhumaine pour nous porter vers un amour que nous ne pouvions donner. Sa force. C'est Lui qui faisait Miséricorde en premier, pour nous ouvrir la voie, nous permettre de poser un pardon à notre tour. Ce n'est que parce que Lui pardonnait aux salauds les plus vils, que parce que Lui avait *tout* enduré – crachats, trahison, dénuement, torture –, et parvenait à lire malgré tout une unique et infime lueur de bon en eux, que parce que Lui s'accrochait à cette infime lueur… que nous aussi, nous pouvions parvenir à le faire !

Moi, je pouvais le faire.

Ce n'était pas parce que les ordures avaient été malmenées par la vie ou manipulées, c'était parce qu'elles étaient nées enfants de l'amour avec ce grand A. Comme nous, comme chacun de nous, comme moi. Cela n'avait rien à voir avec leurs faits ou leurs actes, avec la culture de l'excuse. Dieu allait au-delà des faits ou des actes si tant est que la plus petite des ordures ait posé un acte d'amour, une fois dans sa vie. Et un acte de regret sincère. Dieu repartait de cet acte de regret, de cette sincérité qui seule définissait l'humanité des individus – se regarder soi en vérité –, remontait le fil, décousait, puis retissait. Cette fameuse maille à recrocheter.

Parfois Dieu pouvait tout.
Parfois rien.
Nous étions libres.
De nous regarder en vérité.
Ou de nous fuir.

Les lambeaux de vérité s'encastraient les uns dans les autres, ils défilaient. Mon cerveau les recevait, les lisait, décodait une réalité à laquelle je ne m'étais pas si souvent confrontée, la face cachée des événements, des actes posés – parfois non consentis –; ce qu'ils engendrent par-delà les faits, ce flux de leurs conséquences que nous croyons maîtriser. Mais que nous ne maîtrisons jamais.

Entrevoir.
Que.
L'homme-Dieu n'attendait rien.
Rien de moi.
À cet instant.
Ou si peu.
Surtout pas que j'essaye de pardonner.
Il l'avait fait pour moi.

Ce pardon-là, Il le savait, était impossible à poser dans l'urgence, inaccessible, avant d'avoir reçu son Amour, le seul amour qui puisse *tout* transformer.

Il n'attendait rien d'autre. Me donner son amour, là, cloué sur une croix. Il n'attendait que cela. Pour l'éternité. Que je le laisse me soulager. Que je le reçoive.

Ce si peu.
Une brèche.
Un soupçon.
Une miette.
Celle qu'on donne aux chiens.

Il attendait. Pour transformer cet éclat en Lui. Puis, le redonner, mon éclat d'amour, à mes ennemis, mes destructeurs, mes pilleurs, mes salauds. Leur redonner la vie, la vraie, la pure, la droite, la vie d'Amour.

Les réenfanter.

Enfanter une rose sur du fumier.
Le début du tissage.
Le mien engendrerait le leur.
Ou laisser le fumier se répandre, nauséabond.

Me donner son Amour.
L'amour entier contenu dans le monde.
Rien que pour moi.

Oui, j'entrevoyais des lambeaux de soulagement. Je n'étais pas seule. Je n'étais pas abandonnée. Ce Dieu perché sur sa croix allait me nourrir, prendre soin de moi.

Pour le moment présent.

Puis, lorsque ce Dieu aurait terminé de me bercer, de panser mes blessures, ces plaies ouvertes saignantes dans la clarté du monde, si semblables aux siennes, alors viendrait le temps d'une nouvelle fécondité : un temps où je pourrai encore être une passeuse d'amour.

Mais de quel amour parlait-Il ? Pensait-Il sincèrement qu'il m'en restait, ne serait-ce qu'une goutte, alors que ma vie entière venait d'être ravagée ? J'essayais de comprendre. De toutes les forces de mon pauvre esprit troublé. Je murmurais dans mes entrailles des phrases sourdes, teintées de reproches, de toutes ces larmes qui avaient coulé, qui ne s'arrêteraient jamais de couler. Je répétais que mon cœur était à sec, tari pour l'éternité. Je lui racontais à cet homme-Dieu que je n'avais plus qu'une petite poche intacte en moi, pleine d'amour, à crever. Celle pour mes fils. Que je n'avais pas de poche à crever pour Lui, de laquelle jailliraient du sang et de l'eau mêlés. Ni pour Lui, ni pour quiconque. J'avais tellement mal de l'absence, des images de la souffrance, de cette compression du temps qui m'avait dépossédée de tous mes repères. Je crois que j'essayais de résister à ses douces supplications parce que je sentais bien que si j'ouvrais, ce n'était pas une once que je recevrais mais un flot, et que ce flot-là allait tout submerger.

Je n'étais pas prête.

À recevoir autre chose que l'amour des miens : celui que j'avais toujours tâché de sérier, celui auquel je savais donner mes propres contours, celui qui, tout compte fait, ne me demandait pas tant d'efforts, celui par lequel je savais parfaitement me protéger. Alors, je me blindais, les yeux toujours vissés au sol, embués de rivières. Mais, il y a trois minutes, je ne croyais pas en Toi ! Toi, là, planté sur ta croix. Ou si peu ! Je te connaissais bien sûr. Je connaissais ton Nom, ton histoire, même celle de tes amis. Sans plus. Je n'avais pas accroché ou pas compris, ou pas voulu essayer de comprendre. Un vernis. Me revenait en mémoire les mots d'Isidore : *Un vernis, un jour, ça craque...* Comment pouvais-je recevoir quoi que ce soit ? Cela ne me quittait pas. J'étais broyée.

Non, quelque chose clochait. Cette paix-là n'était pas pour moi. Trop lointaine. Ce curé était dingue avec ses supplications, c'est tout ! L'encens leur brûlait la tête à tous.

Je me suis recroquevillée à nouveau sur la planche de bois qui me durcissait les cuisses.

Mais Lui a continué à me contempler.

Depuis sa hauteur.

Continué à m'entretenir en silence, ce Dieu, ce Christ. Continué à parler à ses ouailles, ce prêtre, ce prêtre que je ne connaissais ni d'Ève ni d'Adam. Et, derrière cette voix devenue mélancolique, il m'a semblé durant une fraction de seconde que ce Jésus sur sa croix n'attendait que mon assentiment.

Je ne sais pourquoi, je ne sais comment. Je sais juste que j'ai prononcé un oui, un oui minuscule dans le silence des voûtes.

Une fulgurance. Une poche qui crève. Je l'ai poussé en l'air, ce oui. Et il est monté.

Un oui étouffé qui a tout engendré.

Et je n'ai plus entrevu.

Mais compris.

J'allais apprendre à recevoir.

Mais non de ceux que j'avais aimés.

D'inconnus.

En lesquels l'homme-Dieu s'incarnerait. Toutes ces âmes, Il les poserait sur ma route. Il serait ces autres âmes, chacune différente, chacune complémentaire. Ces âmes sur lesquelles je pourrais m'appuyer, grâce auxquelles je me tiendrai debout, redressée.

C'était simple.

Du moins, cela semblait simple.

Entrevoir. Comprendre. Décider. Croire.

Mais je ne pouvais encore vivre la simplicité de ce oui posé. Sans doute parce que je ne m'étais jamais laissé faire si facilement. Même si mon tempérament calme pouvait faire croire le contraire à ceux qui me connaissaient un peu. Si peu. Dans ces litanies qui se succédaient, que je n'entendais plus que comme un fond sonore psalmodié, je n'avais qu'une certitude. Alors, je l'ai lancée, elle aussi, à la face de l'homme-Dieu.

La mort des miens coûtait trop chère. Il faudrait en baisser le prix, jusqu'à ce que sa gratuité ne m'appartienne plus ; jusqu'à ce que j'en aie déposé chaque centime sur cette croix, cette croix sur laquelle je n'osais toujours pas lever les yeux. Cela me demanderait du temps, de l'espace, de l'immensité, de la puissance. Un dépôt, chaque nuit, chaque matin neuf, à chaque infime seconde, dès que je sentirais ma gorge se nouer.

Il le savait.

Il n'exigeait rien.
Son espace-temps n'était pas le nôtre, pas le mien.
Il attendrait.
Il attendait depuis la genèse du monde.
Il était la patience du monde, cloué sur sa croix.

68

Éclat d'intangible

Moment d'intense silence.

Entre moi et Lui. Lui en moi.

Pulsation des tempes.

Vent de tempête qui s'apaise.

Un ru infime. Gouttes claires, magnifiques. Elles ne cessent de dévaler la courbe de mes joues, la saillance à peine écrite de mes pommettes, roulent sur mes lèvres, mes mains, mes genoux, coulent sur les tomettes rugueuses.

Pleurer comme une enfant.

Qui vient de retrouver son unique perle. La plus précieuse. Celle qu'elle avait perdue pendant des jours parce qu'elle avait roulé sous le buffet et qu'elle venait de réapparaître, là, dans les minons de poussière du balai de sa mère. Sa perle.

Je reçois.

Cette forme de paix.

La même. Que celle, ineffable, ressentie lors de ma nuit au Sacré-Cœur. Une évidence. Comme lorsque mon corps s'était reconnecté à ma tête au bord de l'eau, qu'il m'avait semblé recoudre mes morceaux de chair éparpillés.

Je venais de retrouver la même paix.

Intense, intangible.

Je comprenais, j'avançais, faisais le lien entre tous les événements que j'avais vécus ces dernières semaines. La nuit au Sacré-Cœur avait été celle de l'acceptation. Le chemin de croix de ce vendredi saint, dans cette église perdue dans les Alpilles, c'était le jour de la signature.

Je devais me laisser conduire et signer.
Faire confiance.
Oui, à ce qui s'est écrit.
Oui, à ce que je peux devenir à travers ces lignes.

69

Éclat d'enfantement

L'ÉTAU se desserra un peu plus. Dans ma gorge, le bas de mes reins. Pourquoi ? Pourquoi m'étais-je mise en colère ? Parce qu'il fallait le faire ? Tant de gens autour de moi avaient parlé de révolte.

L'homme-Dieu venait de prendre ma colère tout entière sur sa croix. Il me le dit. Il savait bien qu'elle était normale, cette colère, salutaire. Il savait bien que ce n'était pas naturel d'accepter un tel dérapage mortel sans rien dire. Parce que je n'étais pas qu'un grain de poussière. Je faisais battre le cœur du monde. Oui, Il l'attendait cette colère. Il l'avait prise, Il avait tout emporté. Et avec elle, l'avant d'avant.

Mes yeux se sont descellés. J'ai déjointé mes phalanges douloureuses, couvertes de marbrures rouges, j'ai posé mes paumes à plat sur mes cuisses.

J'étais prête.

À présent, il me semblait que sa Voix ne me quittait plus, à l'intérieur de ma tête, de tout mon être, mon cœur, mes mains, qu'elle me guidait, qu'Il tenait mon visage dans la paume de ses mains, qu'Il me regardait et me parlait. J'ai relevé mon visage. Mes yeux ne fixaient que le vitrail du chœur : une colombe au-dessus d'un homme, auréole, torse nu, pagne blanc à la taille, pieds dans l'eau, mains croisées à la hauteur de la poitrine. La voix. Persistante. Au creux de mon désarroi. J'étais tellement épuisée, mon imagination s'emballait sans doute, mais cette voix, c'était la seule chose de tangible dans mon noir depuis des siècles. Je l'écoutais, hypnotisée par le bleu, l'orange descendant en rayons de la colombe. Je me laissais faire. Qu'avais-je à perdre ?

J'avais expérimenté la colère, mais ce n'était pas moi. Voilà ce qu'Il me disait. Il me soufflait que la résignation, ce n'était pas moi, non plus. Était-ce ce qu'Augustine avait tenté de me faire comprendre ?

La paix reçue dans la nuit du Sacré-Cœur n'était pas résignation, la paix du chemin de croix de ce jour n'était pas encore celle de la résurrection, mais elles étaient sœurs. Vraies paix parce que surnaturelles. Paix de toutes les questions que je n'avais pas besoin de me poser. Il avait les réponses. Lui maîtrisait le cours des choses, Lui pouvait le changer. Moi pas. Pas sans Lui.

Lorsque sa voix marquait un temps d'arrêt, je réfléchissais. Oui, j'avais bien senti au petit matin lorsque j'avais quitté le Sacré-Cœur, poussée au-dehors par les refrains des laudes, une forme de libération, mais je n'avais pas su l'appréhender.

Alors, l'homme-Dieu m'expliquait, avec lenteur.

Il prenait son temps avec moi, sur sa croix.

Paix étonnante, dans cette aube parisienne, alors que je n'avais pas prié, rien demandé, que j'avais à peine conversé avec une moniale, que je n'avais même pas bricolé, ne serait-ce qu'avec maladresse, une cocotte en papier pour le bon Dieu ! Ce qui s'était produit là n'était, à l'évidence, pas de mon ressort. Il me le confirmait, c'était du sien. Et, c'était gratuit. Lorsqu'on pénétrait dans une église, Dieu répondait toujours. Par son fils. À sa manière propre. Et, jamais comme on s'y attendait.

Ma réponse, je l'avais. Accordée à ce que j'étais, à ce que je pouvais comprendre du monde, à mon expérience engrangée, mes facultés propres de don, d'abandon, de résistance, de force… ou plutôt de faiblesse pour parvenir à me tenir debout. Il tenait compte de ma faiblesse, ne m'en demandait pas plus. Il m'avait offert une parade. À travers ces rencontres auxquelles je n'aurais prêté aucune forme d'intérêt quelques mois auparavant, Dieu m'avait adressé la parole. Isidore, Scrabble, Violette. Chacun, à sa manière, m'avait contrainte à me tenir debout. Debout avec mon grabat, mais debout. Moi aussi.

Prends ton grabat et marche, avait-Il ordonné à l'infirme de Bethasda. Non, lève-toi et marche.

Lui savait que seule la paix pourrait me sauver de l'absence, de l'effroi. Cette paix intérieure. Et la construction de quelque chose de tout à fait neuf, jamais imaginé dans ma vie antérieure. Lui seul me proposait une réponse qui me conviait à ressusciter. Lui seul pouvait m'apprendre à voler.

70

Éclat de modelé

Septième station : « *Jésus tombe pour la deuxième fois.* »

Je ne pouvais plus quitter mon banc.

Envahie. Prise. Attentive. Engendrée.

À présent, c'est moi qui interrogeais l'homme-Dieu. Avec délicatesse.

Les réponses s'ouvraient.

Allais-je tomber encore ?

Oui, de nombreuses fois mais toujours dans ses Bras. Il serait là pour me relever. Toujours.

Et ce toujours pénétra en moi comme une certitude indiscutable. Je flirtais avec la fin des temps.

Une autre question me brûlait les lèvres. Dernier bastion de mes verrous qui, tous, sautaient les uns derrière les autres. Il fallait que je comprenne. *Tout.* Tout de suite. C'était ma seule chance de survie en Lui, avec Lui. Sinon, je lui tournerai le dos à jamais, je plongerai dans le noir ; je n'étais pas assez solide, pas assez certaine que mon épuisement ne me jouait pas des tours. C'était donnant donnant ! Les âmes de mes défunts contre un soupçon de mon amour et ses Éclaircissements. J'abattis ma dernière carte.

Pourquoi moi ? Pourquoi vous intéresser à moi ?

À cause de mon Amour... Je ne peux le contenir. Il est plus vaste que le monde, plus vaste que l'infini, impossible à endiguer. Il se diffuse pour soulager, dès lors qu'on ouvre un espace si infiniment petit soit-il. Je ne suis venu que pour cela : soulager les souffrants. Moi qui sais tout de la solitude, du rejet, de la douleur, des humiliations, des tortures. Les aimer lorsqu'il n'y a plus personne pour les aimer. Aimer encore et encore. Aimer toujours. Au cœur du néant.

Il m'était encore impossible d'adhérer dans ma tête, mais mon âme, elle, découvrait le fondement de son existence, tandis que mon corps se laissait faire. Ma nuque s'assouplissait. Une part de moi-même voulait vivre de cette libération, intensément ; une autre part était incapable de renaître, gangrenée à jamais par les meurtrissures. Je ne savais avancer à découvert. Il fallait que je pose mes conditions. Je tentais d'évaluer ma position, dans un réflexe bien humain. Le bagne de la mort m'avait enchaînée. Celui de ce nouvel amour pouvait-il seulement me libérer ? N'était-ce pas une autre forme de prison, cet amour si lointain, cet amour du ciel. Un mirage ?

Je doutais.

Même si je ressentais une forme de chaleur dans ce rayon de soleil alors que tout mon être était plongé dans le froid, à l'ombre de ce pilier.

J'ai tenté d'articuler, inaudible.

Je ne vous mérite pas. Je ne prie jamais, je vais très rarement à la messe, je ne prends même pas l'hostie. D'ailleurs, je ne le pourrais pas. Mon cœur est si sale, hésitant. Je sais que pour approcher ses lèvres de la patène, il faut avoir regretté son mal, avoir envie de le juguler, de l'endiguer. En sortant de cette église, je ne suis pas sûre de me précipiter à confesse ou même de remettre les pieds un jour devant un tabernacle. Je suis même sûre du contraire. Cette conversation est surréaliste.

Surnaturelle, mon enfant. Au-delà de la nature même de l'homme. Mon amour est porté vers ta douleur. Pas vers ta perfection. Seule ta souffrance m'intéresse. À cause de cela. De tes hésitations. De la reconnaissance de ton cœur si faible... À cause de ton envie de donner un sens aux choses... Comme tous... Chacun de mes enfants... De chercher ce sens au-delà des simples passions humaines... À cause de ton désir de te laisser guider, de cet abandon...

À cause aussi du pardon.
Du pardon ?
Oui, du pardon. Celui que tu as posé d'office, ce 13 janvier...

Le pardon libère toujours l'Amour.
Même lorsqu'on l'a posé pour se protéger ? Par fuite ?
Poser un acte de pardon est toujours un acte de fuite, mon enfant. Fuir le monde tel qu'il est, pétri par le Mal, fuir la haine, fuir le poison de la rancœur. Poser un acte de pardon, c'est libérer ma grâce, accepter qu'elle agisse, me demander d'intervenir parce que la souffrance est bien trop pesante et qu'aucun de mes enfants ne peut la porter... Le chemin s'ouvre... Petit à petit, mon Amour peut pénétrer en vous, en chacun. Il se libère parce que votre cœur est occupé à autre chose qu'à pourrir, à s'enfermer. Je le réoxygène. Je le tourne vers l'avenir... J'ai pris toute votre douleur sur moi... Je la remplace par mon Amour. Lui seul ouvre une autre voie, une voie qui se gagne à chaque instant, celle de la re-création, de la croissance, celle qui redonne du champ à la liberté, à la beauté originelle...

Silence de début du monde.
L'homme-Dieu s'est tu.
Renouvellement de ma fécondité.
Il me berce. Dans ses entrailles. Dépôt des ultimes larmes. Sent-Il mes dernières hésitations vaciller ? À un moment très précis, je l'ai perçue. Cisaillante. Cette brûlure de feu dans ma poitrine. Venaient-ils d'entonner le Gloire à Dieu ? Ces voix cassées. Moi, je venais d'abandonner toute résistance. J'étais au

plus haut des cieux. Enfin. Je l'ai dévisagé, l'homme au pagne blanc, le sang qui coulait de son crâne, de son côté, de ses paumes, de ses pieds.

Son regard me fixait.
Aube qui tressaille.
Sa voix a terminé.
Crescendo suprême.

La force du pardon, mon enfant, c'est toujours celle de libérer l'Amour. Le mien avant même le vôtre. Ma miséricorde… Mon amour infini, incommensurable pour chaque âme… À mes enfants, je ne leur demande jamais d'y arriver mais d'essayer. Ils sont si petits, si démunis. Y arriver, c'est mon affaire. Se mettre en route, c'est la leur… Poser un acte de pardon, c'est se mettre en route… même si je sais bien qu'à certaines heures, la révolte te broiera encore et encore. Le miracle, c'est de toujours s'engager. Malgré la haine parfois indéchiffrable des hommes.

Avais-je bien compris ?
J'ai prononcé un souffle.
Un second oui.
Encore plus imperceptible que le premier.

Immensité du silence qui enveloppe, soulève.
Linceul.

Je me suis mise à respirer calmement comme si j'extirpais de mes lèvres des amas de cendres. Mes poumons se sont gonflés sous l'effet d'une pompe douce, langoureuse, puis vidés par petits à-coups discrets. M'est apparu le visage d'Étienne, ses coups de burin sur la pierre tombale, son léger souffle pour ôter les scories et évaluer la qualité de son trait. Je replongeais dans le réel.

Respiration ample, peu à peu, dans l'égrainement des stations. Comme si je revenais à la vie après un long coma. Pas celui de Valère. Le mien. Envie de redresser mon corps, de desserrer les cuisses.

Oui, j'allais rouvrir mes paupières.
Oui, j'avais changé de focale.
J'allais recommencer.
À vivre.

Afflux de sang dans les veines, échauffement dans le thorax, fourmillement dans la nuque, dans les coudes, jusque sur les poils des bras qui se dressaient, frissonnant sous l'air tiède. Je sentis que ma caisse à poumons était bien trop étroite, qu'elle ne pouvait se vider complètement dans cette respiration, que j'aurais à la vider autrement. Que j'avais faim. Une faim démesurée. Désir de ne pas en perdre une miette. Pulsation des couleurs, chatoiement des inspirations, j'accompagnais la danse de mes pinceaux. Désir de fixer la croix, de tout délester, d'entendre en écho le vieux prêtre annoncer : Dixième station, « *Jésus est dépouillé de ses vêtements* » – le souvenir de mes placards vides se superposait à ce Jésus nu. Désir de discerner les pas frottés des anciens qui s'étaient mis en route malgré la fatigue derrière leur curé, de les entendre s'interrompre dans leur déambulation. Désir de prononcer ce nom, Jésus, avec lenteur, à l'intérieur de mon cœur claudiquant, de ma chair meurtrie. De ma renaissance larvaire.
Tout est accompli.

Ils se sont tous agenouillés ou presque.
Douzième station : « *Jésus meurt sur la croix.* »
Toutes au sol, ces âmes de l'invisible, qui partagent le calvaire du Christ pour soulager avec lui les âmes en détresse. Tous se relèvent. Ils ont embrassé la croix. Ils sont sortis.

71

Éclat de vérité

Le silence à nouveau. Je suis seule. Sous les voûtes. Sur les tomettes fraîches. Je me suis déchaussée. Mes ballerines à la main, je déambule. J'observe les carreaux de céramique.

Un par un.

Un pas lent.

Se remettre à marcher.

Un pas hésitant, comme celui des vieillards qui viennent de fouler les allées latérales.

Jésus est tombé. Simon l'a aidé à se relever, Véronique a essuyé son visage sanguinolent. Deux fous dans cette marée humaine hostile. Mais ces fous-là deviennent roi avec le Roi. Comme tous ces vieillards qui se sont abandonnés là sur la croix, puis sont sortis.

Une armée de rois.

Je ne cherche plus à comprendre, ni même à entendre. Je suis au-delà de la mort, déjà plongée dans l'ailleurs de la Résurrection, lavée par l'acceptation de ma croix, l'acceptation immédiate de mes plaies, qui jamais ne se refermeront. Le sang de mes plaies inonde le monde. Je sais que je peux changer la face de la terre, que des gens m'attendent au-dehors, qu'ils ont besoin de ma souffrance pour se sentir encore plus heureux, que j'ai besoin de leur bonheur pour me réapprivoiser, de leur chant pour rebondir. Toute chose que je n'ai posée qu'en aveugle, sans le vouloir, mue par l'énergie du désespoir, s'est éclairée. À jamais.

Énergie du désespoir
Qui fait naître celle de l'espérance.
Chapelles en ruine, inhabitées.
Toujours fécondes.
Derrière l'ombre, il y a la lumière.
Sinon l'ombre n'existe pas.
J'ai vaincu le noir.

Les stations sont belles. Simples et belles. Mystérieuses, évocatrices. Elles laissent notre part d'intimité s'installer avec l'homme-Dieu. Chacun dans sa liberté d'être, son champ intérieur, son secret de vie. Elles me font penser au travail de Berthe. Derrière son dessin limpide, il faut chercher la part d'ombre, de lumière. Il faut s'investir, pousser des portes, essayer. J'ai retrouvé l'envie de réconforter l'homme-Dieu à qui on a fait du mal.

Le prêtre est venu me saluer tandis que je détaillais les carreaux de céramique. Je ne le connais pas. Il est là pour soulager un confrère hospitalisé brutalement avant la semaine sainte. D'habitude, il est dans sa congrégation à cette période. Sa voix est tellement calme.

Vous êtes de la région ?

Non. En vacances.

Bienvenue dans notre belle Provence.

Je repars demain.

Le samedi saint, c'est toujours une bonne journée pour rouler. On a l'espoir au cœur.

Il ne croyait pas si bien dire.

J'espère que vous avez bien profité de votre séjour.

Oui. Je repars les poches pleines… Pleines de cocottes en papier.

Ah, c'est heureux, les œufs de Pâques.

Sur le parvis, j'ai fourré ma main dans la poche droite de ma robe. Elles étaient bien là, les cocottes en papier que Dieu m'avait fabriquées, puis tendues. Pliages graciles, feuilles de route légères. Elles avaient pour nom Isidore, Scrabble, Violette.

J'avais hâte.

D'eux.

Après Antoine.

Après Henri.

72

Éclat de légèreté

Le chemin descend en pente douce entre deux rocailles qui défoncent mes chevilles. Des murets de pierre se coulent, serpentent le long de troncs noueux, de feuillages vert-de-gris qui s'agitent, de la terre craquelée qui se fendille sous la force mugissante qui m'enroule et fait se courber les branches jusqu'au sol. Elle emmêle ma tignasse à peine retenue par mes cerises. J'ai laissé l'église derrière moi. Je suis une brindille malmenée qui trébuche un flamenco, un pas frappé sur la peur, un pas frappé sur l'euphorie. Je danse sur le volcan du monde, dans le vent des possibles. Je me cherche une adresse mais mes racines sont désormais du ciel.

En Provence, on quête les sources taries, avec des baguettes de coudrier. Faire resurgir l'eau désaltérante. Ma baguette de coudrier, c'est un homme-Dieu. Gérer la solitude, l'immense solitude, n'est possible que si je cesse de la peupler de ce qui aurait pu être, de courir après des illusions, de m'appuyer sur du carton-pâte qui se délite à la moindre averse. C'est sur de la toile de chanvre que je dois me construire. Et la sertir entre quatre maillets. Sur mon imaginaire, mon héritage, celui que deux familles ont écrit avant moi et qui m'a fait naître à la vie de la terre.

Les cigales m'accompagnent. De leur stridence ininterrompue. Je suis seule mais le chemin est entièrement habité. Fécond. Elles me tissent un hamac sur lequel elles me transportent et me bercent. Je me laisse soulever par leur chant bombé. Le silence est toujours travesti par d'autres murmures. Il y a tous ceux auxquels je n'ai jamais prêté attention, prisonnière que j'étais du murmure des miens. Le silence chuchote des plaintes. Ce ne sont pas des cris d'horreur. Il me parle d'étincelles, de tout ce qui reste à écouter, à écrire, à discerner, à magnifier. À peindre.

Mon sang n'est plus rouge, violacé. Il circule en bleu orangé, fluide. Immense kaléidoscope de teintes inexplorées. J'ai du sang Chagall, du sang Berthe, du sang Van Gogh, du sang d'incompris, du sang de la Renaissance, du sang Ming, du sang de milliers de pigments, ces poussières de couleurs qui explosent, s'entremêlent et forment des œuvres inconnues, indomptées, du sang de craies, de pastels broyés dilués dans une huile claire, presque transparente, celle de la vie qui coule, malgré tout, malgré le noir des gros grains, des nœuds, des cœurs meurtris, des abysses ténébreux, des non-dits. Même les abysses sont colorés. Personne ne les a explorés si ce n'est les pinceaux. Et les instruments à vent. Je ne suis qu'une infime partition à jouer, mon bleu dans ce bleu, mes teintes dans cette marée de couleurs frémissantes, endolories, endormies. Mon aventure dans ce temps indéterminé. Mon aventure qui deviendra un jour ce temps indéterminé.

La baronne des Hauts Prés me chuchote que de l'autre côté du rideau, c'est bien aussi. Juste bien parce que sans assentiment à inventer. Et l'homme-Dieu, Lui, que mon assentiment, j'ai à le donner pour chaque jour que Lui crée avec sa cohorte de saints, de Saint-Esprit, de Vierge immaculée, d'esprits illuminés d'amour intangible.

Je me suis arrêtée. J'ai déployé mes bras, les ai tendus, malgré le vent qui s'engouffrait dans mon tissu violet. Croix de mon corps qui se lève. J'ai redressé la tête, défié le soleil, mon cœur gonflé de tout l'amour de mes petites, de mon homme, sur le point d'expulser.

Et j'ai sauté.

73

Éclat de disposition

GUSTAVE lui a pris la main d'emblée sans le lui demander. Il s'est laissé faire, un peu gauche. Alexandre court devant. Il shoote avec régularité dans son ballon puis tente de le rattraper. Il porte sous le bras sa boîte de galets. Il a décoré le couvercle comme une boîte de jeux de société en collant des bandes de papier, sur lesquelles il a colorié des capsules rondes de toutes les couleurs. Le jeu s'appelle *Capsules et galets*. Sous le titre, la mention « Inventeurs : Alex et Lise », puis, écrit au feutre noir, en gros : « Âge : de 7 à 97 ans ». Étrange. Cette boîte bricolée me rappelle celle avec laquelle j'ai rencontré Scrabble, ce carton qui dort à présent quelque part dans les réserves de la maison paroissiale, en attente d'être réveillé pour la prochaine kermesse. Il me semble que cela fait une éternité, cette rencontre.

Scrabble renvoie le ballon parfois. Pour s'échauffer. Quand il sera bien chaud, il l'a promis, il y aura du sang sur les murs ! Une vraie partie de foot avec de vrais buts. Mauviettes s'abstenir. Je n'ai pas aimé l'expression mais ne l'ai pas mentionnée. Isidore a répondu présent illico. Violette a ri mais elle avait prévu le coup, pas folle la guêpe ! Elle est assortie à Scrabble, même baskets, même sweat. Je la soupçonne de le lui avoir offert. Moi, j'ai l'air d'une gourde avec mes ballerines des Alpilles mais je ne les quitterais pour rien au monde. Elles sont encore pleines de la poussière d'or de mon périple sur les traces de moi-même. Ce sont celles avec lesquelles Dieu m'a déchaussée pour m'indiquer qu'Il me porterait. Il est d'accord pour que je joue au foot avec.

De toute façon, pas le choix. Mon placard est vide, entièrement vide. Gustave râle parce qu'Isidore ne marche pas assez vite, qu'il veut s'entraîner lui aussi mais il veut le faire sans lâcher la main de son copain. Isidore lui répond qu'il se ménage avant le grand rendez-vous. Un champion du monde, ça doit toujours s'économiser avant les matchs décisifs. Et travailler sur le nerf de la guerre, mon petit gars, la concentration.

Le jardin de Mélanie et Hubert se mérite. Une centaine de kilomètres en voiture, puis un kilomètre et demi à pied, après s'être garé à couvert à l'intersection des routes de Saint-Jean-de-la-Forêt et de Bellême.

Scrabble se retourne parfois pour s'assurer qu'Isidore arrive à suivre. Entre ces deux-là, le courant est passé tout de suite. Pas de court-circuit. C'est ça ta conquête ? m'a-t-il apostrophé au moment de monter dans notre van. J'ai pris la familiale, sept places, plus simple pour caser tout le monde, mais c'est Violette qui a conduit. Scrabble a fait comme s'il n'avait pas compris. Oui, je suis sa conquête spatiale ! C'était parti, deux heures de vannes dans la voiture. Éclats de rire en rafale. Ceux du troisième tampon. Les garçons de Violette ne sont pas en reste. Ils ont tout de suite compris comment alpaguer le cœur bourru d'Isidore qui n'attendait que ça et qui en redemande. La joyeuse colonie de vacances.

Impression que les choses se remettent en ordre, de manière naturelle, dans un autre cosmos. Je me laisse conduire. J'ai fait tant de kilomètres depuis trois semaines dans les lacets de mon cœur, les méandres de mon esprit, que j'aspire à cette simplicité bon enfant. Se laisser porter par la vie. Savoir qu'elle ouvre toujours des lucarnes, qu'il y a toujours un infime trou par lequel la lumière pénètre et écrase l'ombre. Savoir que si le trou est bouché, il faut s'enfuir. Au pays de lumière. Observer la première lumière, la lumière naturelle de l'aube, celle qui rééclaire le monde. « Il y a toujours du neuf à explorer. » Ce professeur aux Beaux-Arts était un veilleur. Il veillait sur nos talents pour que nous ne les laissions pas s'endormir. Tous, créatifs ou pas. Il avait le talent des autres. Comme Isidore, qui relève.

Mélanie a dressé la table. Elle dresse toujours la table, même lorsqu'elle invite au-dehors. C'est dans son sang, me dit-elle, dans ses gènes, recevoir, nourrir, rassasier, elle ne sait faire que cela. C'est beau d'avoir trouvé sa mission, d'honorer la place qu'on a sur terre, de connaître déjà sa couleur, de s'agréger sans heurt sur la toile du monde.

Nappe de lin blanche brodée d'initiales, un drap de trousseau simplement posé sur la planche et les tréteaux, sous un grand chêne, faïence blanche, verres de cantine, branches de lierre entremêlées où elle a déposé des œufs en chocolat. Simple, accueillant. Des amis d'Hubert et Mélanie parlent de la pêche à la mouche en trinquant au petit canon, comme ils disent. Un petit blanc de Loire. Je me sens en famille. Une famille qui ne me regarde pas comme celle qui a perdu quelque chose. Mais comme celle qui a gagné le gros lot, et veut le partager.

Violette a caché des œufs dans le jardin pour Gustave pendant que Scrabble l'occupait. Pour nous aussi. Tous, nous jouons le jeu. Les corbeilles se remplissent de papiers scintillants avec leurs dessins naïfs de poules, de lapins. Gustave cherche Scrabble pour lui montrer sa corbeille. C'est Scrabble qui en a le plus. Pas du jeu. Il faut que le petit le rattrape. Gustave relève toujours les défis. Il a trouvé une énorme poule en chocolat, en équilibre entre deux branches. Hubert a proposé l'escabeau. Il monte, l'attrape, le brandit, fier comme un roi. Le roi de Pâques. L'agneau pascal dans ma bouche a un goût de miracle.

74

Éclats de rire

Je me suis éloignée quelques minutes au fond du jardin, laissée perdre entre les plants de rosiers et les travées de haricots verts. Adossée au muret, dans la blondeur du soleil, je repense à hier, à ce matin.

Samedi saint, j'ai fermé la maison de Fontvieille aux premières poussées du mistral dans le marine. Elles sculptaient des traînées de lave brune dans l'or naissant. J'ai laissé mes instructions à Cyprien. Une grosse enveloppe scotchée sur la porte. Il demandera à Maylis de lui lire la lettre, il n'aime pas lire, puis il déposera l'argent liquide dans la boîte en fer, posée au centre du bahut, juste devant le miroir piqueté de taches brunes. Maylis le houspillera. Ne laisse donc pas le liquide traîner. Il répondra comme de coutume, en haussant les épaules, qu'aucun cambrioleur ne pourrait avoir l'idée saugrenue de pénétrer chez eux. Ils n'ont pas la télévision, et qui pourrait vouloir de leur transistor ? Les jeunes ne connaissent même pas le mot. Puis, il l'embrassera sur le front et lui redira pour la millième fois de cesser de s'inquiéter.

Je sais que je ne reviendrai pas au mas avant longtemps. Pressentiment. J'avale les kilomètres. Est-ce moi ? Je ne sens pas la fatigue, comme portée par une force invisible. Je suis au-dessus de la route, je la vois défiler, je conduis, mais ce n'est pas moi qui tiens le volant. La nuit dernière, je n'ai pas eu mal ; la nuit prochaine, je n'aurai pas mal non plus. Ma souffrance a un sens ou peut-être ai-je trouvé un moyen de lui donner un sens. Cela m'habite dans le silence de l'habitacle. Même les sons de la route, je ne les entends plus.

À Paris, il faisait déjà nuit lorsque j'ai introduit la clé dans la serrure, et je n'ai pas plus cherché à écouter les bruits familiers. Le bébé du second devait s'être endormi, comme mon réfrigérateur. Je me suis immédiatement imprégnée de cette odeur familière, celle de la peinture, des pinceaux qui trempent, des volets qu'on n'a pas relevés depuis un moment et du soleil qui joue derrière à s'immiscer le plus loin possible sur les murs, cette odeur de chaleur intime, de torchons de cuisine, de corps ensommeillés, cette odeur de « Je suis chez moi, avec moi, en moi ». Je n'ai pas regardé le Mur de la Vie. Je le fixerai demain, lorsque j'aurai exploré la Résurrection. J'ai vidé mon sac de voyage et commencé à le regarnir dans la minute qui a suivi. Machinalement. Ma torsade bleue, ma robe lavande. Ajouté un jean de rechange, trié ce qui devait être lavé. Si peu. Geste anodin qui me réinstalle dans mon ordre précaire. J'ai déposé les deux toiles et les esquisses au sol, dans la chambre vide des filles. Sur le parquet, elles semblent en mouvement. Leurs ondulations m'éblouissent.

L'évidence m'habite depuis le trajet du retour : je dois Le retrouver. Peut-être lors de la messe de Pâques, mais je n'ai pas la force d'affronter la foule des grands jours, ni au Sacré-Cœur, ni à Notre-Dame. Pas plus dans la paroisse dont je dépends. Alors, j'attends. Un signe.

Soudain, je l'aperçois, le signe. Placé dans mon courrier. Au-dessus d'une pile de factures et de prospectus. Une simple feuille jaune. Une photocopie. « La journée d'amitié » d'une congrégation au cœur de Paris. Un des rares jours de l'année où ces religieuses ouvrent leur monastère, messe à 8 heures, adoration à 15 heures, vêpres à 17 heures, stands d'artisanat, pause pique-nique pour les familles dans le parc. Seul le premier horaire a accroché mon regard. Messe à 8 heures. Je pourrai sans problème me rendre après au rendez-vous fixé par Isidore.

Rue Claude-Bernard, je me suis présentée en avance. Après quelques heures de somnolence, une opacité et des brèches de conscience. J'avais traîné un des fauteuils du salon dans la chambre désertée des filles et, de loin en loin, j'ai tenté de lire à voix haute des poèmes de Tsvetaïeva.

Que tu tressailles –
Et tombent des montagnes,
Et monte – l'âme !
Laisse mon chant monter :
Chant de l'entaille,
De ma montagne.

Enrayer le doute.

Les mots de la poétesse rebondissaient sur mes couleurs au sol, sur mes imbrications, sur les murs nus, sur ces vies effacées, et, dans ce feu d'artifice, j'ai ressenti le manque comme une nouvelle clarté. Je me suis mise en éveil dès les premières lueurs et j'ai repensé aux hommes du Monoprix, à l'odeur des churros, du café chaud, à leurs voix fortes et au grincement du rideau. Ce jour, ils étaient sans doute en congé. Aucun bruit ne montait de la rue. Tout avait démarré avec des protège-cahiers. Des protège-cahiers et des cartons. Des détails infimes.

Pour Lui, pour mon époux aussi, j'ai enfilé ma cotonnade, replacé mes cerises dans les cheveux et j'ai tiré la porte, mes clés de voiture dans la poche, mon regard gris mal assuré.

La chapelle dort en contrebas, après une allée bordée de trois érables, blottie derrière une lourde porte noire, ouverte à deux battants pour l'occasion.

Sous terre.

Chaque porte est maintenue par une vasque ronde, terre cuite plantée de jonquilles. Taches de soleil sous un voile de ciel ombreux. Liés à chaque jonquille, des papillons de papier sur lesquels flotte une phrase du Tout-Puissant. J'entends une femme derrière moi qui souffle à son amie : « On se servira à la fin de la messe. C'est la tradition. Les petits pains de Jésus. » L'autre répond dans un soupir : « Indispensable, cette nourriture-là ! » Une sœur accueille, sombre visage, sombre habit. Je vais fuir. Me retourner et fuir. Il faut descendre la pente. Descendre au-dedans de soi, dans cette ombre, dans le trou noir. La peur revient au galop. Soudain, la sœur cesse de froisser ses phalanges, sa bouche dessine un « oh » de soulagement : « Jérôme, vous voilà, enfin ! *Deo gratias !* C'est l'évier du réfectoire. Je ne comprends pas. Trente centimètres d'eau dans la réserve et ça commence à couler le long des plaintes. Les stands sont déjà installés. Je vais devoir continuer à éponger pendant la messe. » Je la vois remonter à vive allure et s'éloigner avec un petit homme replet en costume-cravate, sacoche en cuir à l'épaule. Lui, il rit : « Allons bon, Mère Marie-Estelle, ne vous laissez pas tourmenter. Ce n'est qu'un vilain tour du tourmenteur et il va bien finir par vous avoir. Vous le voyez bien. Il ne sait pas quoi inventer. Une fuite, le matin de Pâques ! »

Je me concentre, je veux entendre la fin de la conversation.

Le tourmenteur, c'est qu'un gamin ! À nous deux, on va le terrasser.

Vous oubliez la grâce de notre Seigneur, Jérôme !

Ah, ça non ! Le Seigneur est bien plus grand que le tourmenteur. Si les gens ne l'oubliaient pas sans cesse, ils ne seraient jamais tourmentés. Le Seigneur, c'est le Père, tout de même ! Le tourmenteur, c'est qu'un gamin, un petit bras. Même pas peur !

Vous devriez…

Il devrait quoi ? Je n'en saurai pas plus.

La chapelle se remplit. C'est mon heure. Pas d'éclairage extérieur. Une simple verrière derrière l'autel, des rectangles qui chevauchent des ondes bleues et au centre une traînée rouge concave qui se termine par un rond jaune. Sobriété. Des murs blancs, de gros cierges en applique qui diffusent une clarté minimale. Sur le côté, une statue de la Vierge posée sur une simple étagère ; elle présente son enfant au monde, il est debout devant sa longue robe. Bois fané, sourire ravissant, mains qui pressent l'enfant de s'avancer. Devant, les bancs des moniales et leur prie-Dieu ; un petit orgue mécanique au dernier rang, une travée horizontale sans grille, et derrière, des tabourets à deux places en bois clair placés en demi-lune. Le tout sertit l'autel, une croix en bronze, nue, sans corps, une nappe blanche brodée de jonquilles or sur un dolmen de pierre. Brut et massif. Une quarantaine de places, guère plus, et un silence de joie.

Un jeune homme s'est installé à côté de moi. J'ai avancé vers le centre, je ne voulais pas rester dans l'ombre. Il murmure : « Venez, adorons-le », et se signe. L'angoisse m'étreint à nouveau. Adorer qui ? Est-ce que je peux vivre ce que je vis et adorer ? J'ai mal. Je doute. Encore et encore. J'ai refusé les antidépresseurs. Je crois que je vais finir par aller voir le toubib d'Isidore, celui au col roulé, aperçu au restaurant de Mélanie. Contractures de désespoir. Tout passe par mon corps. Il est meurtri comme celui de mes aimés. Adorer. Reconnaître qu'il y a plus grand que moi. Le jeune homme murmure encore dans un sourire, yeux clos : « Oui, tu as racheté le monde par ta sainte croix. » Toujours cet insoupçonnable désir de fuir qui m'enserre, je voudrais me boucher les oreilles au milieu de ces gens qui se congratulent à voix basse, comme si leur vie allait ce matin se teinter d'une couleur qu'ils n'ont jamais vue. Ils semblent se connaître. Une petite communauté de quartier autour de ces religieuses. Une femme distribue les feuilles de chant. J'observe mon voisin. Il doit avoir la trentaine. Hâlé, cheveux très courts, châtains, ovale du profil, joue creuse, nez pointu, modèle de buste de hussard ou de pénitent, un Giacometti. Il ouvre les yeux, me sourit. « Il l'a vraiment racheté le monde, vous savez. Aujourd'hui, pas de souffrance. »

Racheter le monde par sa souffrance.

Il y a plus grand que moi. Plus grand que ma souffrance. Il y a celle du monde entier. Elle est immense, la mer de souffrances de tous les hommes depuis et pour l'éternité. Elle est immense et un jour, elle disparaîtra. Chaque éclat de souffrance donnera mille éclats de joie. Il suffit de déposer, de dire, de murmurer comme ce jeune homme.

C'est trop lourd. Toujours si lourd.

Moi, je ne murmure que « au secours ».

La messe démarre. Je ferme les yeux. Ils sont tous debout. Je m'assois. Tant pis.

Je répète, je martèle : « Au secours. »

Un gong dont la sonorité mate s'étire.

Au secours.

Cela tangue dans ma tête, puis cela s'amplifie mais sur un rythme plus mesuré.

Au secours, au secours, au secours, au secours, au secours.

À chaque « au secours », mes os se désagrègent un peu, un peu plus. Je donne.

Au secours, au secours.

Je desserre les doigts. Je me donne.

Au secours.

Je remue mes phalanges. Je les ai tous donnés, mes aimés, tous, excepté moi.

Au secours.

À mon tour.

Je laisse pendre ma main droite le long de mon corps, l'autre est repliée sur ma poitrine. Je m'incline, elle frôle le bois du banc. Tout, tout ce que je suis. Cet amas de cendres.

Au secours.

Je respire l'encens qui monte. Un parfum autre. Je ne sais d'où il vient.

Au secours.

Ma main gauche caresse mon genou. Délicatesse.

Suis-je assise ? Mon corps ne m'appartient plus.

Elle va. Prudemment. Ma main. Effleurer mon mollet. Je le sens dur. Contractures du désespoir. Frôler. Effleurer. Je suis là et je n'y suis pas.

Au secours.

Je relève le cou. Cervicales douloureuses. Elles se déplient dans un ultime effort.

Au secours.

Je n'entends plus que le son « our ». Il s'imprime, se martèle, se recrée dans une danse singulière.

Ai-je tout donné ? De l'effroyable à la limpidité ?

J'apprivoise le « our ». Je le chuchote : « Our, our, our. »

Derrière mes yeux clos, les mots volent en silence.

Velours… retour… sourd… lourd.

Je les expulse avec sybillinité, les offre à cette croix.

Mon corps tout entier. Mon âme. Peut-être.

Contour… atour… amour…

Oui, une porte que l'on entrouvre.

Amour… Amour… Amour… Amour… Amour

Les yeux obstrués.

Amour… Amour.

J'ai donné mes aimés. J'ai accepté de les donner. Moi, avec eux. Ils ne sont plus à moi. Ils sont à Lui et je ne sais comment. Je continue ma plainte du don, de la nudité totale.

Amour… Amour.

Je la souffle, je la décoche, ma plainte. Gémissement. Je vais ouvrir mes yeux. Il n'est plus là-haut. Il est en moi, descendu de sa croix en moi. Toute la souffrance, celle du monde entier de moi à Lui.

Chut… J'attends.

Soudain.

Ils montent par vagues derrière mes lèvres.

Les sourires.

Des milliers de sourires. Des millions ?

Mes lèvres se fendent.

Amour… Amour.

Elles continuent à expulser, à dessiner les mots.

Les sourires abondent. Il en arrive de partout. Des minuscules, plus petits que des boutons de rose et des grandioses, colorés comme des astres en feu.

Là, dans le tumulte des sourires, je perçois celui d'Anne. Discret, à peine esquissé sur les lèvres, ce sont ses yeux qui sourient. Comme avant. Une ombre de sourire qui porte la puissance du monde, sourire de demi-mesure qui laisse toute la place au sourire de l'autre.

Anne me demande de sourire. Mes lèvres obtempèrent. L'air pénètre, minces gouttes d'horizon.

Lise.

Sourire de Lise dans une pluie d'étoiles. Celui-là, je le reconnais. Débordement. Il est tranchant, il bombarde, son sourire, il raconte qu'il faut goûter la vie, qu'il faut créer la vie, qu'elle ne nous est donnée que pour être créée.

Milliers de sourires qui inondent le chœur.

Ils chantent tous. Je perçois le sourire de la Vierge à travers ses larmes, celui de Siméon, de Marie-Madeleine, de Pierre, de Jean. Tous, ils suivent le Christ et rient. Sur le linceul de Véronique, le sourire du Christ. Énigmatique. Victoire glanée dans l'humilité.

Je cherche Valère. Il embrasse mes paupières de son sourire câlin. Lui rit parce qu'il a senti sur mes lèvres un goût d'agrumes et de figues et qu'il veut les croquer. Baiser de sourire, miraculeux, interminable. Lèvres qui se froissent, se déplient, se fondent, ouvrent le désir de vivre. Joie du désir. Goût d'au-delà, d'audace.

Au secours. Amour.

Dieu répond.

J'entends Augustine ou peut-être est-ce ma mère, je ne sais pas : « Demande comme si tu avais déjà reçu. »

Alors, je la demande là, maintenant.

La grâce de l'éclat de rire.

Tous, ils rient, toutes les âmes.
Rire de joie, d'allégresse.
La mort est dépassée, elle n'a jamais existé.
La mort, nous la créons nous-mêmes.
Nous la croyons si nous l'acceptons comme deuil.
Ils rient.
Je n'ai pas de deuil à faire.
Mais une renaissance à accomplir.
Créer de la vie par la mort de mes aimés.

Quelqu'un a saisi mes mains.

« La paix du Christ. »

J'ouvre les yeux. Le jeune homme à côté de moi serre mes paumes. Il s'est penché pour les atteindre. Ses doigts serrés autour des miens, il répète : « La paix du Christ. »

Je lui réponds : « La joie du Christ. »

Il me sourit. Un enfant s'approche, ses lunettes rondes sur le bout du nez, il tend ses petites mains, ose à peine souffler sa phrase. Mon jeune homme le prend dans les bras, lui claque un baiser sur le front. « Que Dieu te bénisse. »

Je me suis levée. Je vois le tapis sombre des moniales. Quand se sont-elles installées ? Mère Marie-Estelle, à droite, tout près de l'ambon et de son agneau sculpté. Mouvements des voiles qui se donnent la paix. Cristal des voix derrière le grelot d'un luth.

J'ai donné mes mains à cet enfant, moi aussi.

J'ai tant à distribuer.

Éclats de rire de couleurs que je n'ai jamais entrevues, d'échappées que je n'ai jamais osé aborder, d'horizons que je n'ai jamais atteints, ni même imaginés. Transmission de nouveaux arcs-en-ciel. Rien ne se fige jamais. Illusion d'optique. Acharnement du tourmenteur qui nous veut anéantis, esclaves de la peur, de la mort.

J'ai donné mes mains à cet enfant et je me suis mise à rire. Délivrée.

Je suis mon propre éclat de rire.

Je ne suis plus que mon propre éclat de rire.

Il m'a regardée, mes mains dans les siennes, et il a ri lui aussi. Puis, il est retourné à sa place et son père m'a adressé un signe de tête.

À la sortie de l'office, j'ai détaché un papillon de papier de sa jonquille, comme tous. Je ne l'ai pas laissé s'envoler dans le brouhaha. Non, je l'ai glissé dans ma poche.

Je veux le lire, là, maintenant dans le jardin de Mélanie, dans la douceur de ce rayon qui serpente entre les légumes, le lire avec les yeux de cet enfant : celui qui m'a donné la paix du Christ, celui qui m'a couru après, pour me tendre une brioche de Pâques. Je n'avais pas vu la corbeille.

Contre ce mur de pierre, j'observe ce morceau de papier. Je le contemple. Mon trésor. Éclater de rire, éclater en sanglots, le même spasme, le même psaume. Ne dit-on pas pleurer de rire, rire aux larmes ? Mêmes éclats, mêmes combats.

Seule manière d'être vivante, les éclats.

J'y ajoute un troisième éclat. L'éclat de vie.

Celui de mes couleurs.

Ne pas lisser les éclats. Jamais. Les laisser venir. Ils sont le sommet, le tréfonds, ils sont nous.

Ils nous engendrent.

Je déplie le petit pain de Jésus. Calligraphié par la belle écriture d'une moniale au voile sombre. J'entends Mélanie au loin. Elle appelle pour le café et le partage des œufs, et elle rit. Moi, je lis.

Prends ton grabat et lève-toi.

75

Éclat de mise en lumière

Alors, cet incendie ?

Isidore est venu s'installer à ma droite après le café. Au moment où ils ont tous déserté la table. Hubert prépare les cannes à pêche. Mélanie lave la vaisselle dans une grande bassine en fer blanc. Violette l'aide. Les garçons courent, avec la bande de pêcheurs. Scrabble avec eux. Il a posé des pulls au sol pour signifier l'emplacement des buts. Tous derrière le ballon. Le match va commencer. Une des filles d'Isidore est arrivée avec son époux pour le dessert.

Des enfants. Tous. Véloces. Les bras en l'air, qui crient, s'apostrophent, sautent à pieds joints lorsque la balle les comble. Des enfants qui ne demandent rien d'autre à la vie que de vivre le moment pleinement.

Le feu a tout détruit.

J'aime le visage d'Isidore dans la lumière de ce début d'après-midi, dans l'ombre du feuillage qui fait des taches sombres sur le blanc de la nappe. J'aime son profil d'écoutant, sa concentration, sa main posée sur mon poignet, le bleu doux de ses yeux lorsqu'il se penche vers mes mots, qu'il m'invite à poursuivre.

Tout ce que j'avais peint. Le travail de deux longues années. Vingt-quatre toiles. Une déclinaison sur le bleu et l'orange, l'azur et la flamme, la mer, la lumière, les reflets de l'eau, les miroitements. C'est loin. Dans le temps. À des années-lumière d'aujourd'hui.

Je m'arrête. Je n'en ai jamais parlé. C'était trop douloureux. Là, ça ne l'est plus. Isidore ouvre toujours mes fenêtres en grand. Il aime dépoussiérer. Sauf dans sa boutique.

C'était la maison de mes grands-parents. Dans le Cotentin. J'aimais cette maison. Une vieille bâtisse de pierre grise sur deux étages. Un toit d'ardoise. Des souvenirs. Les toiles attendaient là-bas. Je manquais de place à Paris pour stocker. Ça a été très vite. Le feu s'est déclaré la nuit. Il n'y avait personne sur place. Il a couvé avant que quelqu'un au village ne s'en rende compte. Le temps de faire son œuvre. Il était au centre de mes toiles, le feu-énergie. Il les a reprises. Il me reste la dernière toile, la 24. Elle était dans une remise attenante avec deux petites, la 3, la 9, en attente de retouche. Noircies. Des fragments de ce qui a été.

De ce que *tu* as été.

Sans doute. J'ai cherché après. Longtemps. Comment repartir. Je n'ai pas trouvé. Les enfants sont nés. Ils étaient mes toiles. La vie se peignait autrement. Mais, ça ne me lâchait pas, cette fêlure. J'ai accepté ce poste à Daumesnil… Il n'y a rien de plus.

Les enfants, ce sont nos toiles vivantes, nos toiles extérieures, la partie émergente de notre iceberg.

La dernière toile, je crois, c'était la plus aboutie, comme si elle m'avait unifiée. L'inspiration débordait. Je la voyais mieux que les autres. Elle n'était pas terminée mais je la sentais tellement vivante entre mes doigts. Après, c'est comme si j'avais tenu un enfant mort-né.

C'est ce que c'était.

Non, maintenant, je sais que la toile, ce n'était que mon esprit qui s'était arrêté d'enfanter. Après, j'ai enfanté avec la totalité de moi-même, la chair et l'esprit… Avec un enfant, c'est notre cœur qui s'arrête de battre. La mort d'un enfant nous tue. On a tellement envie de traverser le rideau pour le rejoindre.

Pour traverser le rideau, il n'y a qu'une solution, ma fille. Les ailes. Et les ailes, c'est ton âme. C'est l'âme qui réamorce l'esprit et la chair.

Pourquoi tout est si limpide avec vous ?

Parce que la vie l'est. On commence par s'égratigner un genou, et puis ça fait une croûte, ça cicatrise. Un jour la croûte tombe. On repart, on court, et on retombe, on est tellement pressé ! Un jour, on en a marre des croûtes, alors on se décide. À voler. On a tous une paire d'ailes. Notre esprit. Pourquoi crois-tu qu'il y ait deux ventricules, un droit, un gauche ? Les ventricules, c'est la chair. Le carburant à l'intérieur des ventricules, c'est notre âme.

C'est si dur de déployer ses ailes.

Tu crois ? Y a que le premier vol qui coûte. Dominer la peur, la certitude que l'on va s'écraser. Après on sait, on s'améliore. Toi, tu maîtrises à la perfection.

Comment peut-on tenir le vol ?

On monte de plus en plus haut. Au-dessus du monde. On les voit tous. Ceux qu'on aime, ceux qu'on a aimés. Ils sont dans nos ventricules, c'est notre énergie, notre carburant. Plus on vole, plus on veut voler. Dans notre carburant, on y dépose petit à petit les âmes de ceux qu'on apprend à aimer, de ceux qu'on aimera. De ceux aussi qu'on a du mal à aimer. Ceux-là, il y a une âme plus haute que la nôtre qui les prend en charge dès lors qu'on les a déposés dans notre carburant. Un jour, les ventricules sont trop pleins. On en a tellement à aimer. On se pose sur un nuage. On ne redescend plus.

Vous croyez que les ventricules de Valère étaient pleins ?

Oui. Je crois qu'il avait déjà beaucoup d'âmes en lui qu'il avait aimées, beaucoup d'âmes qu'il voulait apprendre à aimer. Il n'est pas parti trop jeune ou trop tôt. Il est parti, comme nous tous, trop plein, plein à ras bord, plein aux as, comme on dit. Tes filles aussi d'ailleurs. C'est jamais une question d'années, jamais.

Isidore, merci.

De quoi ? C'est moi qui devrais te remercier. Regarde Adrien, comme il est heureux quand il joue au foot.

Adrien ?

Oui, Scrabble. Il s'appelle Adrien. Il vient de me le dire. Mais il préfère Scrabble. Dans sa nouvelle vie, il veut s'appeler Scrabble. Moi, je n'y vois pas d'inconvénient. Scrabble, marchand de couleurs, ça a de la caisse… Sur le fronton de la boutique… Et puis, c'est plus jeune! Ça attirera les gamins. Isidore, c'est un peu démodé.

Il s'y connaît en peinture?

Pas le moins du monde. Mais, c'est le roi de l'informatique. De la vente. Et des antibios. Il bossait pour un laboratoire pharmaceutique avant.

Oui. Il me l'a dit. Le matin où je l'ai rencontré. Je l'ai invité au Starbucks. Scrabble, son surnom, c'est parti de là. Une histoire de gobelets en carton. Un détail.

Chaque détail écrit une histoire à part. Ce surnom, ça l'a remis en selle. On a discuté un peu entre la poire et le fromage. Tu vois, c'est exactement ce dont j'ai besoin pour finir ma vie tranquille: un pro de l'informatique et des antibios et un boss en humanité qui a la vie devant lui. J'ai pas fini d'aller à la pêche. Et puis… pendant qu'il trimera à la boutique, je m'occuperai de ton expo.

Gustave lui a pris la main.

La partie de foot. Tu viens?

Ah, oui! On ne peut pas rater ça!

76

Éclat d'éternité

J'ai empoigné mon portable. Dans le noir du tunnel, il fallait que je m'occupe. J'avais apprivoisé certains noirs, mais pas encore ceux des tunnels. J'ai prié pour que la connexion se fasse. C'était le dernier éclat que je m'accordais. Celui qui allait décider du reste. J'ai commencé à taper sur le clavier.

Lundi de Pâques. Bonjour Jacques. Je viens aux nouvelles. Comment t'en sors-tu sans le dossier « Jean-Michel Frank » ?

La connexion s'est initialisée. Le miracle a eu lieu. J'ai entendu le bip de la réponse. La vie allait se réenclencher.

Je jongle comme je peux, c'est-à-dire mal ! Je suis éclaireur, éclairagiste, pas équilibriste… mais t'inquiète. Je le récupérerai à Paris. J'ai tellement de choses à boucler. Toutes mes priorités sont des urgences !

Je l'ai sous le bras.

Le dossier ? Sous le bras ?

Le dossier. Sous le bras.

T'es où ? À Fontvieille ou à Paris ?

Dans l'Eurostar.

Tu déconnes ?

Non, t'as intérêt à être à Saint-Pancras dans exactement cinquante-deux minutes. Pour me récupérer.

???

Je viens, Jacques. Je rejoins l'équipe.

Je suis sans voix, je transmets à Richard. Il va sauter au plafond. Moi, je ne peux pas le faire. Je suis sur le toit terrasse.

Ce n'est pas toi qui voulais qu'on grimpe là-haut ?

Si ! On va faire une magnifique cordée.

J'ai une condition.

Laquelle ?

Tu m'aides à trouver un studio à Londres avec une partie atelier, une verrière, de la lumière, celle de l'aube, et à transporter mes pinceaux. Et mes rouleaux. De Sopalin.

Accordé. Tu t'es remise à peindre ?

Oui. Je ne peux pas m'interrompre.

Tu pourras faire les deux ?

Je tenterai de faire les trois.

???

Je vais être grand-mère !

Waouh ! C'est Henri ou Antoine ?

Henri et Laetitia, un petit surfeur ! La cloche de Rome, elle ne livre pas que des œufs en chocolat. Parfois, il y a de vrais œufs !

...

Jacques, tu es toujours là ?

Oui... Je crois. Je pleure comme un gamin, je tente de reprendre mon souffle, je ne sais pas trop, je balbutie, je titube, je tire des fils de lumière... En fait, je crois que je savoure.

Les œufs en chocolat ? Ou les nouvelles ?

Les nouvelles, je suis en train de m'en faire une indigestion. Et pour tout te dire, je me les dégusterais bien avec un petit bourgogne rosé.

Tu sais quoi, Jacques ? Tu es un homme chanceux ! J'en ai justement une bouteille dans le sac à main mais... ne l'ébruite pas, je pourrais avoir un souci à la douane !

Promis. Et ton Antoine, il est d'accord pour Londres ?

Antoine a toujours rêvé de caboter sur la Tamise. Et puis, Londres, c'est comme pour toi, du tiers temps. Paris, Londres, Melbourne, je suis citoyenne du monde.

Claire, tu fais de nous des rois. Merci.

De rien.

Merci Valère.

De tout. C'est lui qui fait de moi une reine. J'ai deux princesses à honorer.

J'ai éteint mon portable. Le train est sorti du tunnel dans une bruine grise. Elle suintait sur les vitres. Le paysage n'était pas si différent, des maisons basses, blanches, des champs, des zones commerciales, leur lot de places de parking alignées, noires. Des traces de vert, des pointes de rouge, du bleu ardoise.

J'étais prête.

Nouvel éclat en vue.

Terre à Ciel.

Ciel à terre.

J'ai sucé un bonbon à la menthe et je me suis assoupie.

Table

Achevé d'imprimer le 13 février 2018
sur les presses de
La Manufacture - Imprimeur – 52200 Langres
Tél. : (33) 325 845 892

N° imprimeur : 180186 - Dépôt légal : février 2018
Imprimé en France

CET OUVRAGE A ÉTÉ COMPOSÉ
PAR ATLANT'COMMUNICATION
AU BERNARD (VENDÉE).